GC NOVELS
転生したら剣でした10
"I became the sword by transmigrating" Story by Yu Tanaka, Illustration by Llo
棚架ユウ
イラスト/るろお

転生したら剣でした10

"I became the sword by transmigrating" Story by Yuu Tanaka, Illustration by Llo

棚架ユウ

イラスト／るろお

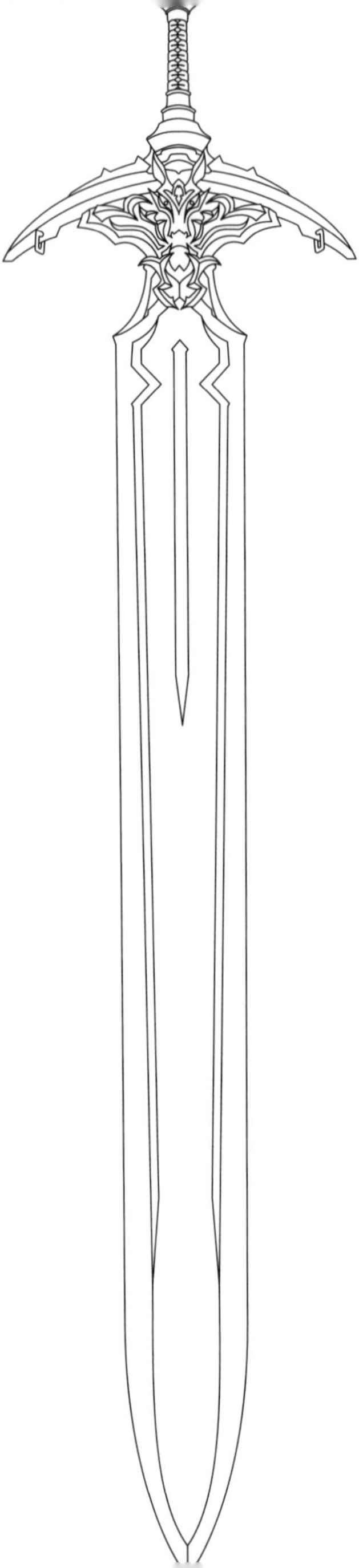

CONTENTS

“I became the sword by transmigrating”
Volume 10

Story by Yuu Tanaka, Illustration by Llo

第一章　神級鍛冶師の館

体が崩れ落ちる。

文字通り、指先からボロボロと、砂糖菓子のように崩れていく。

我が肉体に宿る再生力も、意味をなさぬ。

「馬鹿な……」

あの御方が——ミューレリア様が倒されたというのか……？

しかし、我が肉体の消滅こそが、ダンジョンコアが破壊されたことの紛れもない証明。

「ここまできて……」

我が仕事は、ダンジョン由来ではない野生の邪人の糾合《きゅうごう》。獣人国の北部を巡り、邪人たちを配下にし続けてきた。

多くはゴブリンであるが、オークやミノタウロスの野生種も混じっている。その数は一〇〇〇を優に超えるであろう。この軍勢を率いて、獣人国の各都市を陥落せしめることこそ、我があの御方より与えられた任務であったのだが……。

「終わり……か……」

あの御方が滅んだ今、我が何をしようとも無意味。作戦通りに都市を壊滅させたとしても、全ては無駄な行為でしかない。

「だが……、だがっ！」

確かに、我が行いは全て無駄になったのだろう。主も、帰る場所も失い、何をしようとも敗北するという事実に変わりはない。

しかし、これで終わっていいのか？

否！

断じて否である！

「せめて……、せめて！」

獣人国のものたちに一矢報いてやろうではないか！

奴らはきっと、ミューレリア様を滅ぼして浮かれていることであろう。有り得ぬほどの幸運によって掴んだその勝利に、浸っているであろう。

ならば、その浮かれた気分に水を差してやろう！　最早、国家転覆など夢のまた夢。どうにもならぬことは分かっている！　しかし、負けたまま、敗残者として消えるなどご免だ！

憎きケダモノどもの国に、我らが――ミューレリア様とその一党が存在したという証《あかし》を、消すことができぬほど深く刻み込んでくれる！

ケダモノどもの命を惨《むご》たらしく散らし、血の雨を降らせ、恐怖と悪逆を以って我らのことを語り継がせてくれよう！

「貴様がいい……」

「ギャガッ？」

我が後ろに侍っていた一匹のゴブリンの胸に、我が槍を突き刺した。

「ギャ……グ……」

そう呆けた顔をするな。これは、力の受け渡しぞ。

ゴブリン・ネクロマンサーよ、貴様に我が力を与えてやる。この槍の穂先は、ミューレリア様の配下でも特別な者だけが持つことを許された、邪神石でできているのであるぞ？　その力を与えられること、光栄に思うがよい。

ゴブリンの肌が、闇で塗りつぶしたかのように黒く変色していく。

「ギィィ……」

自身を急速に作り変える邪気に、怯《おび》えた表情をしておるな？

なに、少々精神に異常をきたして、自我が邪神石によって塗り替えられるだけだ。

それだけの代償で、邪神の力の一端を引き継ぐことができるのだ。安いものであろう？

「ギャガ……ギャ……ガガガガアアアアアァァァ！」

そうだ、もっと叫べ！　貴様は生まれ変わったのだからな！

暴れ狂え、邪神の眷属よ！　暴れて、破壊して、ケダモノどもに一矢報いるのだ！

ゴブリン・ネクロマンサーの肉体が爆《は》ぜるように肥大化し、触手と化して周囲の邪人たちを襲い始めた。逃げ惑う邪人たちが次々と捕獲され、ゴブリン・ネクロマンサーであったものに吸収されていく。それでいい。同族を食らって、強くなれ！　そして、破壊をまき散らすのだ！

「クハハハハハハハ……！　ケダモノどもに死を！」

＊

激闘によってボロボロとなった俺たちは、神級鍛冶師《かじ》と名乗る女性に助けられていた。女性の名前はアリステア。

獣人国の王女でもあるメアのお墨付きもある、本物の神級鍛冶師だ。

その証拠に、ポンコツになりかけた俺に応急処置を施し、危険な状態から救ってくれている。

今は俺の修復を本格的に行うため、アリステアの館へと向かっているところであった。

目指す館は、ミューレリアと戦ったダンジョンから見て、さらに東にあるようだ。俺たちにアリステア、アースラースを乗せたゴーレム馬車が、境界山脈沿いを進んでいく。

「さて、軽く話を聞かせてもらおうか？」

アリステアが俺たちを見ながら口を開いた。

美しいサラサラの銀髪と、赤と白のトーガのような服装。外見だけなら清楚で儚《はかな》げな美女なのに、その口から出たのは蓮《はす》っ葉《ぱ》な男言葉である。

出会ったばかりのせいか、まだそのギャップに慣れない。

だが、フランは別のことが気になっているらしい。

「あっち、いいの？」

フランが気にしているのは御者席だ。今は完全に馬型ゴーレム任せで進んでいるのだ。人が指示を出さなくても大丈夫なのだろうか？　それに、魔獣などに襲われないのか？

「大丈夫だ。道も完全に覚えさせてあるし、強力な魔獣除けの結界もある」

神級鍛冶師が御者なしで大丈夫というなら、信じよう。きっと、俺たちには想像もできないような、高度で複雑な技術によって作られているんだろうしな。

それに、外ではウルシも並走している。いざとなったらウルシが敵を蹴散らすだろう。

「それで、まずは師匠について聞きたいんだが？」

「……ん」

フランはアリステアの言葉に頷きつつも、横目でチラリとアースラースを見た。

神剣ガイアを所持し、暴走すればすべてを破壊し尽くすまで止まらない、鬼人族のランクS冒険者。ただ、今は意識を失い床に転がされている。

俺のスキルテイカーによって、無理やり暴走を止められた反動だろう。

ただ、いつ目覚めるか分からないし、万が一にも話を聞かれると面倒である。

するとアリステアが、不思議な形状の道具をアイテム袋から取り出した。見た目は、一メートルくらいの茶色い紐だ。

「これは、念話での会話が可能になるアイテムだ。まあ、紐に触れてなきゃいけないうえ、一メートル以上の長さにすると途端に念話が届かなくなるっていう、未完成品だけどな。数人で内緒話をするにはいい道具だろ？」

馬車の壁際の腰掛に、並んで座っているフランとアリステアが紐の端をそれぞれ掴む。フランに抱きかかえられている俺の柄にも一巻きされた。紐は、それでギリギリの長さである。確かに短い。これだと余程密着しなくちゃ使えないだろう。

（どうだ？　聞こえるか？）

（ん）

『聞こえるぞ』

能力を酷使し過ぎた俺は、今や念話を使おうとするだけでも謎の痛みに襲われる状態に陥っていた。戦闘はおろか、フランとの意思疎通もままならない状況だ。しかし、このアイテムの効果で念話をする場合は、痛みに襲われることはないようだった。

恐る恐る念話を発動してみると、多少の違和感はあるが、精神を直接削られているかのようなあの凄まじい痛みはない。これなら普通に会話もできそうだった。

というか、剣の俺にもきっちり効果があるんだな。さすが、伝説の神級鍛冶師が作ったアイテムだ。

（じゃあ、改めて聞くが。師匠自身について聞きたい。製作者や、製作時代について）

『わかった』

俺は、聞かれたことに対して、正直に答えることにした。

直してもらう訳だし、相手は神級鍛冶師だ。下手な嘘はばれてしまうだろう。それに俺のルーツが分かるかもしれないし、誤魔化したりしない方がよいと判断したのだ。

とは言え、俺は自身の製作者に関しては本当に何も知らない。語れることは少なかった。そう素直に答えると、アリステアが驚きの言葉を口にする。

（そうか……師匠は元々人間だったんだろ？）

『わ、わかるのか？』

なんと、自分から説明する前に、すでにバレていた。

どうしてだ？　もしかして神級鍛冶師の使う鑑定なら、俺が元々人間だという項目まで表示されるのか？

（いや、師匠レベルの受け答えができる人造魂魄《こんぱく》など、アタシでも作れないからな。それに魂の形を見たところ、どう考えても人造には見えなかった）

死霊術師のジャンが所持していたユニークスキルのような、魂を見る能力を持っているようだ。俺には分からないが、魂にも色々な形があるのだろう。アリステアが俺をジッと見つめていた。

（あまりにも人間くさい受け答えに、人にそっくりな魂。まるで人みたいな、ではなく元々人だったと考えれば納得がいく。まあ、それはそれで疑問が残るが）

『どんな？』

（人の魂を剣に封じ込める術など、アタシは知らない。神級鍛冶師のアタシがだぞ？　どんな方法を使ったのか皆目見当もつかない）

結局、そこに行きつくんだよな。

誰が俺を剣に宿したのか？　それは剣の製作者なのか、はたまた違う誰かなのか？

（それもアタシの館で解析をすれば、何か分かるかもしれん。考察は後回しにしておこう。うん、今から楽しみで仕方がない。くく）

アリステアは結構常識人っぽいんだけど、俺を見る目がちょっと怖いんだよな。新しいオモチャを与えられた子供のような目なのだ。

（じゃあ、次はフランと出会ってからのことを聞きたいんだが、いいかい？）

『あ、ああ。そっちはちゃんと覚えてるから安心してくれ』

（……）

『あれ？　フラン？』

「すーすー」

フランはいつの間にか眠ってしまっていた。妙に大人しいと思ったんだよな。泣き疲れてしまったのだろう。気丈に振る舞っていたが、キアラを喪《うしな》ったショックは癒えていないはずなのだ。多分、俺の修復をアリステアに頼むために、ずっと気合を入れていたんだろう。しかし、アリステアが修復を請け負ってくれたために、安心が勝ったのだ。

（フランから話を聞くのは後にしておくか）

『悪い。できるだけ俺が答えるから』

（ガキは寝るのが仕事だからな。仕方ない。それじゃあ、出会いから話してもらおうか？）

俺は、全てを包み隠さず語る。

フランと出会った時の話をしたら、呆れられたけどね。俺でも間抜けだと思うから仕方ないけど。その後も俺たちは冒険を続け、共に各地を渡り歩き、成長を続けてきた。時にはダンジョンに潜り、海を渡り、旅の末にこの地にやって来たのだ。

まあ、アリステアは俺たちの旅の部分に関しては、ほとんど興味を示さなかったけど。彼女にとっては冒険譚などよりも、俺の成長の仕方のほうが重要なようだ。

好奇心は旺盛だが、それは自分の興味のある分野に限ってという注釈が付きそうだった。

俺の説明は、この大陸に入り、ワルキューレたちとの戦いに関する部分にさしかかる。ここで、俺の症状に関係があると思われる、例の異変が起きたのだ。

『何故か、スキルを使ったりすると時おり痛みを覚えるようになったんだ』

（剣なのに痛み？　それは興味深いな。スキルを使うと毎回痛むのか？）

『いや、術の多重起動時とか、形態変形を使いすぎた時に感じる事が多いな』

痛覚が無いはずの俺が、なぜか感じてしまう痛み。いや、痛覚が無いわけだし、本当に痛いのかどうかも怪しいが。ただ、痛いという感覚が最も近いのは確かだった。

（それも機材を使って調べないと何とも言えないな。痛みを訴える剣なんざ初めて見たしな。ただ、それが何か重大な影響を師匠の根幹に与えている可能性もある。今後、痛みを覚えるような行動は慎め）

『わかった』

念話はこの道具で肩代わりしてもらってるし、なんとかなるだろう。俺はその後、邪人の軍勢を殲滅し、アリステアと出会うまでの流れを説明した。スキルなどについてはさすがに全てをどこで手に入れたかは覚えていないが、聞かれた範囲では全て答えられたし、間違えてはいないと思う。

その後も、魔石を吸収するときの感覚や、人間だったときの欲望の有無。スキル使用時における人と剣の違いなどについて語り、時間が過ぎていった。

特に興味を持たれたのが、魔石を吸収する能力についてだった。

どんな魔獣の魔石値が高く、何が低いのか、事細かく尋ねられたのだ。本当に俺の修復に必要な質問なのか？　好奇心優先させてない？　そう思いつつも、基本的には脅威度の高い魔獣の魔石値が高く、邪人の魔石値が低いことなどを語った。

あとは、スキルのレベルアップに関しても引っかかるようだ。ポイントを消費するというシステムなど聞いたことが無いという。

(聞けば聞くほど、興味を引かれるな)

『神級鍛冶師にそう言ってもらえるのは光栄だよ』

(戦闘力ということで言えば、師匠以上の武器はある。神剣とかな。だが、ここまで不可思議な剣は、そうそうあるもんじゃない。神級鍛冶師を驚かせたんだ、誇っていいぞ)

伝説の鍛冶師が初めて見るという俺の能力。

本当に、誰がどんな目的で作ったんだろうな?


二時間後。

アリステアの質問にあらかた答え終わった頃。馬車がその動きを止めていた。

「お、もう着いたか。いやー、時間が経つのが早かったな! 有意義な時間だった! おい、フラン、起きろ」

「……にゅ」

アリステアがフランの体を軽く揺する。意外と言っては失礼かもしれないが、その手つきは非常に優しかった。がさつそうに見えるが、気遣いができる女性であるようだ。

そう思ってたんだけどね……。

「バカ鬼もいい加減起きろや!」

寝起きのフランが目をゴシゴシ擦っている横で、アリステアがアースラースの頭を足の裏で蹴っていた。

こっちには容赦ないな！　おいおい、大丈夫か？　ダメージはあまり見えなくても、暴走したりして消耗しているはずなんだが？　二メートルを超えるガタイであっても、頭部を蹴られたら痛いんじゃないか。

だが、アリステアの蹴りは止まらない。そうやって五回ほど蹴られた直後だった。

「あー？　どこだここは……？」

「ようやく起きたか。バカ鬼」

「げっ……、アリステア！」

アースラースはアリステアを見上げ、情けない悲鳴を上げる。

「な、なんでいる！」

「そりゃあ、神剣の魔力を感じたからな。それも二振り。ちょいと様子を見に行ったのさ。もし神剣同士の戦闘にでもなってりゃ大事《おおごと》だ」

神級鍛冶師は、神剣の魔力を感じ取る能力まで持っているのか。しかも今の口振り、神剣同士の戦いを止めようとしていたのか？

「戦って壊れてたら、アタシが直すチャンスだからな！」

どうやら、欲望に忠実な人間であることは確かなようだった。

「おら！　寝てないで起きろ！　お前のせいでアタシたちが出られないんだよ！」

「お、おう」

アースラース、アリステアに続いて、フランが馬車から降りる。

森の木々の間に建つアリステアの館は、不思議な外観をしていた。

石造りの建物なんだが、四方の外壁が繋ぎ目のない巨大な一枚岩でできていたのだ。鏡面のように磨かれ、表面には僅かな凹凸もない。一辺が二五メートルほどの白大理石の壁を、四枚合わせて箱型にし、屋根代わりにもう一枚載せたらこんな形になるだろう。

そんな不思議な見た目の建造物に、規則的に小さな窓が備え付けられている。そのおかげで、辛うじて何らかの建物だと理解できた。窓が無かったら確実に住居だとは思わないだろう。良くて遺跡か、魔法装置ってところか。

窓の並びから見て、二階建てだと思われた。

「どうだ？　アタシの館は？」

「相変わらず、目がチカチカするうえに無駄にデカいな。これが持ち運び可能ってんだから、とんでもないぜ」

なんとこの館自体が魔道具であり、携帯可能であるらしい。さすが、神級鍛冶師の館だ。一筋縄じゃいかないぜ。

「ふん。この館に無駄など一片もない。それを理解できんとは、お前こそ無駄にデカイだけだな」

「ぐ……」

アリステアはアースラースの言葉が気に入らなかったのか、ギロリと睨んで辛辣《しんらつ》な言葉を吐く。だがアースラースは言い返したりもせず、たじろぐだけだった。

やはりアースラースはアリステアが苦手であるようだ。一体、二人の間に何があったんだろうか。

「こっちだ」

馬車を特製アイテム袋に仕舞ったアリステアに導かれるままに、館の中に足を踏み入れる。そこは外見同様――いや、それ以上に不可思議な光景が広がっていた。

「ようこそ、アタシの研究室兼工房へ」

どうやら館全体が作業場になっているらしく、エントランスなどは一切存在しない。一歩足を踏み入れると、即アリステアの研究室兼工房となっているようだった。

ただ、言われなくてはここが研究室兼鍛冶工房だと思えなかっただろう。というか、パッと見ではどんな用途の部屋なのか、全く分からなかった。

壁や天井が薄く輝いているのだ。しかも魔術的な光ではない。なんと、金属がメッキのように張り付いていた。磨かれた銀食器のように綺麗な金属の壁だ。それが、天井に備え付けられた電球のようなランプの光を反射して、眩しく輝いている。

部屋の中央には、ベッドサイズの長方形の台が四つ置かれていた。壁と同じ素材でできているらしい。こちらもピッカピカだ。理科実験室のテーブルっぽい感じで、等間隔で並べられている。

だが、それ以外には何も置かれていなかった。家具も調度品類も、何もない。

いや、よく見ると壁際には、箪笥《たんす》くらいのサイズの箱がたくさん並んでいるな。光が反射して見にくくなっており、全く気付けなかったのだ。さながら光学迷彩のようだった。

「すごい」

アースラースの言った通り目がチカチカするのか、フランが目を細めながら壁や天井を見つめる。

それを見たアリステアが何でもない事のように説明してくれた。

「銀に見えるのはミスリルのメッキだ。魔力的に繊細な作業をするには、外界の魔力が一番邪魔になるからな。ああやって外の魔力を遮断してんのさ」

「ミスリル？　ミスリルなの？」

「おう」

フランが立て続けに驚かされるっていうのも、中々珍しい光景だ。しかし、メッキとは言えこの量のミスリルだぞ？　メチャクチャ贅沢なんじゃなかろうか？　さすが神級鍛冶師だ。

「その程度で驚いていたら、こいつとは付き合えないぞ？」

「うるさいバカ鬼。これから大事な話があるから、お前は上にいってろ。客間は分かるな？」

「分かっている。ただ、その前に何があったか説明してほしいんだがな？」

「どこまで覚えてる？」

フランが尋ねると、アースラースは軽く顎に手を置いて唸る。記憶の棚の引き出しを開いているのだろう。

「あー……俺が暴走して、お前さんのスキルで俺から狂鬼化を奪って暴走を止めてくれたっていうのは王女から聞いてる。だが、その後すぐに意識を失っちまって、気づいたらここで目が覚めてたって感じだな。邪人野郎が、何かと戦っていたのは何となく分かるんだが……」

狂鬼化が解除された後にメアたちに保護され、本当に軽く説明されただけのようだな。そして、俺が暴走してゼロスリードと戦い始めたくらいに気を失ったということか。

「これだけ気持ちのいい目覚めは久しぶりだ。礼を言う。俺から、あの忌々しいスキルを奪ってくれて、ありがとう」

アースラースが深々と頭を下げた。

その目は真剣で、冗談を言っている雰囲気は微塵もない。本当に感謝してくれているらしい。

「でも、奪っただけだから、すぐに復活しちゃう」

魂に刻まれた固有スキルは、奪われても数日で復活してしまうらしい。俺たちがスキルテイカーで奪った狂鬼化のスキルは、アースラースの種族である禍ツ鬼《まがつおに》の固有スキルだ。

近い内に、復活してしまうことだろう。

「それでもだ。たとえ数日でも、自分が自分でなくなる恐怖から解放されるのはありがたい。デカい借りができちまったな」

「ああしなきゃ、自分たちが危険だっただけ」

「むしろ、王女やキアラをこの手で殺さずに済んだことを感謝しなきゃならねぇ。奴らにもあとで詫《わ》びを入れないとな」

「……っ」

そうか。アースラースはキアラが死んだことを知らないのか。

だが、フランは自分の口から説明するだけの割り切りが未だできていないのだろう。

アースラースの言葉を聞き、眉間に皺をよせて何かを堪《こら》える表情で俯いてしまった。

「……」

「どうした？」

「はぁ……このバカ鬼！　後にしろ！　その時にキアラの最期を聞かせてあげるからよ」

「……あぁ」

アリステアの言葉とフランの態度で、理解したのだろう。

アースラースの顔から表情が抜け落ちた。

だが、これだけは教えてやらないといけない。

『お前のせいじゃない』

「……誰だ？」

本当はもっと詳しく教えたいが、やはり自力での念話での会話はまだ無理だ。ただ、キアラは暴走したアースラースの手にかかったわけではないと、絶対に伝えなくてはいけないと思ったのだ。

どんな関係だったのかは分からないが、古い知人であったようだしな。

「それも後で教えてやる。ただ、お前が殺したんじゃない。その後、邪人との戦闘での無理がたたったらしい」

「そうか……。分かった。じゃあ、部屋を借りるぞ」

「腹が減ったのなら食堂に行け。ゴーレムに命じれば何か出すだろう」

「ああ」

そして、アースラースは悄然《しょうぜん》とした様子で階段を上がっていった。上の階が居住スペースなんだろう。

それを見送ったアリステアは一瞬だけ悩まし気な表情を浮かべるが、すぐに真面目な表情で俺とフランに向かい合った。

「さて、さっそく師匠の修復を始めるぞ。そのままの状態を放置していると思うだけで、アタシのストレスがうなぎ上りだからな」

「ん。お願いします」

『頼む』

「師匠は喋らんでいい。それよりも、まずは刃の修復だ。単純にリペアをすればいいのかどうかも分からないから、サンプルを採取して、分析を行う。で、足りない素材をつぎ足しながら、あまり師匠に負担のかからない方法で修復を行う。いいな？」

「？？？」

うん、フランは完全にちんぷんかんぷん状態だな。ただ、武器の修復に関してアリステア以上に詳しく、得意な人間などいないだろう。だったら、すべて任せるさ。

『……お任せで……ぐぅ！』

「とりあえず、念話紐を巻いておくか。話すたびに呻かれたら、集中力が乱れそうだ」

アリステアが念話紐を俺の柄に巻いてくれた。これで多少は会話しやすくなる。毎回フランたちに紐を握ってもらわないといけないけどね。

「フラン、師匠をそこの台に置け」

「ん」

「じゃあ、解析を始める。フランはどうする？　なんなら、食事でも用意するが？」

「いい。見てる」

「分かった」

そして、アリステアによる解析が始まった。

ミスリルメッキの台の上に置かれた俺に、アリステアが様々な魔術やスキル、魔道具を使用していく。台の下に引き出しが付いているらしく、そこに様々な工具や道具を入れているようだった。

何もない簡素な部屋に見えていたが、実際は研究室兼工房の名に相応《ふさわ》しく、様々な道具が至る場所に収納されているんだろう。

凄いのは、どれもが鑑定や解析系の道具ばかりであるということだ。それだけの種類を使えるのも、それだけの情報を処理して有効利用できるのも凄い。

外から見たらメッチャ地味だけどね。だって、半壊した剣に手と鏡をかざして、じっとしているだけなのだ。

これは、速攻でフランが飽きてしまいそうだった。そう思ってたんだが、一〇分経っても、二〇分経っても、フランは作業をするアリステアをじっと見つめたままだ。

眠気が襲ってくる様子も、飽きてソワソワし出す様子もない。それだけ、俺の事を真剣に考えてくれているということなんだろう。不謹慎かもしれないが、少しだけ嬉しくなってしまった。俺ってフランに愛されているなと、改めて感じたからだ。

一時間後。ようやくアリステアの解析が終了したようだ。

額の汗をぬぐいながら、アリステアが呟いた。

「やはり金属部分はオレイカルコスか」

「オレイカルコス？」

「神級鍛冶師にしか生み出すことができない、特殊な金属だな。正しい知識が無い人間にはハルモリウム系合金としか思えないだろうが、特殊な術で加工すれば神剣の素材にもなる、神の金属だ」

神の金属！　それだけでもメッチャ凄そうなんだけど！

『お、俺は、その金属で作られてるのか？』

「そうだ」

「じゃあ、師匠を作った人は神級鍛冶師？」

『いや、神級鍛冶師の作ったオレイカルコスを、何らかの方法で入手しただけの普通の鍛冶師って可能性もある』

思わず否定の言葉を口にしてしまった。神級鍛冶師に作られたすごい剣かも？　なんて期待して、違った時にダメージがデカイからね。

だが、俺の否定の言葉を、アリステアがさらに否定する。

「いや、オレイカルコスをここまで完璧に扱うのは神級鍛冶師じゃないと無理だ。少なくとも師匠の外身は神級鍛冶師が手掛けているだろう」

『え？　じゃあ、俺って神剣……？』

まじ？　俺ってば実は、封印されし秘めたる力が――。

「それも違う。銘が無い」

はい、やっぱり期待しちゃダメでしたー。

そうだよな、神級鍛冶師が作ったからって、神剣とは限らないよな。

『銘が無いってことは、あれか？　神級鍛冶師が適当に作った量産品的なことなのか？』

なんだろう。嬉しいような、悲しいような。そこらの鍛冶師が全力で作った剣よりも、神級鍛冶師が手抜きで作った剣の方が、性能は上だろう。

しかし、俺的には前者の方が尊く感じてしまう。

『うーむ……。銘無しか』

「待て、銘が無いと言ったが、最初から無いわけじゃないと思う」

『どういうことだ？』

「多分、銘を削られたんだろう」

「削られた？」

『元々何らかの銘があったけど、消されたってことか？』

「ああ、そうだ。実は、師匠の出所について、少しだけ心当たりがある」

なんとアリステアは俺に関して何かを知っているらしかった。

しかし、その顔には自信がなさそうだ。可能性が僅かにある。その程度なのかもしれない。

「アタシも、確証がある訳じゃないんだが……」

「どういうこと？」

「ちょっと待て――創剣《そうけん》の真理、起動」

アリステアが目を閉じて集中した。そして、何やらスキルを起動する。

直後、その目の前に、透明で薄い板のような物が浮かび上がった。そこに文字や絵などが表示されている。

「それは？」

「神級鍛冶師の固有スキル、『創剣の真理』の機能の一部だな。まあ、ザックリ言ってしまえば、神剣やそれに関する知識が詰め込まれた図鑑みたいなものだ。神級鍛冶師はそこから情報を引き出すことができる。情報はこうやって、外部に表示することも可能だ」

知識系のスキルなのか？　でも、その情報を表示することもできるみたいだった。本当に、高性能な図鑑みたいなノリなのかもしれない。

まるでホログラフィのような情報表示機能を見たら、魔法やスキルというよりもちょっとＳＦチックな匂いさえする。

「まあ、他人には閲覧できないようになっている情報も多いが……。どうだ？　読めるか？」

読めるかって言われても、そりゃあ目の前に表示されてるんだから――。

『ん？　なんだこりゃ』

「読めない」

表示されている文字がメチャクチャだった。暗号化されてるんじゃなければ、完全に文字化け状態だ。だが、アリステアにとっては想定の内だったらしい。慌てることなく、頷いている。

「やはりな。では、絵の方はどうだ？」

『剣が見えるが』

文字はバグってしまっているが、イラストは問題ない。

一本の剣が表示されていた。

どこかで見たことがあるような……？

「ん。ちょっと師匠に似てる」

『そうか？　言われたら、そうか』

フランの言葉を聞いて、既視感の正体が分かった。確かに、俺に似ている。

一番目立つエンブレム部分の形は全く違うものの、柄や刀身はそっくりだった。

「絵は問題ないようだな」

絵の方は、アリステアが見せたかったものがきっちり表示されているらしい。というか、資格がない者が見ると文字化けするだけで、アリステアにはちゃんとした文字情報が見えているようだ。

『わざわざそれを見せるってことは、その剣が俺に無関係じゃないってことか？』

「ああ、フランも言っていたが、あまりにも師匠との共通点が多すぎる」

そう言って、アリステアがこの絵と俺の類似点を挙げていった。

まず、柄。形も大きさも、組紐の色や編み方も完全に一致しているという。それこそ、真似たというだけではここまで似せることは難しいだろうという程に。

ついで、刀身。青い模様やそれ以外の細かい装飾も似ている。刃の長さもピッタリと一致するそうだ。

ただ、もっとも目を引く鍔《つば》の部分が、全く違っていた。

俺の鍔元の部分には、狼を模《かたど》った勇壮なエンブレムがあしらわれている。だがこの絵だと、人の顔っぽい物が四つ並んで描かれていた。目を閉じた四人の美しい女性と、二対四枚の天使の翼のような意匠のエンブレムである。

『確かに、エンブレム以外の部分は似ているかもな……』

「だろう。詳しい説明は時間がかかる。修復を行いながらにしよう。ちょっと待ってくれ」

アリステアが一旦話を中断し、アイテム袋から何やらバスケットボール大の金属の球体を取り出した。軽く呪文を唱えて金属球に触れると、一気にその形状が変化する。

細い鋼の糸が絡み合った、まるで金属でできた綿菓子のような、不思議な形だ。

アリステアが、その金属の綿を俺の刀身へと押し付ける。すると、綿が意思を持つかのように蠢《うごめ》き、俺に巻き付くように変化した。

その上から、アリステアが何かの魔法薬をドボドボと振りかける。ドドメ色をした、ちょっと不安になる見た目の液体だ。しかし、ここはアリステアを信用して、我慢する。

同時に、アリステアが何かの呪文を詠唱し、綿の上から魔力を流した。

直後、俺の全身を温かいナニかが包み込む。この温かさを感じているだけで、妙に安心できた。やはり神級鍛冶師はすごいな。

「――ふぅ。これで、このオレイカルコスが師匠の刀身に吸収され、自動的に修復が始まるはずだ」

『これがオレイカルコスなのか？』

「ああ、そうだ。オレイカルコスをアタシの能力で糸状に変形させたものだな」

伝説の金属らしいのに、大量に取り出してたよな？

「神級鍛冶師にとっては、簡単に手に入る物だ。気にしなくていい」

「ありがとう」

「これが仕事だからな。それよりも、さっきの話の続きだ」

アリステアが、研究室の隅からパイプ椅子に似た形状の椅子を引っ張り出してきて、座る。フランにも同じ椅子を勧めてくれた。

「まずはアタシの所見から言わせてもらうが、師匠は複数の人間によって作り上げられたと思う」

『複数？　製作者が何人もいるってことか？』

「まあ、それに近いな。外身の剣を作った奴と、中を調整した奴は別だろう」

「中？」

「剣の中に人間の魂を封じたり、魔石を吸収する能力を作り上げた奴さ。軽く見ただけでも、仕事の質が違いすぎる。その前提で話を進めるからな？」

「わかった」

『わかった』

意外と、衝撃というか、驚きは少ない。そもそも何も分かっていなかった状態なんだし、「実は複数の人間の手によって作られた剣でした！　ババーン！」と言われたところで、「ふーん」という感じだ。

人間だったら親が複数いて、複雑な事情があるような状態なのかね？

俺たちが一応理解したのを確認すると、アリステアは未だに表示されている剣の絵をフランの前に移動させた。

「この剣だが、銘は智慧剣《ちけい》・ケルビム。今は失われし神剣の一振りだ」

「神剣ケルビム？」

『神剣？　これが神剣だと？　え？　俺に似ているこの剣が？』

製作者の情報と違って、こっちの情報の方は無視できない。神剣を間近で見たことがある分、実感が違うのだ。

だって、神剣だよ？　世界最高の剣と、俺が似ているだって？

「どういうこと？」

「まあ、いくつか可能性は考えられるが……。師匠は廃棄神剣なのだと思う」

『廃棄神剣？　また初めて聞く単語だな』

「知らない」

「む、そうか。確かに広く知られている話でもないしな。まずはそちらの説明からしよう」

廃棄神剣とは、その名の通り廃棄された神剣のことであるらしい。

生半可なことでは破壊されることがない神剣が廃棄され、廃棄神剣が生まれる理由は大きく三つあるという。

「一つが、何らかの理由で激しく損傷し、修復が不可能だった場合。残念だが、廃棄される」

『そんなこと有り得るのか？　神剣なんだろ？』

「世の中には、邪神や神獣のような、規格外の存在がいるんだ。神剣であろうとも、絶対的な存在たり得ない」

神に伍《ご》する剣と言えど、同じく神に準ずる魔獣たちを前にすれば、負けることもあり得るらしい。どれだけ強くとも、常勝不敗や絶対無敵なんてことはあり得ないのだ。

「二つ目が、色々な理由で作製に失敗した場合。神剣に準ずる力を持ちながら、その能力が中途半端で、暴走する危険性もあるので大抵は廃棄される」

神剣になれなかった失敗作というわけだな。廃棄してしまうのはもったいない気がするが、暴走する可能性は確かに見過ごせないだろう。

なにせ、能力だけは神剣に準じているのだ。暴発する可能性のある大量破壊兵器なんて、怖くて保管することもできないだろう。それと同じことだ。

「最後が、出来上がった神剣があまりにも危険すぎたため、廃棄を命じられる場合」

「命じられる？　誰に？」

「神だよ。過去に、神から廃棄するように命じられたとされる神剣は三本ある。どれもあまりにも危険すぎたため、能力をほとんど発動させることなく、神級鍛冶師本人によって廃棄されたとある」

なるほど、成功したけど想定以上に危険な能力だったため、廃棄せざるを得なかった場合か。神様が廃棄を命じる程の危険な能力って、想像もつかないな。

「神剣といえばアタシらにとって子も同然。その廃棄を命じられた過去の神級鍛冶師たちの心の痛みはいか程のものであったのか……」

アリステアが神妙な顔で呟く。

「だが、世界に仇為《あだな》す剣を、世に出す訳にはいかないのも確か。仕方ない事だろう。だからこそ、今健在の神剣はそのまま残ってほしい。何らかの理由で破壊を逃れた廃棄神剣であろうともな」

それがアリステアが俺たちに好意的な理由だろうか？　単に剣オタクなだけかと思ってたよ。

「その三つはどんな剣だったの？」

「三本の内の一つが、核撃剣・メルトダウン。詳細は創剣の真理にも記されていないが、凄まじい力と毒を生み出す、恐ろしい神剣だったそうだ。放っておけば、世界から生物が消え去る恐れがあるとして、廃棄が命じられた」

力と毒……。核エネルギーと放射能のことか？　名前もメルトダウンだし。どれくらいの威力かは分からないが、世界各地でポンポン使われたらそりゃあ危険だろう。神様が危険視する程度の威力はあったんだろうな。

「二つ目は断罪剣・ジャッジメント。神罰を疑似的に再現できる神剣だったそうだ。だが、これも世界の理を捻じ曲げる可能性があるとして廃棄された」

こっちは全く想像ができん。ただ、神の職分を侵す可能性があるってなると、確かに危険視されるかもしれない。

「そして最後の一つが、知慧剣・ケルビムだ。神域に蓄積されたあらゆる知識を閲覧し、干渉して書き換える事さえ可能だったという。問題視されたのは、知識の閲覧能力だったみたいだがな。人が知ってはいけない、知るべきではない知識さえ閲覧できてしまうということだったらしい」

危険な知識を世に広めてしまう恐れがあるってことかね？　それこそ、核融合のような？　でもさ、そのケルビムさんが、俺と何か関係があるかもしれないってことなんだろ？

ちょっと怖いんだけど。

「廃棄神剣についてはある程度分かったな？」

「ん」

『おう』

「では、このケルビムと、師匠の関係についてだ」

いよいよか。ちょっと緊張してきた。

「アタシなりに考えてみたんだ。神剣を廃棄する際、どうやって廃棄するか？」

「ん？　捨てる？」

『いや、それだけじゃダメだろ。存在しちゃいけない訳だし、溶かしてインゴットにするとかじゃないと……』

自分が溶かされるシーンを想像して、身震いしてしまった。人間だったら、猟奇的な殺され方をするホラーシーンを想像したような感じだ。うーむ、自分が想像以上に剣になっていて、ちょっと驚いた。

「勿論、炉にぶち込んで、オレイカルコスの塊に戻す場合もあるだろう。だが、それはそれで勿体ないとは思わないか?」

『言われてみたら……』

神剣なんて、作るのに膨大な時間と労力がかかるはずだ。それを完全に破壊して、無かったことにできるか?

俺ならできない。むしろダメだと言われた部分をどうにかして、再利用を考えるだろう。

「だろう? まがりなりにも、神剣として生み出された一級品の剣だぞ? だったら、中の能力だけを消去して、外側は違うことに流用すればいい」

『つまり、俺がそれってことか?』

「もしかしたら、だけどな。神剣としての機能は失っても、その器としての大きさは他の魔剣などの比じゃない。新たに違う能力を付加することはできるはずだ」

だが、エンブレム部分が違うのはなんでだ? 絵の通り、天使のエンブレムじゃなきゃおかしいんじゃないか?

「そこだけだったら、作り変えることはできる。新たな剣として生まれ変わらせる際に、エンブレムを新たにするのはおかしいことじゃないだろう?」

「ん。確かに」

「それに、アタシの今の話が確実な訳じゃない。他の可能性としては、ケルビムを作る際の試し打ちや、失敗作だった可能性もある。あとは、同系統の姉妹品だったということも考えられるな」

「師匠は失敗作じゃない」

失敗作という言葉に反応したフランが、声を上げる。ええ子やでホンマに！

『ありがとなフラン』

「師匠は凄い剣」

「すまんすまん。別に悪口を言ってるわけじゃないんだ」

「ん」

「確実に言えるのは、師匠と神剣ケルビムには何らかの繋がりがあるってことだ。場合によっては、何らかの能力を受け継いでいる可能性もある」

ケルビムの能力か……。

ここまでの話で、俺はある存在を思い出していた。廃棄神剣の話を聞き始めた辺りから、もしかしたらと思ってはいたのだ。聞けば聞く程、それは確信となっていく。

いつも俺の傍にいてくれる頼れる存在、アナウンスさん。

今でも俺に対してレベルアップや称号の通知を機械的に届けてくれるアナウンスさんではあるが、一度だけ会話可能になったことがあった。

初めて潜在能力解放を使用したリッチ戦の最中である。そして、アナウンスさんは別れ際に気になる言葉を残していた。

〈個体名・師匠に感謝を。神に存在を許されず、製作者によって存在を抹消され、器としてのみ存在を許された私が、最後に仮初《かりそめ》とは言え主のために力を行使することができました。あなたたちの道行きに、知恵の神の加護があらんことを――〉

まさに、アリステアに聞いた話そのままではなかろうか？　しかもアナウンスさんは潜在能力解放中、神域という言葉を口にしていたはずだ。

〈――神域へとアクセスを試みます――成功。ライブラリーを参照。アクセス能力の消失と引き換えに、天眼の情報を入手。天眼スキルを構築――〉

と言っていた。これも、アリステアが語っていた神域の知識を閲覧して、干渉する能力のことなんじゃなかろうか。アリステアに、アナウンスさんについての推察を語る。

「興味深いな。それは確かに、ケルビムの残滓《ざんし》といえる存在かもしれない。となると、本当にケルビムを再利用して作り出されたという可能性が高くなってきたぞ」

『それも誰かが言っていたな……』

そうだ、あの謎の声だ。俺が目覚めてすぐの時に聞こえた、誰かの声。それからも、何度かアドバイスのようなものをくれていたが、結局その正体は分かっていない。

『あの声が、アナウンスさんは「既に消えた存在の残滓。それが、潜在能力解放で奇跡的に表に出てきただけだ。限界以上に力を行使した代償に、その残滓すら消えちまった」とか言ってたはずだ』

あの声も謎なんだよな。敵というよりは味方っぽいし、考えてどうにかなるような事でもなさそうだから努めて気にしないようにはしてきたんだが……。

現状では無視できない。俺はアリステアに謎の声についても聞いてみることにした。

『実はな、俺の中にはアナウンスさんとは別にもう一人？　誰かがいるみたいなんだ』

「なに？　それはどんな相手なんだ？」

『うーん……』

どんなと言われてもな。やや柄が悪そうな男性で、俺の中にいる。月宴祭《げつえんさい》が近づくと、力を取り戻せるらしいんだが、毎回色々と邪魔が入ったりしてまともに会話できたことはない。

ただ、俺の事情について色々と知っているようではあった。

「それだけじゃ、予想すらできないな」

『だって、名前も姿も分からないんだ。仕方ない――いや、姿は一度見たか』

バルボラの宿で、幻のような感じで姿を見せたんだ。確か、俺が潜在能力解放を使ったせいであの男性も何故か消耗してしまい、しばらく声をかけられそうにないということをジェスチャーで謝りに来たんだだった。

『えーと、壮年の男性だったな。オールバックにした銀髪で、ローブっぽいゆったりとした服を着てたはずだ』

「さすがにそれだけではヒントになりそうもないな」

『やっぱり？』

銀髪の男性なんて、いくらでもいるだろう。さすがにその程度の特徴では役に立たないようだ。

『あとは……そうだ！　俺の中にあるナニかの封印を監視してるっぽいんだよ』

「ナニかの封印？」

『ああ、シードランでのことなんだが――』

シードラン海国で体験した、封印の綻びからの暴走と、それを謎の声が抑えてくれた経験を語って聞かせる。

魔剣・ソウルドレインのせいで、どす黒い魔力を放つナニかの封印が弱まり、表に出そうになってしまった。それを、謎の声が封印を再度強化して、助けてくれたのである。

「なるほど、物騒だな。まあ、それも後で調べてみれば何か分かるかもしれん。刀身の修復が終わったら、内部の解析と修復に取り掛かるからな。慎重を期すとしよう」

というか、あの男性と会話ができれば全て解決する気もするんだよな。アリステアの力で、話をすることはできないんだろうか？

「なるほどね。じゃあ、その謎の声とやらとのコンタクトも目的に、頑張ってみようか」

『できるのか！』

自分で言っておいて、驚いてしまった。さすが神級鍛冶師。俺の想像を超える。

「まあ待て。できるかどうかは分からん。試してみるというだけだ。あまり期待せずに待っていろ」

『それでも、可能性があるなら頼む』

「任せておきな」

『あとなにか手助けになりそうな情報は――そうだ、俺はどうやら混沌の神の眷属らしいんだが？』

「なに？　混沌の神？　知恵の神ではなく？」

『ああ』

「ふむ……。神剣はその名の通り、神の力を宿す剣だ。それぞれの神剣が、力を与えてくれた神に属する眷属なんだが……。ケルビムは知恵の神の眷属だったはずだ。それが混沌の神？　なるほど、調べてみる価値はありそうだ」

おお、よかった。多少は役に立ったかもしれん。

他にまだ伝えていない情報はなかったか？

『あ、俺が刺さってた場所の詳しい情報とか、何かヒントにならないか？』

「魔狼《まろう》の平原だったか？　正直言って、直接祭壇とやらを調べられるんでもなければ意味はないな」

『そうか』

「アタシも行ったことがないんだよな。ここ一〇〇年ほどで大陸は全て制覇しているんだが、魔狼の平原は未到達だ」

「一〇〇年？」

『え？　今何歳なんだ？』

全部の大陸に行ったという情報よりも、年齢の話の方が驚いたんだけど？

見た目から完全に人間だと思っていたが、一〇〇歳以上でこの若さ。確実に長命種だろう。

「アタシはハーフエルフなんだ」

『ハーフエルフ？』

「耳は？　アマンダは尖ってた」

そうだ。ランクA冒険者にして鞭使《むち》いのアマンダは、耳がエルフのように尖っていた。彼女はハーフエルフのはずだ。それに比べ、アリステアの耳は人間のように丸い。

「はは、アタシ以外にハーフエルフの知り合いがいるのかい？」

「ん」

「まあ、アタシの場合は人間だった父親の血が濃く出たみたいでね。外見は人間寄りなのさ」

そりゃそうか。ハーフなわけだし、必ずエルフの外見を受け継ぐわけじゃないよな。

「まあ、寿命が長いのは種族的な事だけじゃなく、職業的な理由もあるけどな」

『職業が寿命に影響するのか？』

「職業がというよりは、職業の固有スキルに肉体最盛っていうスキルがあんのさ。その名の通り肉体を最盛期に保つスキルだが、長期間若々しい肉体が維持されることで寿命も延びるみたいなんだ」

若さを保つスキル？　あまり鍛冶師っぽくないスキルだった。

いや長期間、鍛冶師としての最盛期を保つと考えればありなのだろうか？　それに、肉体最盛の効果は若さだけではなく、彼女の美貌にも影響を及ぼしているようだった。

明らかに肌や髪の手入れをするタイプじゃないのに、この美しさは有り得ないだろう。多分、生命力が強化されることで、肌の張りや髪の艶にもプラスの効果が出ているに違いない。

しかも、固有スキルが数あるって言ったのだ。さすが神級鍛冶師ともなると、多数の固有スキルがあるみたいだった。

「まあ、アタシのことは置いておいて、今は修復の方が先決だ。そろそろ外部の修復が終わる。次は内部だ」

『内部って、どうするんだ？』

ちょっと怖いんだけど。

『も、もしかして、バラシて整備するのか？』

「それは最終手段だな。なんだ？　怖いのか？」

『そりゃあ、当たり前だ。人間で言ったら、いろんな場所を切り開いて手術するような感覚かね？　ともかく、穏やかでいられないことは確かだ』

「ほーん？　面白いね」

『ど、どこがだよ』

「ああ、すまん。アタシとしても喋る剣の整備なんざ初めての経験だからな。直接感想を聞けて、勉強になるって意味さ」

獣医が、動物の話を聞けたらこんな反応をするのだろうか？

アリステアの目は好奇心に輝いている。

『た、頼むからな？　分解はできるだけ勘弁だからな？』

「そこは神級鍛冶師の腕の見せ所だ。任せておけ。ただ、解析と修復にはかなり時間がかかる、そこは覚悟しておけよ？」

『わかった』

「フランはどうする？　正直、見ていても何もできないと思うが？」

「いい。見てる」

フランは先程と同じように答え、アリステアを見つめた。その場から梃子《てこ》でも動かないという、決意の表情である。

「オン！」

ウルシもその横に行儀よくお座りし、アリステアに向かって軽く吠えた。

二人の表情を見て、どうあっても決意が変わらないと理解したのだろう。

「好きにしな」

軽く肩をすくめつつ呟くと、それ以上は何も言わなかった。

「ふぅぅぅ……」

アリステアは深く息を吐くと、フランたちに背を向けて俺に向かい合う。

「始めるぞ。まあ、師匠がすることはないが。じっとしていることが仕事だな」

『わかった』

「ふふ」

『どうしたんだ？』

「剣の修復をするときに、まさか剣に向かって動くなという日が来るとは思わなかったよ」

そう言って軽く笑った後、アリステアは真剣な表情で俺に手をかざした。

「解析眼……！」

出会った時にも使っていた鑑定系のスキルだ。魔力の籠った瞳で、じっくりと俺を観察し始める。

その眼は、最初の時よりも数段真剣で、鋭かった。

「……」

「……」

アリステアもフランもウルシも、言葉を一切発さない。アリステアは集中しているが故に。フランたちはその集中を乱さぬように。ただ、互いに真剣な表情だけは同じだ。

銀色に輝く部屋の中には、二人と一匹の呼吸の音だけが微かに響いていた。

「……」

「……」

「…………」

「…………」

どれだけの時間そうしていただろうか。アリステアの額には玉のような汗が浮かんでいる。長時間魔力を集中させて、解析作業を続けているのだ。その消耗は、余人からは想像できない程に大きいだろう。

フランは相変わらず微動だにせず、その作業を見守っていた。

「ふぅぅぅ～――」

解析を終えたのか、アリステアがゆっくりと顔を上げ、息を吐く。

その顔には強い疲労の色が見えた。

『終わったのか？』

「一応は。すまんな」

なんかいきなりアリステアが謝った。

え？　どうした？　なんで謝ってるんだ？

『も、もしかして修復ができないとか？』

「いや、修復はできる。それは明言しておこう」

な、なんだよ。ビックリさせるんだからもう！

「ただ、これだけ時間をかけておいて、完全な解析には至らなかった。それを先に謝っておこうと思ってな」

『なんだ。そういうことか。でも、全くわからなかったわけじゃないんだろ？』

「まあな。修復に必要な情報は問題なく集まった」

なら構わない。何か分かれば嬉しかったが、最優先は俺自身の修復だからな。

いやー。焦ったぜ。

「とりあえず、修復を行いながら解析結果の説明をしよう」

『頼む』

アリステアが再び魔法薬のような物を複数取り出し、俺の脇で何やら調合し始めた。

剣に合わせて魔法薬の調合まで行うらしい。鍛冶だけではなく、錬金術師の腕まで一流ということなのだろう。

手際よく調合を終えたアリステアが、試験管を軽く振った。内部の薬が混ざり合って反応し、試験管から強い魔力が発せられる。

「薬をかけるぞ。少し変化があるだろうが、驚かないでくれ」

『わかった』

アリステアが慎重な手つきで、魔法薬を俺の刀身に振りかける。すると、体の中から何かが湧き上がってくるような感覚があった。

だが、悪い感じではない。

狂鬼化に支配されていたときのような、激しく、暗いものではなく、もっと温かで、優しい感覚だ。そのじんわりと柔らかいモノが、全身に広がっていくのが分かった。

「よし、魔法回路の修復が始まったな。どうだ？」

『なんか、気持ちいい。温《ぬる》いお湯に浸かってるみたいだ』

「さすが元人間。面白い表現だ。しかし、剣から直接感想が聞ける機会など今後もないだろうし、非常に興味深い！」

アリステアが笑みを浮かべながら興奮気味に呟く様子を見て、山場は越えたと感じたのだろう。フランが期待のこもった目でアリステアに問いかける。

「これで師匠は治るの？」

「いやまだまだ。この薬は、魔法回路の大きな傷を塞ぐだけだからな。次は細かい傷や深い場所の傷を塞いでいく。これだけの難作業、以前に神剣を作り上げた時以来かもしれん！　ふふふ、腕がなるぞ！」

やり方は分からないが、かなり精密な作業になりそうなことは予想できた。アリステアがやる気であることは嬉しいが、時間はかなりかかりそうだ。

にしても、神剣を作ったことがあるのか。神級鍛冶師なんだから当たり前なんだけど、改めて聞かされるとちょっと驚く。俺、凄い鍛冶師に直してもらってるんだな。

だが、俺の修復はまだまだ先になりそうだと理解したフランが、落胆した様子で再び椅子に座り込む。

「そう」

「まあそう暗い顔をするな。時間はかかるが、師匠は確実に元通りになる」

「ほんとう？」

「神剣を賭けよう！」

確実に成功するって事を言いたいんだろうが、神剣を賭けるって……。俺の修復に失敗したら神剣が貰えるの？　それって、フランにとっては失敗した方が良い剣が貰えるってことなんじゃ……。

「いらない。それより師匠を元に戻して」

『フラン！』

いい娘！　さすがフラン！

「分かってるって。絶対元通りに直すさ。まあ、その元通りが問題でもあるんだが」

『何だって？』

「いや、気にするな。今は修復に全力を傾けよう」

『？　分かった』

「とは言え、薬品による修復が終わるまでもう少しかかる。それを待つ間に、分かったことを教えてやる」

「ん！」

『頼む』

修復が最優先とは言ったけど、知りたくないわけじゃないからね！

「あ、師匠はもう自力で念話くらいなら使えると思うぞ？」

なに？　まじか？

『あーあー、テステス。フラン聞こえるか？』

「ん！　聞こえる！」

おー、本当に使えた！　痛みもない。少しラグというか、使うときに微妙に発動が遅い気がするが、会話には問題ないだろう。

本当に直ってきてるらしい。改めてそのことを感じて、感動してしまった。

「師匠は自分の中に二つの存在がいると言ったな？」

『アナウンスさんと謎の声だな』

「まずはアナウンスさんとやらの話からだ」

『おう』

「ん」

フランはいまいち反応が薄い。アナウンスさんの存在は知っていても、直接話したことはないからだろう。それでも、俺に関することなのだ。その顔は真剣だった。

フランの愛を感じる。病気をした時に家族の愛情を感じるっていうが、まさにそんな感じだった。

「かなり破損が激しいが、確かに剣と深く繫がる領域がある。剣内部全体に枝葉を伸ばす神経のようなイメージだな。情報の解析等に特化していて、本来であれば宿主――この場合は師匠だな。宿主を補助する能力があったはずだ」

『補助？　レベルアップの通知設定とかは今でもあるけど？』

潜在能力解放でアナウンスさんが活躍した前も後も、そこまで大きな違いはない気がする。しかし、それは表面的な部分だけの話であったらしい。

「いや、それだけじゃない。本来は、スキルの発動を補助したり、演算を補助する役目があったはずなんだ」

『つまり、スキルや魔術の発動を手助けしてくれる能力があったと？』

「ああ。だがその恩恵に気づく前に、その部分が破損してしまった。本来は師匠がより成長してから必要となる能力だったのにな」

アリステアが言うには、俺が――この場合は剣の能力的な意味で――成長したときのために、あえて残されていた能力なのではないかという。もしアナウンスさんが万全でそのサポートがあれば、今回のように能力の使いすぎで痛みを覚えるなんていうこともなかったかもしれない。

それどころか、限界を越えた時に注意してくれた可能性もあった。

だが、彼女の活躍と犠牲がなければ、俺たちは浮遊島でリッチに倒されていたはずだ。後悔の言葉は言うまい。

『それで、アナウンスさんは治るのか？』

一番重要なのは、そこだ。

しかし、アリステアは渋い顔で頭を振った。

「残念ながら無理だ。ケルビムの残滓は、今も僅かに残っていることさえ奇跡なんだ。ここまで壊れていては手の施しようがない」

残念だがアリステアができないと言うのであれば、本当にできないのだろう。

『そうか……』

「ケルビムの残滓に対しては、これ以上悪化しないように補強するくらいしかやることがないな」

『分かった。それでいい』

考えてみれば、初期の頃はアナウンスさんに色々とお世話になった。

寂しさも紛れたし、知識も色々と得ることができたのだ。消えてしまうのが避けられるのであれば、それだけでも十分ありがたかった。

『アナウンスさんを頼む』

「頼まれた」

真剣な顔で頷いたアリステアが、俺の刀身に手を添えて魔力を流し始める。

先程以上の、心地よい温かさが俺を包む。それだけではなく、内側までポカポカしてきた。

本当に、風呂に浸かっているかのようだ。

俺も、フランも、ウルシも。アリステアの作業を黙って見守り続けた。

ほんの僅かでも、彼女の邪魔をしないように。


数一〇分後。

ようやくアリステアが口を開いた。

「一番難しい作業は終わった。アナウンスさんは、無茶をしなければこれ以上壊れることはないだろう」

『そうか！　ありがとう！』

アリステアが頷きながら断言する。それを聞き、フランもウルシもホッとしたように胸をなでおろした。

『よかった』

「ん。よかった」

「オン！」

「お次は謎の声についてだ」

アリステアは俺に魔力を流し込みながら、再び口を開く。

『おお、遂に』

解析結果はどうだったんだ？　もしかして謎の声の正体が分かったり、呼び出せてしまったりするのだろうか？

「とは言え、こちらはケルビムの残滓以上に分かったことが少ない」

『あ、そうなの？』

「ああ。ただ剣のかなり深い部分に、弱ってはいるが師匠とは別の魂を確かに感じ取ることはできた」

ということはアナウンスさんのような廃棄神剣の一部とかではなく、俺みたいに剣の中に封じられているってことか？

「魔石からスキルを得る能力は、元々この魂の持っていた能力だろう」

『魔石から、スキルや魔力を吸収する力を持った存在ってことか？　なんでその謎の魂の能力を俺が使えてるんだ？　そもそも、どうして剣の中に封じられている？』

「そこがややこしいんだよ。師匠の内部はお前自身が想像している以上に複雑怪奇な状態だぞ？」

え？　なにそれ？　複雑怪奇って……聞くのがちょっと怖いんだけど。

だが、今さら後にも退けん。男は度胸、剣は吶喊《とっかん》！

『詳しく聞かせてくれ』

「その前にまず、師匠が魔石を吸収する姿を見たいんだが、ダメだろうか？」

なるほど、確かに直接見せた方がより詳しいことが分かるかもしれない。

「じゃあ、これ」

「この魔石をどうすればいいんだ？」

「こう、切るみたいにする」

「なるほど」

フランに渡された魔石を、フランの指導通りに俺の刀身に当てるアリステア。

すると、いつも通りの吸収が行われた。

弱い魔石だったせいで満たされる感じはほとんどなかったが、間違いなく吸収できているだろう。

『どうだ？』

「ふむ、興味深い魔力の流れだ。だが、やはりアタシの解析は間違っていないな。結論から言おう。師匠が魔石を吸収しても、そこから直接力を得ているわけではないな」

『は？　どういうことだ？』

「師匠ではなく、謎の魂の方へ魔力が流れていっている」

アリステアの説明をまとめると、こうだ。

俺が魔石を吸収すると、俺の中に封印されている謎の魂がその力を受け取る。どうやらこの魂はかなり損傷しており、未だに存在しているのが不思議なほどであるそうだ。曰く、神剣の中に封じられたことで逆に存在が守られているのではないかということだった。

そして、魔石を食らって力を取り戻したこの謎の魂から、俺へと力が分け与えられる。そういう流れになっているようだった。

「多分、この謎の魂が、謎の声とやらの正体だ。尋常なモノではあるまい。アタシでも解析できないレベルの、言ってしまえば格上の魂だからな」

『どこの誰かはわからないか？』

「済まない。ただ、邪悪な意思のようなものは感じられないな。むしろ進んで協力している印象だ」

まあ、この謎の魂が謎の声の正体だとしたら、敵ではないだろう。むしろ俺的には味方だと思っているし。

しかもさらにややこしい事に、自己進化ポイントで俺を強化する能力は、この謎の魂さんとは別の何かが担当しているらしかった。

『別の何かって……。謎の魂以上にあやふやな表現だな』

「それはアタシも分かってるよ。だが、そうとしか言いようがないんだ」

俺の内部ではケルビムの残滓や謎の魂が複雑に絡み合い、入り組んだ状況になっているらしいが、その中に第三の謎が存在しているらしい。

この部分には魂や意思が感じられず、どちらかというと魔道具の内部に構築された魔術プログラムやシステムに似ているんだとか。

「謎と言ったが、それは製作者や製作方法が分からないという意味で、その機能についてはある程度わかる。まあ、凄まじく高度過ぎて、解析が完全には追い付いていないが」

『神級鍛冶師のアリステアでも、解析しきれないのか？』

「正直言って、このシステムを作った奴は化け物だな。アタシはそんな職業があるのかは知らないが、神級魔道具師とか、神級錬金術師とか、そういうレベルの奴がいたと仮定しなきゃ構築は不可能なレベルだ。少なくとも、鍛冶師であるアタシには一から作り上げることはできない」

『そ、それほどか』

「ああ。以前に見たことがあるダンジョンコアにも似ているかもしれない。複製も模造も不可能で、アタシが敗北感を覚えたという点ではそっくりだよ」

そう言って苦笑いを浮かべるアリステア。神級鍛冶師のアリステアが敗北を感じるレベル？　それってメチャクチャ凄いんじゃないか？

ちょっと興奮してきたんだけど。いったいどんな凄まじい能力があるんだ？

『おお、じゃあこの謎システムはどんな機能を持っているんだ？』

「ああ、それは――」

システムの最大の目的は、謎の魂の力の管理であるらしい。アリステアは謎の魂から俺に力が流れていると言ったが、間をこのシステムが取り持っているようだった。

力を取り戻した謎の魂さんから力を取り出し、俺でも使える形に変換してくれているのがこの謎システムであるのだ。まあ、謎の魂さんが協力してくれるからこそ、その力を取り出すことができているらしいが。

謎の魂の力はかなり凄まじいらしく、ただ垂れ流しにしたところでそれを俺が自力で利用するのは難しいのだ。

スキルの習得に関してもそうだ。謎の魂さんは魔石からスキルを得る力があるようだが、それを俺がそのまま使うのは普通に考えれば難しい。俺の中に封印されていて、俺と繋がりがあると言っても、元々は別々の魂だからな。

謎の魂が魔石から吸収したスキルを、謎システムが俺でも使えるように変換して譲渡してくれているというのが真相であるらしかった。俺とフランの間にあるスキル共有の力は、この謎システムの恩恵であるのだ。

つまり、この謎システムによって、謎の魂の力を俺でも使える形に調整された物がランクアップであり、自己進化ポイントであるらしかった。

「ただ、なぜ魔石値という物を設定しているのかは……正直分からん。そんな設定にせずとも、もっと手軽に師匠を強化できるようにシステムを構築できたと思うんだがな」

『つまり、魔石を吸収すればするだけ、その場で強化される的な？』

言われてみればそうだ。

「ああ、正にそんな感じだ。わざわざ魔石値などというハードルを設ける必要はあるのか？」

『段階を踏ませる必要があるんじゃないか？　例えば、急激に強くなりすぎて、剣に負担がかかりすぎないようにするため、とか？』

「かもしれん。まあ、この謎システムの製作者は正直言ってかなりの酔狂者というか、悪戯《いたずら》心が強い者のように感じる」

「そんなこと、わかるの？」

「アタシが解析した印象でしかないがな。その印象からすると、このややこしいシステムは単純に趣味の可能性もあるかもしれんぞ？」

「趣味……」

趣味って……。魔石値のおかげで色々と苦労してるっていうのに……。本当に趣味だったら、きっと凄く性格がねじ曲がった奴に違いない。

「ああ、あともう一つ。強力な邪人の魔石からは魔石値を得られなかったと言っていたな？　多分だが、謎の魂が邪気を吸収しきれないんだろう」

つまり、邪気が強すぎる魔石では謎の魂が回復しない。だから俺に力が譲渡されず、魔石値も溜まらない。

邪術スキルがゲットできなかったのも、謎の魂が邪術を吸収できなかったからであるようだ。

ゴブリンなどの下級邪人は、邪気だけではなく普通の魔力も含んでいるから、ある程度は力を吸収できているらしい。

『えーと、本当にややこしいな。ちょっと整理しよう』

まず、俺の中にいるのは、ケルビムの残滓であるアナウンスさん、謎の魂、謎のシステム。


アナウンスさんは、外部からの情報を処理する能力や、俺の内部で起きていることを俺に伝える役割を担当してくれている。いわゆるアナウンス能力だが、俺が剣でありながら視覚や触覚を持っているのも、アナウンスさんのおかげであるらしい。

本当に助けられているんだな。ありがとうございます。

それどころか、念話などもアナウンスさんの能力であるらしい。なんというか秘書っぽい？　秘書アナウンスさん、いい響きだね。

謎の魂は、俺の中に封印されているナニか。それ以上の素性はアリステアでもわからない。

ただ、非常に傷ついており、魔石を吸収することで回復をしているらしい。そして、回復して得た力の一部を俺に譲渡してくれている。俺が魔石を吸収する時に快感を得るのは、この謎の魂の歓喜を感じ取っているからであるらしい。

つまり、魔石を食べて気持ちよくなるのは俺じゃなかった！　変態的な性癖なのは謎の魂さんの方だったのだ！　だから魔石を食べて「おほーっ！」って言っちゃうのは俺の責任じゃない！

その謎の魂からの力を俺でも使えるように調整しているのが謎のシステム。

これが無くては、謎の魂から発せられる凄まじい力で、逆に俺が蝕《むしば》まれてしまうかもしれないらしい。怖いね！　自己進化ポイントなども、この謎システムの管轄であるようだ。

製作者は誰か分からず、性格が悪い疑惑有り。

『うーん、分かったこともあるけど、より製作者に関する謎が深まってしまった気もするな』

「アタシが解析した限り、師匠の製作には最低でも四人以上が関わっていると思う。確実なのが、ケルビムを製作したと言われている神級鍛冶師エルメラだ」

『エルメラ……』

これは俺の素性を調べるにあたって、大きな情報だ。今後は、エルメラの足跡を追えば何か分かるかもしれない。

「あとは謎の魂本人。多分、人間ではなく魔獣の類ではあると思うが、自分の意思でシステムに組み込まれることを承諾せねば、これだけ緻密なシステムは作り上げられないだろう」

『魔獣が自分で協力したって言うのか？』

「魔獣の中には人以上の知性を持った存在もいる。それこそ神獣クラスになれば人の力など遥かに超越しているんだ。事情があればおかしいことではないさ」

てっきり人間かと思っていた。バルボラで現れた時には人の姿をしていたし、ジェスチャーで謝るコミカルな姿は非常に人間臭かったからだ。

だが、考えてみればウルシも人間臭い所がある。高位の魔獣になれば、内面は人間と変わらないのかもしれなかった。

「あとは謎システムを組み上げた人物。エルメラの仕事なら、同じ神級鍛冶師のアタシにわかるはずだ。絶対に違う奴だ」

アリステアが言うのであれば、そうなのだろう。エルメラの協力者ね。神級鍛冶師でも作り上げることができない凄まじい魔術システムを作り上げた人物がいるわけか。

『残りは何だ？』

ケルビムの製作者。謎の魂。システムの構築者。いや、そもそも俺をこっちの世界に連れてきた奴がいるはずか。

つまり、最後の謎は俺の魂そのものだ。

『俺か？　俺の魂を剣に封じた奴がいるってことか？』

「そうだ。最も不思議な部分が、師匠本人だよ。そもそも、師匠を剣に封じた存在が分からん。少なくともエルメラには無理だ。これだけ傷ついている謎の魂にも無理だと思う」

『システムを組み上げた奴は？』

「それだけは可能性がある。ただ――」

『ただ？』

「これは本当にあやふやな、神級鍛冶師の勘みたいなものになっちまうんだが、仕事のクセが違うように感じる」

『仕事のクセ？』

「ああ。謎システムの魔法回路と、師匠と剣を繋ぐ魔法回路が、同一の製作者によるとは思えないんだ」

そこはもう、神級鍛冶師の言葉ということで信じるしかない。素人では全く分からない極僅かな違いを見抜ける職人というのは、地球にもいたはずだ。

「師匠と謎の魂を剣に封じる方法が見当もつかない。謎だ……。なんか謎とか不明ばかりで済まないな。混沌の神の眷属扱いとなっている理由も分からなかったし、解析も追いつかなかった。神級鍛冶師だ何だと威張っておきながら、このざまだ。情けない」

アリステアはそう言って、自嘲気味に笑った。

軽く振る舞っているが、本気で悔しいのだろう。本気で落ち込んでいるように思える。それでも、説明の途中だと思い出したのだろう。

気を取り直した顔で、再び口を開いた。

「そもそもだ。師匠が剣に封じられた理由もわからん」

『俺が封じられた理由？』

「ああ。時系列で考えると、最初に廃棄神剣・ケルビムの残骸に謎の魂が保護の意味で封じられた。

その後、何者かが謎システムを構築し、謎の魂の力を剣の主人格――つまり師匠が使えるように整えた」

『ああ』

「そうした理由は推測でしかないが、謎の魂のためだと思う。魔石を吸収すればするほど強くなれるのであれば、装備者は自主的に魔石を吸収し続けるだろう。そうすることで、謎の魂の回復は早まる」

なるほどね。つまり、俺たちは剣の製作者たちの思惑通りに行動してるってことか。いや、俺は製作者側なのか？　だとしたらフランが思惑通りと言うべきか？

それでも、それがフランのためにもなっているわけだから、文句は言わないけどね。むしろそういうシステムにしてくれたおかげで、俺もフランに出会えたわけだし。

ただ、次のアリステアの言葉で、俺は冷や水を浴びせかけられたような気分になった。

「だが、師匠の存在は本当に必要か？」

『え？』

「多分、師匠の魂が剣に封じられたのも、謎システムが構築されたのと同時期だろう。対になっているわけだからな。だが、このシステムに本当に師匠は必要なのか？」

「師匠は必要！」

これまでほとんど言葉を発さずに、じっと俺たちの話を聞いていたフランが、久しぶりに口を開いた。

俺たちの邪魔をしないように、静かにしてくれていたんだろう。難しい話でも居眠りせずにきっちり聞けるようになっただなんて、成長したなフラン！　ちょっと感動だ。

そして、聞き逃せない言葉が耳に入り、思わず声を上げてしまったらしい。

「そう睨むな。別に悪口を言ってる訳じゃない。ただ、気になっただけだ。わざわざ師匠を間に挟まずとも、剣の装備者が直接剣の力を振るえるようにすればよかったんじゃないか？」

言われてみたら……。

スキル共有の能力がある訳だし、アナウンスさんもいる。俺がいなくても、装備者がスキルを自分の意思で選び、力を引き出す使い方も可能なんじゃないか？

あれ、俺っていらない子……？

「師匠はいる！　だって、師匠がいたら頼もしい！」

『フラン……』

「ん！」

やっぱ俺はフランの剣で良かった！　心底そう思ったぞ。

「まあ、アタシだっていらないとは言ってないさ。師匠を見ていれば、剣が意思を持つことには大きなメリットもあると分かるしな。それに、これだけの剣を作り上げる奴らが、何の意味もなく人間の魂を剣に封じるなんて真似するはずがない。絶対に何か、師匠を剣の主人格に据えた理由があるはずなんだ。まあ、アタシの解析ではそこまで探り当てることはできなかったが……」

『いや、色々と判明したんだ。俺としてはかなり有意義だった。本当だぞ？』

自分の力がどういう物だったのか理解できたし、エルメラという名前も分かった。俺が神剣を利用して作られた存在だというのも判明した。これは大きな進展だろう。

「その師匠の役割に関係あるのかは分からないが、剣の中に一ヶ所だけアタシの解析が全く及ばない場所がある。最深部とでも言えばいいかな？　剣の最も深い部分にだ」

『全くか？』

「ああ、全く、完璧に。この部分だけは他と違って、解析や鑑定を防ぐための仕掛けがしてある。それも、神級鍛冶師クラスの解析を予め想定してあるような強固さだ」

『どんな役割があるのか、想像もつかないのか？』

「情報が少なすぎる。その役割も効果も全くわからない……。ただ、師匠の話を聞いた限り、ここに例のどす黒い魔力を放つナニってやつが、封印されているんじゃないかと思う」

『謎の声が監視してる、シードランで暴走しかけたあいつか』

「ああ。とは言え、それも仮設でしかないがな。解析できない以上、推論の域は出ない。分からないばかりで済まんな」

再び自嘲気味に笑うが、アリステアは本当によくやってくれたと思う。彼女でなければ、ここまでの情報は得られなかっただろう。

それに、何も分からなかったわけじゃない。俺はここまでのアリステアの解析結果を聞いて、ある可能性に思い至っていた。

『謎の魂の正体に関して、少し仮説――というよりかは妄想に近いかもしれないが、ちょっと心当たりができた』

「ほう？　どういうことだ？」

『まあ、あくまでも可能性の話だが――』

俺が考えた謎の魂の正体。

それはフェンリルだ。まあ、伝説の大魔獣さんが俺の中に封じられてるとか、ちょっと自己評価高過ぎかなーと思うが。

俺の鍔にあしらわれた狼のエンブレム。俺が刺さっていた台座があった場所の名は、魔狼の平原。その平原に残るフェンリルの伝説。ウルシが所持している神狼の眷属という称号。謎の魂が魔獣であるという事実。

可能性はいくらでも挙げることができる。これだけの情報が揃っていれば、俺でもさすがにその可能性に思い至る程度には……。

「なるほど。フェンリルか」

『どうだろう？』

「可能性はなくはない。神剣の中には、そういった魔獣等を剣に宿し、力を借りる物もあるからな。魔剣の中にも魔獣を封じて使役する、魔獣武器という種類の物もある」

『それは、魂を操ったって事にはならないのか？』

確か、魂は神の領域っていう話だったはずだ。以前出会った、死霊術師のジャンがそんなことを言っていた。

神級鍛冶師やそれ以上の存在であれば、魂に干渉する手段はあるのだろうが。

そうでなくては、俺を剣に封じ込めることはできないからな。俺の存在が、逆説的に魂を操作する方法の実在を裏付けているのである。

魔獣武器に関しては、そこまで難しい話ではないようだが。

「魂だけを操るのが難しいだけだ。密接に結び付いた肉体ごと、剣に封じ込めることは不可能ではない」

『そんな単純な話なのか？』

「ああ。神剣だって、理屈は同じさ」

「ふーん。ねぇ、他の神剣は、どんなのがある？」

『それは俺も興味があるな』

「魔獣を封じている物だと、魔王剣ディアボロス、暴竜剣リンドヴルム、蛇帝《じゃてい》剣ヨルムンガンド。すでに破壊されてしまったが、過去には金竜剣エルドラドなどもあった」

アリステアが指折り数えながら、名を挙げていく。ただ、フランは違う所が気になってしまったらしい。

「神剣なのに、そんな簡単に壊れるの？」

それは俺も気になったな。

廃棄神剣が生まれる理由の一つが、修復できない破損であるとも言っていた。

『それに、前に見た神剣のリストの中にも、すでに破壊されたという剣の名前があったはずだ』

以前、ウルムットのダンジョンマスターであるルミナに、神剣の一部が記載されたリストを見せてもらったことがある。

そのリストには、破壊されたと思しき神剣の名前もいくつか載っていた。

ケルビム、ジャッジメント、メルトダウン。確かにこれらの名前もあったはずだが、それ以外にも破壊された神剣として、ファナティクス、ホーリーオーダーという名前が記されていたのだ。

さらに今、エルドラドという名前も挙がった。

神剣なのに、意外と破壊されてる？

「さっきも言ったが、神剣だって無敵ではない。同格以上の相手であれば、破壊されることもある。それに、神剣の持ち主が敵同士になれば、神剣同士で戦うということもあり得るんだ。その場合、片方が破壊されてもおかしくはないだろう？」

『神剣同士の戦いって……』

周囲の被害がとんでもなさそうだ。

「ファナティクスとホーリーオーダーの場合、事情が少々特殊だがな」

「特殊？」

「ああ。ファナティクスは、かなりの曰く付きの神剣だった。彼の剣を作り上げた神級鍛冶師ディオニスは、癖のある剣を作り上げる鍛冶師なんだ」

「クセ？　どんな剣がある？」

「使用者を無双の戦士に変える代わりに暴走させてしまう狂神剣ベルセルク。作り上げるのに聖女を生贄《いけにえ》に捧げたという曰くのある、悪魔を使役する能力を持った魔王剣ディアボロス。他者を洗脳して操り人形にしてしまう、偽善剣パシフィスト。どこか、人の欲や汚い部分を反映している神剣が多いのさ」

確かにエグイ剣ばかりだ。そんな神剣ばかりを作る奴が生み出したファナティクスも、普通の剣じゃなさそうだった。

「ファナティクスは、言ってしまえば人と人を精神で繋ぐ剣だ」

「？　何が悪い？」

『念話みたいな能力があるのか？』

人と人が精神で繋がる……。互いの思ってることが全部伝わって、争いになるとか？　だが、アリステアの説明はもっと恐ろしい物だった。

「言い方が悪かったな。ファナティクスは支配した相手の精神を、強制的に自らに統合する能力があるんだ」

『統合？　二人の人間が一人になるのか？』

「ああ、精神だけがな。斬られた方の精神が、斬った側に食われる」

『だとしたら食われた方の肉体は？』

「これが中々えげつないんだ」

ファナティクスは他者の精神を自らに統合しつつも、元の肉体との繋がりも維持し続けることができた。結果、肉体は個々に動いている別の生物のように見えても、中に入った精神はファナティクスの所有者の分け身という状態なのだ。

ファナティクスの所有者が、精神的に繋がった複数の肉体を同時に動かしている状態と言えばいいだろうか。ただ、ファナティクスには元々のその肉体の持ち主が統合されているので、外面は今まで通りに振る舞うことも可能らしい。

「精神ごと他人を取り込んで、融合を果たす。結果、相手の記憶や経験、感情を全て自分のものとできてしまう。だが、何十人、何百人分もの記憶を取り込んでいった者は、果たしてまともでいられると思うか？」

『無理だろうな』

「そうだ。その剣を使い続けた所有者の精神は大きく肥大し、もはや何者でもなくなってしまう。そして、最後は暴走をはじめてしまうのさ。そのファナティクスを危険視した神級鍛冶師ウルマーによって作り上げられたのが、聖霊剣ホーリーオーダー。対ファナティクス用の特化神剣だったらしい。結果、双方がぶつかり、共に破壊されてしまったという訳だ」

神級鍛冶師にも色々な奴がいて、その間には色々と事情があるわけだ。

『ウルマーって、確か最初に神剣を作った奴じゃなかったか？　始まりの神剣、始神剣アルファの製作者だったはずだが』

「よく知ってるな。そうだ。神の啓示を受け、史上初めて神級鍛冶師となった伝説の男だ」

『そのウルマーとディオニスは、同じ時代に生きてたのか？』

「二人は兄弟だったんだよ。ディオニスはずっと兄の相槌《あいづち》だったらしい」

相槌って、鍛冶をするときの相棒的な役割だったよな。弟子が担当することも多いはずだ。

「だが、ディオニスは兄に激しく嫉妬した。神に認められ、最高の鍛冶師と崇《あが》められる兄が許せなかったらしい。結果、兄の仕事を見て神級鍛冶師の技法を盗み、自力で神級鍛冶師に至ったんだ」

『それって凄くね？』

見て覚えるとかいうレベルではない。ただの鍛冶師ではなく、神級鍛冶師なんだぞ？　自力でそのレベルに至るとか、普通ではない。

「天才だったのだろうな。ウルマーの残した書物にも、「弟こそが真の天才だ。だからこそ、危険である」と書き記されていたというからな。結果、同時代に二人の神級鍛冶師が生まれ、多くの神剣が生み出された」

今の説明で分かった。ディオニスって奴が変な剣ばかり生み出す理由だが、兄への対抗心とか、当てつけなんだろう。正統派の剣を作る兄を超えるために、尖った能力の特化型神剣を多く生み出したに違いない。

「少し話が逸れたな。魔獣を封じた神剣の話に戻ろう」

『おっと、そう言えばその話だった』

神級鍛冶師に神剣について教えてもらう機会なんて、今後無いかもしれないのだ。思わず脱線してしまった。

「師匠の中に、フェンリルが封じられているという可能性。絶対にないわけではないと思う」

『となると、謎の魂さんを助けたい＝フェンリルを助けたい誰かが、俺を作ったたってことだよな？』

「謎の魂がフェンリルであればな」

でも、今後はフェンリルの話を調べる価値が出てきたってことだよな。まあ、謎の魂さんがフェンリルじゃなかった場合は、無駄な労力になる訳だが……。その時はその時だ。

『やっぱ、魔狼の平原に一度戻ってみるか』

「ん」

「ふむ……。もっと時間をかければ詳しい解析ができるはずなんだが……」

「時間がかかる？」

「まあ、謎の魂の正体を突き止めようと思ったら、年単位で必要だ」

『それは無理だぞ』

「ん。無理」

フランの貴重な十代前半を、この場所で浪費させるわけにはいかん。

勿論、アリステアの下で色々なことを勉強するのはいい経験になるかもしれないけど、やっぱり可愛い子には旅をさせないとね。

それにクランゼル王国に戻ってオークションに参加しないといけない。ガルスとの約束があるのだ。

「分かっている。無理強いはしないさ」

少し残念そうなのは気のせいではないだろう。やはり、解析が上手くいかなかったことが悔しいようだ。

「さて、前置きはこのくらいにして、本格的な修復と改修に移ろう」

「改修？」

『修復するだけじゃないのか？』

俺としては、元に戻れるだけでも十分なんだけど。

「ああ、ケルビムの残滓が機能していない以上、それだけでは十分でないと判断した」

『十分でない？』

「本来であれば、ケルビムの残滓が師匠の膨大なスキルの管理や、使用時の補助を行っているはずなんだ。なのに、今はそれがない。今回師匠の調子がおかしくなったのも、それが原因だろう。処理能力が全く追いついていないんだ」

本来はケルビムさんが処理を肩代わりしてくれるはずの部分を、俺自身が無理やりやっている形になっているらしい。

「元に戻すだけではすぐに同じことになる。だから改修の必要がある」

『改修っていうのは具体的にどんなことをするんだ？　処理能力を上げたりできるのか？』

「無理だ。能力の面で、アタシがやれることはない。そもそも、師匠は準神剣級――いや、ほぼ神剣といってもいい程の複雑な構造をしている。アタシでもそう簡単には手を出せないんだよ」

ハードウェアの部分ではどうしようもないらしい。

となるとソフトウェアの部分だな。いや、それもなかなか難しそうだ。言ってしまえば、凄まじい容量のソフトがいくつも常駐していて、メモリを圧迫し続けている状況である。そのソフトを削除できない以上、もっと細かい部分で容量を確保するしかないだろう。

この辺、地球人としての知識のおかげか、自分でも驚くほどに話が理解できる。隣で聞いているフランはずっと首を傾げたままだ。

『どうにかして俺の内部の余計な部分を削るってことか？』

「話が早いな。そうだ。もっと言ってしまえば、スキルの数を減らす。ケルビムの残滓が居れば、無限にスキルが増えても管理に問題なかったんだろう。だが、今のままだと、スキルを大量に所持しているだけで師匠に負担がかかっている状況だ」

つまり、魔石を食ってスキルを増やせば増やすほど、俺の限界が近づいていたってことだ。

特に今回の戦いでは、膨大な量のスキルをゲットしてしまった。

マイナースキルや生活スキルを中心に、新スキルは五〇を優に超えているだろう。

いつの間にか、演奏やら舞踊やら、知らないスキルが大量である。知能の高い魔獣たちは、人のように趣味を持つのかもしれん。それらを奪ったことで、無駄なスキルも増えたというわけだ。

後は鱗《うろこ》強化や、体毛棘《とげ》化《か》などの、俺たちでは使用不可能なスキル群も凄まじい数がある。

下手したら新スキルは一〇〇に届くかもしれなかった。

スキルの総計は一五〇を超える。

そう説明すると、アリステアが呆れたような表情で呟く。

「おいおい、それほどかよ」

「ん。師匠はスキルたくさん」

「はぁ……。いいか？　そこらの神剣でさえ、付与されているスキルは多くても三〇程度だ。それが限度なんだ。五〇超えてりゃ動作不良、一〇〇を超えてれば暴走しても不思議はない。それが一五〇超え？　しかも、半数が統合スキルや上位スキル？　そりゃあおかしくもなる！　普通ならとっくにぶっ壊れてるぞ！」

『うわー……』

「痛みを感じた？　むしろよくその程度で済んだな」

自分がどれだけ無理をしていたのか、アリステアの言葉でよくわかった。よく暴走とかしなかったな。

今回の出会いは本当に運が良かった。ここでアリステアに出会っていなければ、修復できたかも分からないし、敵が出れば半壊の状態でさらに無理を重ねていただろう。

その先に待っているのは、明るい未来では絶対にない。

キアラを亡くし、俺まで喪ってしまったら、フランはどうなってしまうことか……。

俺は、絶対に壊れる訳にはいかない。

密かにそんな決意をしていたら、フランが小首を傾げつつ疑問を口にした。

「ねえ、師匠はなんで痛みを感じるの？」

『うん？　そりゃあ、アリステアが言った通り、負担がかかってるからだろ？』

「いや、フランが言いたいのはそういうことじゃないんじゃないか？　生物的な肉体もなく、本来は痛みを感じることもないはずの師匠が、どうして痛いという感覚を覚えるのかってことだろ？」

ああ、そういうことか。確かにそれは俺も気にはなってたんだ。ただ、アリステアにはどうやら予想がついているらしい。

「師匠が人造魂魄であれば、痛みを感じないだろう。そもそも痛みという感覚を知らないからな。ただ、師匠の場合は人間だった頃の感覚が僅かに残っている。そのせいで無理をしたら痛むものという認識が働いて、ありえない痛みを再現しているのだと思う」

『な、なるほど』

「剣の部分を破壊されても痛みを感じたりしないのは、あまりにも人間の肉体とかけ離れ過ぎていて痛むという感覚が働かないのか、剣なんだから痛いわけがないという思い込みが強いのか、どっちかじゃないかと思う」

つまり本当は精神の部分だって痛くないのに、痛いはずだという思い込みが、痛みを感じさせているってことか。

「まあ、厄介な話だが、今の師匠には悪い事じゃない。痛みを感じることで、ケルビムの残滓がいなくても自分の限界を察知できるからな」

言われてみたらそうかもしれない。痛みが無かったら限界に気付かず、ミューレリアやゼロスリードとの戦いで自滅していたかもしれなかったのだ。

「さて、改修の話だ。その痛みを感じる機会を減らすためにも、無駄スキルは削除しないといけない。だが一つ言っておくぞ。一個二個ならともかく、この膨大な量のスキルを取捨選択して残したり消したりはできん。それこそ何年もかかっちまう」

『え？　ちょっと待った、それは困る！』

せっかく手に入れた有用なスキルが消えたら、一気に戦力ダウンだぞ？

特に、剣王術や雷鳴魔術は絶対に残してもらわないと！

「とは言え、適当に消すわけでもない。そこは安心しろ」

『意味が分からないんだが？』

選別して消すことはできないって言ったはずだが……。

「あー、なんと言えばいいかな。謎システムの能力を利用して、師匠の中でスキルを選別して、最適化すると言えばいいか？」

『謎システムに干渉できるのか？』

「その機能を変化させるわけじゃなく、少し利用するだけであればな。例えば、同系統のスキルを一つにまとめて、上位スキルに進化させたりすることは可能だ」

スキルを無駄にたくさん持っているのが問題なんだから、それらを一まとめにしてしまおうってことか。もしくは、必要ないスキルを削除する。

以前、アナウンスさんがやったことと、基本は同じだろう。というか、俺の謎システムを利用するっていうことは、全く同じ作業なのかもしれない。

だとしたら、悪くはないのか？

「ただ、細かい制御はできないから、取捨選択はシステム任せになる」

『そういうことか……』

アナウンスさんが主導しない以上、信頼度は大きく下がりそうだ。

「数が減れば、無駄スキルの管理に処理が圧迫されることはなくなる。今よりもはるかにましになるはずだ。まあ、有用なスキルを絶対残せるとは断言できないが。何せ初めての経験なもんでね」

『……フラン、どう思う？』

（師匠の為になるなら、なんでもいい）

『でも、剣術とかも最悪はなくなってしまうかもしれん』

（無くなったら、またゲットすればいい。師匠が無事なのが、一番大事）

『フラン……』

フランに事もなげにそう言われて、俺も決心がついた。

そうだよな、仮に弱くなってしまったとしても、また強くなればいいんだ。失うものがあったら、再び手に入れればいい。

無事でさえいれば、取り返しは付くのだ。

「でも、一つ聞きたい」

「なんだ？」

「今回アリステアにスキルを減らしてもらっても、また増えたらどうなる？」

確かにそうだ。フランの言う通り、これって一時しのぎにしかならないんじゃないか？

「だから定期的に見せにきな。その時に、師匠について何か分かったらアタシにも知らせてくれないか？　力になれることもあるだろう」

『……親切心だけか？』

「まあ、師匠の素性に興味が無いとは言わんが」

だよね。目が完全に好奇心に支配されているもの。だが、俺にとっても神級鍛冶師との繋がりは断ちたくない。いざという時に修復を頼める相手がいるというのは、本当に心強いのだ。

人間で言ったら、超名医にいつでも見てもらえる安心感に近いのかね？

ともかく、これでまたフランと一緒に戦えるのだ。

「わかった。また来る」

『だから、改修の方はよろしく頼む』

「ああ、任せておきな」

第二章　変化と進化

アリステアが改修作業に入ってから数時間。

俺の中にあるシステムを利用すると言っても、そう簡単にはいかないらしい。

準備を始めると言って目を瞑ったまま、微動だにしなかった。

長時間集中し続けられるその集中力は、人間離れしていると言っていいだろう。

そんなアリステアを見守っていると、不意に目を開いて顔を上げた。

「よし、準備ができた。これでいつでも改修作業に入れるぞ」

そう言って、額の汗を拭う。

数時間も飲まず食わずでジッとしていたのだ。かなり消耗していると思うんだが、その顔に大きな疲れは見られない。

『なあ、休まなくていいのか？　もう夜だぞ？』

この部屋にたった一つだけ備え付けられた小さい窓からは、日の光が一切差し込まなくなっている。部屋がピカピカ明るすぎて全然気付かなかったが、すでに夜になっていたのだ。

「アタシは大丈夫だ。疲労も感じにくい体なのさ」

『すげーな』

嘘を吐いている様子はない。本気で疲れを感じていないのだろう。

「とは言え、先はまだ長い。少し休憩しておくか……」

『フランも疲れただろ？』

「へいき」

そう返すフランだったが、その顔にはかなりの疲れが見える。

あれだけの激戦を繰り広げてから、まだ一日も経っていないのだ。

多少休んだとはいえ、精神的にも肉体的にも、疲れは相当残っているだろう。

「……アタシが疲れたから、休憩に付き合ってくれ」

直前に疲れない体だって言ったばかりなのに。

あからさまにフランを気遣ってくれている。ただ、フランもその気遣いを無にする程空気が読めない子ではないので、アリステアの言葉にコクリと頷くのだった。

「わかった」

「じゃあ上に行くぞ」

「ここじゃダメなの？」

「作業場で飯は食わせん」

そこは職人としてのこだわりであるようだった。良かった。解析の途中で、ハラペコのフランが料理を取り出して食べ始めなくて。アリステアの集中力がガッツリ乱れていたことだろう。

というか、解析作業が中断されていたかもしれない。

「でも、それじゃ……」

フランがチラリと俺を見た。ここに俺を置いていくのが心配なんだろう。

『フラン、大丈夫だ。もう痛みもないし、心配するな』

「でも……」

『俺と違ってフランは疲れるんだし、休憩は必要だ。俺が治っても、フランがダウンしたら意味ないだろ？』

なんてやっていたら、アリステアが普通に俺を持ち上げた。

「別に、応急処置は済ませたし、激しい戦闘をしなければ動いていいぞ」

もっと早く言ってよね！　普通にしんみりしたやり取りしちゃったよ！

「ほらフラン」

「ん」

フランが俺を受け取り、背中の鞘に納めてくれる。

おおー、フランの背中は最高に落ち着くぜ。ガルス爺さん特製の鞘も俺にジャストフィットするし、包まれてる感っていうの？　もしくは我が家に帰ってきた的な？　とにかく安心感がハンパないのだ。

『やっぱ、ここがいいなぁ。ホッとするわぁ』

「ん。私も、師匠がここにいると落ち着く」

フランがそう言ってはにかむ。

うんうん、やっぱり俺の居場所はここなんだな。

「ふふふ。こちらだ」

「ん」

ホッコリした顔のアリステアに先導されて、階段を上がる。

そこは、意外と普通の邸宅だった。まあ、相当豪華ではあるけどね。

落ち着いた雰囲気の家具が配置された、瀟洒《しょうしゃ》な別荘風の内装である。壁は石なんだが、磨き上げられていることで大理石のように見えた。

ここは食堂かな？　一〇人ほどが掛けられそうな、金属製の細長いダイニングセットが置かれている。テーブルクロスの間から見えるのは、もしかしてミスリルだろうか？　さすが神級鍛冶師の邸宅だ。テーブルまで魔法金属製とは……。

そんな食堂には先客がいた。

巨大な体を小さな椅子に乗せ、チマチマとフルーツを食べる姿がどこかユーモラスだ。

「終わったのか？」

「まだだよ。休憩中なだけだ」

「そうか……」

「おい、もっと詰めろバカ鬼」

「お、おう。すまん」

やっぱりアースラースはアリステアには弱いというか、遠慮している感じがするよな。親しさはあるんだが、それ以上にアースラースが一歩引いている感じだ。

あのキアラにさえ命令口調だったアースラースのそんな姿は、激しく違和感があった。同じ人物とは思えん。フランも同じように感じたらしく、小首を傾げながら疑問を口にした。

「ねえ、二人は仲が悪いの？」

ど直球な質問である。フランの辞書にオブラートの文字はないのだ。

アリステアは眉根を寄せ、アースラースは困ったような顔をする。

聞いてはいけない事だったか？

アリステアがどこか気まずそうな顔で、口を開いた。

「仲が悪いわけじゃない」

「まあ、な……」

「じゃあ、なんで？」

やはり歯切れが悪いな。聞かれたくない感が凄まじい。それでも、空気など読まないフランは、グイグイ行く。

俺も興味があるからね、ここは止めないぞ。

「はあ、こいつが初めてアタシの所に来た時にそのバカさ加減に呆れて、ちょいと説教をくれてやってね。それ以来、バカ鬼と呼んでるだけだ」

「説教？」

「ああ、こいつ、最初に会った時、なんて言ったと思う？」

アリステアが険悪な視線をアースラースに向ける。余程酷い初対面だったようだ。その時のことを思い出すだけで、未だに怒りが湧くようだった。

「こいつはな、アタシのもとを訪ねてきて開口一番、「神級鍛冶師なら神剣を破壊できるだろ？　こいつをぶっ壊せ」と抜かしやがったんだ！」

「あ、ありゃあ、悪かったと思ってる」

「当たり前だ！　アタシら神級鍛冶師にとっちゃ、神剣は子供みたいなもんだ！　他の神級鍛冶師が作った物だろうと、特別な存在に変わりはない！　あろうことかそれを壊せ？　ドタマをかち割られても仕方ないよなぁ？」

「……」

アースラースは無言で額を撫でる。本当に頭を割られたらしかった。

しかもその後、血をダクダクと流すアースラースを正座させ、そのまま半日説教をし続けたらしい。

そりゃあ、アースラースもアリステアに対して苦手意識を持つだろう。

「神剣ガイアは、一度持ち主を定めると、その人物にしか使えん。しかも、捨てても戻ってくるんだ。自由意志がある訳ではないようなんだがな……」

一瞬、ガイアにも意思があるのかと思ったが、そうじゃないらしい。アナウンスさんをもっと機械的にしたタイプの、人造魂魄が入っているのかもしれなかった。

ともかく、意思はなくとも、勝手に戻ってくる程度の自律行動は可能であるようだ。

「なぜ俺が選ばれたのかはわからんが――最悪だと思ったよ」

アースラースの気持ちは分かる。ただでさえ禍ツ鬼に変異して狂鬼化を得てしまい、苦悩していたところに、神剣である。

捨てても手元に戻ってくるというのであれば、狂鬼化が発動して暴走した時に確実に手元にあるってことだ。

ハッキリ言って、大規模破壊を撒き散らす最悪の鬼の誕生だろう。狂鬼化を封じられないのであれば、せめて神剣をどうにかしようと思ったに違いない。

「時には竜にわざと飲み込ませ、時には火口から投げ捨て……。それでも神剣はいつの間にか戻ってきた」

そこまで行くと、神剣というか呪いの魔剣じゃね？

そんなアースラースが最後に頼ったのが、アリステアであったという。

ただ、そこでドタマをかち割られ、説教をされたわけだが。

「今はもう受け入れてるさ」

「ふん」

「だから、人に迷惑をかけないように、辺境で魔獣を狩ってるんだからな……」

アースラースも、今では神剣を受け入れているみたいだった。だからこそアリステアも文句を言いつつ、追い出したりはしないんだろう。ただ、今さら優しくもできないに違いない。

「……結局、お前らには迷惑をかけちまったがな」

「……キアラはあなたに殺された訳じゃない」

「分かる。あの女が、俺に殺されるようなタマじゃないことはな。話を聞いても……いいのか？」

「ん」

「アタシが話そう」

「いい。私が話す。話したい」

アリステアが気を使ってくれたが、フランは自らそれを断った。

僅かな間しか一緒にいられなかったが、尊敬するキアラの最期だ。自らの口で語りたいのだろう。

それが最期を看取った自分の役目だとも思っているらしかった。

悪い事ではないと思う。一人で抱え込むよりも、整理がつきやすいからだ。

それに、フランが語るキアラの最期は、悲劇ではない。

俺から聞いた話と、自ら見た姿をありのままに語っている。それは、強敵と戦い、満足げに散っていった、戦士の最期だ。

その話を聞くアースラースの顔にも、やはり悲愴な表情はなかった。

むしろ笑ってさえいた。

「そうか、笑顔で逝《い》ったか……。自分の全てをぶつけても勝ち得ぬ強敵と戦い、命を削り合い、笑って果てる。キアラらしい最期だよ。それに……羨ましいな」

戦闘狂どもの考えを完全には理解できんが、それでもその呟きの重みは分かる。

最後に満足の行く戦いをして、戦場で死ぬ。ただそれだけのことが、アースラースには本当に羨ましいことなのだろう。

多分、今のアースラースには無理なことだ。死ぬような戦いになれば、狂鬼化が発動してしまう。そうなれば、何も分からぬままに暴れて相手を殺すか、知らぬ間に自分が死ぬかである。

そこにアースラースの意思はない。

「アタシには、お前らの気持ちは分からん……。ただ、あいつが王宮のベッドで、弟子に囲まれつつ穏やかに死ぬ姿が想像できなかったのは確かだ」

アリステアも、キアラと知り合いだったか。彼女の呟きには俺も同意せざるを得ない。アースラースもそうなのだろう。小さく頷いている。

「そうだな。その通りだ」

「剣は戦場にこそ……。武人もまた同じってことなんだろう。棚に飾られるよりも、戦場で朽ち果てる方が幸せだと感じる奴らがいるってことは……分かりたく思う」

分かると言わないところが、実直なアリステアっぽかった。

それから、それぞれが生前のキアラについて、思い出を語っていく。

彼らの語り口は決して上手くはないが、それぞれがキアラの姿を的確にとらえており、彼女の生前の姿がありありと目に浮かんだ。

それぞれのエピソードが出尽くした頃、アリステアがようやく遅い時間であると気付いたらしい。

「……ちょいとしんみりしてしまったな。食事を用意させよう」

「俺も貰っていいか？」

「ふん、特別にくれてやる」

「私も食べたい」

「いいぞ」

立ち上がるアリステアが、わざと明るい声を出す。それにアースラースとフランが続いた。それぞれが空気を読んだ感じである。

「誰が用意するの？」

「ゴーレムだ。料理もできるタイプを用意しているからな」

ゴーレムが作る料理？　それは斬新だな。

「美味しいの？」

「……まあ、それなりだな」

フランがアースラースに視線を向けると、そう答えが返ってくる。それなりと言ってはいるが、アースラースの顔を見る限りあまり美味しくなさそうだ。フランも敏感に感じ取ったらしい。

「今から用意するのは大変。これを食べればいい」

フランが取り出したのはカレー鍋だった。

「ほう。作り置きを時空魔術で収納してあるのか？　良い使い方だ」

「ん。いつでも最高の料理を作りたてで食べれる」

「それにしても、こいつは美味そうだ」

「それはカレー、最強の料理」

米の入った土鍋と、カレー用の深皿も一緒にテーブルに並べる。

「このお皿にこれをこうして、こう」

「色合いはともかく、匂いがいいじゃないか。アタシも貰っていいか？」

「もちろん。あと、これとこれとこれを載せて、完成」

フランがさらに追加で取り出したのは、最近お気に入りのトッピングだ。

バルボラで発見して仕入れた福神漬けにそっくりな漬物と、カリカリに揚げたフライドオニオン、さらにゆで卵である。

アリステアたちもフランの真似をして、カレーをよそって恐る恐る口に含んだ。

美味しいという言葉は聞けなかったが、気に入ったかどうかはそのかき込み具合を見れば分かる。むしろカレーを食べることに夢中になり過ぎて、言葉を発せないようだった。

フランも、カレーを超大盛でよそってもらったウルシも、無言でカレーをかき込み始める。しばらくの間、部屋の中にはカレーを咀嚼《そしゃく》する音と、カチャカチャという食器とスプーンがぶつかり合う音だけが響いていた。

わずか五分で、超特大のカレー鍋が空っぽになってしまったな。

しかし、この魔獣肉をふんだんに使った、特製肉カレーを惜しげもなく振る舞うとは……。フランはこの二人を大分気に入ったようだ。

腹がくちくなったアースラースが、自らの腹部をポンポンと叩いてげっぷを出す。うーん、下品だ。フランの教育に悪いぞ。あ、こらウルシ！　げっぷを真似するんじゃない！

「ふぅ。美味かった。こんな美味いものを食べたのは久しぶりかもしれん」

「俺もだ。どこで仕入れたんだ？」

ああ、どっかのレストランで買った物を次元収納に仕舞ってあったと思ったのか。

「師匠が作った」

「ほう」

「師匠ってのは誰だ？　フラン嬢ちゃんの師匠なのか？」

(師匠、いい？)

フランがチラッと俺を見てくる。アースラースに俺のことを明かしたいようだ。やはり、こいつのことが気に入ったらしい。

まあ、仕方ないな。

『前から言っているが、フランが教えたいなら構わないぞ』

「ん。師匠」

「……は？　その剣がどうした？」

急に剣を抜き放ったフランを見て、アースラースが首を傾げる。殺気はないので戦闘態勢にはならないが、かなり不審そうな顔だ。

『どうも。インテリジェンス・ウェポンの師匠という者だ。お見知りおきを』

「な、け、剣が喋ってるのか？」

アースラースが椅子からずり落ちそうになりながら、驚きの声を上げた。神剣の持ち主が何を今さらと思ったが、喋る剣を見たらそりゃあ驚くかね？

その後は、フランとアリステアが俺のことをアースラースに説明した。

お決まりの名前へのツッコミも済み、アースラースは興味深げに俺を眺めている。

それにしても、想像した以上に俺を受け入れるのが早かった。やはり神剣の使い手だけあって、不思議な剣への耐性があるんだろうか。

「そうか……俺の狂鬼化を消し去ってくれたのが師匠なのか」

『多分、一時的にだけどな』

「いや、フラン嬢ちゃんにも言ったが、でかい恩義を俺は感じている。何かあれば手を貸すからな？覚えておいてくれ」

俺たちが考えている以上に、狂鬼化がアースラースの負担になっているのかもしれない。本気で喜んでいるのが伝わってくる。

『なあ、神剣を見せてもらえないか？』

「ガイアをか？　別に構わないが」

アースラースが脇に立てかけてあった大剣を持ち上げ、テーブルの上に載せる。名前は地剣・ガイア。本来の力を発揮するために封印を解くと、大地剣・ガイアという本来の名前と能力を取り戻すらしい。

見た目は武骨な大剣だ。分厚い革の巻かれた、両手持ちをするのに十分な長い柄。特に彫り物なども施されていない、地味な長方形の鍔。

刃は反りの無い真っすぐな、いわゆる西洋刀と呼ばれる形をしていた。最も厚い部分で三〇センチはありそうだな。斬るよりは叩き潰すことに重きを置いた、金属の塊だ。

一切の飾りのない黒っぽい鈍色の剣身が、凄まじい威圧感を放っていた。

見た目はただの大剣。しかし、こうやって見るとその威圧感は圧倒的である。間違っても、ただの大剣ではないと、誰でも理解できるだろう。

俺も、見ているだけで何故か敗北感が湧き上がってくる。剣としての本能なのだろうか？　自分よりも遥かに格上だと、自然と理解できてしまったようだった。悔しいが、俺は準神剣。まあ、そう自称する程度は許されるだろう。そして向こうは正規の神剣。その差は大きい。

「……いつか師匠はこれを超える」

『フラン？』

「いまに見てる！」

フランは悔しそうに、それでいてやる気に満ちた表情をしている。俺は妙に嬉しくなってしまった。フランが俺を信じてくれていることが、無性にうれしい。

『だな！』

「ならば、まずは調子を完全に戻さないとな」

「ん！　お願い」

『お願いします』

やる気が出てきた。スキルがどうなるのか不安ではあるが、やらねば今後も戦えないからな。

そんな俺たちのやり取りを聞いたアリステアは、優しい目でフランを見ている。

「では休憩も十分とれたし、作業場に戻るぞ」

「ん！」


一〇分後。

再び魔法薬などの準備を終えたアリステアが、台に置かれた俺にそっと手を添えた。

「では開始する。準備はいいか？」

『ああ。頼む』

「ん」

アリステアが宣言し、俺に魔力を流し込み始める。ゆっくりと、俺を包み込むように、魔力が流れていく。

それが呼び水となり、作業台の上の魔法陣が輝き出した。

魔法陣から発せられる魔力が、俺の中に沁み込んでくる。同時に体の中から何かが湧き上がる感覚があった。

そして、微かな痛みが走る。

『ぐ……』

体が熱い。体の底から強く熱いものが湧き出してくるのが分かる。

ゾル。

俺を構成する鋼の内側を、不快なナニかが這いずるような感覚だ。そして、俺の中で巨大な何かが蠢き出すのが理解できた。

『がは！』

「師匠！」

『……！』

だめだ、フランに言葉を返そうと思っても、何も喋ることができない。

凄まじい苦痛。

それと共に、俺の中で激しい力の奔流が起こり、魔力が暴れ出す。

自分の中の何かが変化し、作り変わっていくのが分かった。自分が自分でなくなる――いや、自分が自分を保ったまま、違う何かに変わっていく。


進化。


自然とそんな単語が頭に浮かんだ。

だからだろうか？　不思議と恐怖はなかった。むしろ高揚感と期待感が俺を支配している。

この全身がバラバラになりそうな凄まじい苦痛も、そのために必要なのだと考えると、我慢できる。

『ぐかあああぁぁ！』

でも、できれば早く終わってほしいかな！

「ああああああああああぁぁぁ！」

「——」

「————」

「——————」

ここは、どこだ？

というか俺は何をしていたっけ？

思い出せないな……。

全身がなんだかフワフワする。

たくさんの、それこそお湯でできた海の中に浮いているような気もするし、高いところから延々と落下し続けているような気もする。

浮いている？　落ちている？　どちらもか？

不思議な浮遊感が全身を包んでいる。

そもそも、俺はどんな姿だ？

剣？　人？

剣と思えば剣だ。人と思えば人だ。

訳が分からないままに、薄明るい不思議な空間に揺蕩《たゆた》う俺。

不意に、何かが聞こえた。

「——……——」

なんの音だ？

地の底から響いてくるかのような重低音が、この不可思議な空間全てを震わせる。

落雷？　獣の咆哮？

「——……」

いや、声か？

言葉にならない、何かの声だ。

下……。

この場所で上下があるのかも分からないが、何故か下から聞こえると思えた。

意識を、下と思われる方向へと投げかける。

すると、黒いナニかが見えた。

さっきまではなかった気がするが……。

「——！」

声を発しているのは、その黒いモノだ。

巨大で、どこまでも深い、奈落のような存在。

あれが声を出している。それが不思議と理解できた。

生き物？　いや、生物には思えない。しかし、声を発しているということは、ただの自然物や、意思のない力の塊ではないはずだ。

理性があるかは分からないが、自我はあるのだろう。

しかし、どれだけ見つめてみても、黒いモノの正体は分からなかった。

そもそも、物質として存在しているのかもよくわからない。かといって霊的な存在とも思えない。

ただただそこに在ることだけが理解できる、大きな何かがそこに居た。

「――――！」

もしかして、俺が見ていることに気付いたのだろうか？

黒いモノが、俺に向かって声を発した。

思わず顔をしかめてしまう。

憤怒、怨恨、飢餓、憎悪、嫌忌、嫉妬、唾棄《だき》――。

なんと言っているのかは分からずとも、その声に込められた感情は読み取れたのだ。

ありとあらゆる負の感情。

邪《よこしま》で、それでいて臆病。懺悔《ざんげ》しながら呪い、泣きながら全てを憎悪している。

俺が黒いモノに抱いた印象は、そんな感じだった。

どうやら、奴は動くことができないらしい。

この、深く広い空間の底で、ただただ声を上げ続けることしかできないようだった。

「――……」

もっと近くで見てみたい。

そう思って俺は黒いモノに向かって降りて行こうとしたんだが……。

「それ以上は行くな」

うん？

「待て！」

え？　誰？

急に待てって言われても……。

それになんか、下降が止まらないんだけど。

ゆっくりと。だが確実に。

俺は黒いモノへと引き寄せられていく。

「自分の背中を見ろ！　絆《きずな》を意識するんだ！」

背中って……。

いや、言われてみると、俺の背中に何かがある。

青く光る紐みたいな――。

そう思った直後、俺の下降が止まった。

「アレのことは気にしなくていい。このままなら悪さはできん」

再び耳元で声が聞こえた。

明らかに黒いモノが発する声じゃない。

安心感のある、理性的な声だ。

誰だ？　どっかで聞いたことがある気がするんだけど。

「ともかく、アレには近づくな」

それっきりだった。

いくら呼びかけても、声は聞こえない。

どこで聞いたんだっけ？　絶対に初めましてじゃないよな。

ダメだ。ボーッとするせいで、考えが纏まらない。

うーん、誰だったっけ？

それに、この紐だ。

いや、紐か？

最初は青く光っているのかと思ったら、光そのものだ。

触れようとすると、通り抜けてしまう。

この青い光もどこかで見た記憶があるんだが……。

優しくて、温かみのある、不思議な光。

見ているだけで、心が安らぐ。

なんなんだろう？　これは？

紐の先を見ると、黒いモノとは真逆の方へと延々と続いている。

どこに繋がっているんだ？

そんなことを考えた瞬間、俺の脳裏にフランの顔が思い描かれた。

ああ、フランだ。

そうか、この先にはフランがいるのか。

なら大丈夫。

何が大丈夫なのか？　なんでこんなに安心したのか？

自分でもよく分からないが、フランと繋がっていると理解した瞬間、漠然と抱いていた不安感のようなものが全て吹き飛んだ気がした。
あれ？
妙に意識が……。眠く――。
《今はお眠りください》
え？
《目覚めた時に、きっと全てが良くなっています》
もしかして、アナウ――。

「――――」

「――」

ふと、何の音も聞こえないことに気が付いた。

静寂。

自分が上げていた絶叫が消えたのだと理解するのに、数秒かかった。

『終わった……？』

あれから――改修が始まってからどれだけの時が経ったのだろうか。全身を苛《さいな》む激痛がすっかり治まり、消え去っている。

『終わったのか？』

再度自問する。

痛みはない。倦怠《けんたい》感もない。違和感もない。むしろ爽快感のようなものさえ感じている。

ただ、時間の感覚だけが妙に曖昧だった。

俺はどれくらいの時間、苦痛に呻いていたのだろう。窓から見える外は暗い。夜は明けていないようだな。あれから数時間といった感じか？

何か、夢のようなものを見ていた気もするんだが、何も思い出せない。

『いやー、まるで一昼夜くらいは経った気がするぜ』

記憶は正直曖昧だが、それくらい長く感じたということだ。

これで数分しか経ってませんよって言われたら、自分の時間感覚が信じられなくなりそうだった。

『フランは――』

いた。俺の置かれた作業台の下で寝息を立てている。

大分心配させたらしい。その寝顔はまるで苦悶の表情だ。

目の下には大きなクマができているし、髪は数日風呂に入っていないかのようにボサボサである。

俺が悶絶し始めた時に大分取り乱していたからな。

耳に入ってくる可愛い寝息を聞いていると、このまま寝させておいてやりたい気もするが、やはり起きたことを教えて安心させてやった方がよいだろう。

俺は念動を使ってフランの頭を撫でてみた。

少し不安だったが、痛みもラグもなく、スムーズに発動する。むしろ前より滑らかな気もするが、単に気分がすっきりしていて爽快だからそう感じるだけかね？

『フラン。フラン』

念話も問題なし。改修は上手くいったらしい。

声をかけながら、フランを軽く揺する。

『フラン、起きれないか？』

「むにゅ」

さらに揺すると、フランの目が薄らと開いた。そして、俺が浮いている姿を確認すると目を見開く。

「師匠っ……！」

『うぉ！』

勢いよく立ち上がったフランが、覆いかぶさるように抱き付いてきた。

とっさに形態変形で刃を潰したが、こちらも問題なく発動してくれたな。いつもなら無意識なんだけど、今は使えるかどうかわからないから、一瞬ヒヤリとしたぜ。

「師匠、夢、じゃない……？」

『おう。正真正銘、俺だぞ？』

「ん……。ん！」

おいおい、激しいな。

だがフランはそのまま俺を胸に掻き抱くと、肩を震わせ始める。

「……よかった……」

肩だけではない。声も震えていた。

『心配かけたみたいだな』

「……ん。心配した」

『そうかそうか。ごめんな』

「ん」

ポロポロと涙を流しながら、俺を離さないフラン。

フランが安心できるように、俺はその頭と背中をゆっくりと撫でてやった。

しばらくすると、ようやく落ち着いてきたらしい。フランが俺を抱きしめる力が緩まる。だが、代わりに俺に体重を預けてもたれかかってきた。

頭をグリグリと俺に押し付け、子猫のような鼻にかかった声を上げる。

『どうした？　甘えん坊だな』

「……ん」

『フラン？』

「スースー」

え？　また寝ちゃったんだけど……。

寝起きが悪いのは知っているが、この場面で寝る？　フランの凄まじいマイペースっぷりを改めて実感してしまったぜ……。

『フラン？　おーい、フランさーん』

「寝かせておいてやれ」

俺がフランを再度起こそうとしていると、フランの反対側に立っていたアリステアが声をかけてきた。

フランと同じように髪の毛がボサボサで、目の下にはクマができている。徹夜させてしまったかな？

「調子はどうだ？」

『絶好調だ。念話も念動も今のところ問題はない。気分も爽快だしな！』

「そうか、そりゃよかった……ふわぁ」

『アリステアも眠そうだな』

フラン程ではないが、目をシパシパと瞬かせて、今にも眠ってしまいそうだ。

「そりゃあ、アタシのこの体でも、五日間徹夜っていうのは応えるからね」

『は？　今なんて言った？　五日？』

「ああ、分かってないか。そうだ。今日は改修の儀式を開始してから、ちょうど五日目の夜だよ。緊急事態が起きた時のためにも、アタシが眠る訳にはいかないからね」

『マジか……。そんなに時間が経ってたのか？』

てっきりあの日の夜なのかと……。

「まあ、あの状態じゃ時間が分からなくても仕方ないけどね」

『じゃあ、フランが寝ちまったのも……』

「五日間、一切眠らずにあんたの横で見守ってたんだ。あとで褒めてあげな。まあ、三時間くらい前に力尽きて寝入っちまったがな」

そうだったのか。普段はむしろ寝坊助のフランが、五日間寝ない？　そりゃあ、こうもなる。

しばらくは起きないだろう。

それでも俺に回した手を離そうとしないフランの頭を撫でながら、俺はその体をそっと床に横たえた。勿論、俺はフランに抱き付かれたままだ。これだけ心配してもらったのだから、抱き枕になるくらいはしないとな。

先程までの苦悶の表情とは違い、安心したような顔で眠るフラン。本当に心配かけたらしい。いい夢を見てくれ。

『それで、改修はこれで終わりなのか？』

「さあ？」

『さ、さあって……』

ちょ、不安になるようなこと言わないでくれ！

しかし、アリステアの言葉は冗談ではないようだった。真剣な表情で、俺のことを観察している。

「アタシだって初めての経験なんだ。むしろこっちが色々と聞きたいくらいだ」

『な、なるほど……』

「もう、痛みはないか？」

『大丈夫だ。さっきも言ったが、爽快なくらいだ』

「そりゃあ羨ましい。アタシも早くベッドにもぐりこみたいぜ」

『なんか、すまん』

「はは、冗談だ。神剣を作る時には一〇日以上不眠不休になるんだ。この程度なら、まだまだ問題ないさ」

うわー、神剣を作るのは大変だろうとは思っていたが、一〇日間不眠不休？　肉体最盛スキルって、そのためにあるんじゃね？

「外見はアタシが見たところ、前と変わっていないな」

『え？　そうなのか？』

体が作り変わる感覚があったから、勝手に外見も変わるかもしれないと思っていたんだけどな……。

アリステア曰く、全く変わりはないそうだ。

『改修されたんだよな？』

「だから、アタシもそれが知りたい。スキルの方はどうだ？　統廃合は上手くいったか？　性能の変化もあれば知りたいな」

『すまん。まだ見てなかった』

ちょっと怖いが、見ない訳にもいかない。

恐れと不安、希望と期待の入り混じった不思議な感覚を押し殺しながら、俺は自らを鑑定してみた。

剣王術に剣王技、雷鳴魔術と時空魔術は残っていてくれよ。

『え？』

俺は自分でも呆れてしまうほど、間抜けな声を上げていた。幾ら俺でも、自分のステータスはしっかり覚えている。

『こ、こんなに変わるのか……？』

外見は変わってないと言われたが、種族が変化していた。

名称：師匠

装備者：フラン（固定）
種族：インテリジェンス・ユニーク・ウェポン
攻撃力：１１８２　保有魔力：９５００／９５００　耐久値：９５００／９５００
魔力伝導率：Ｓ＋
自己進化〈ランク１５・魔石値０／１２０００・メモリ５０・ポイント０〉
スキル：鑑定１０、鑑定遮断、形態変形、高速自己修復、念動、念話、時空魔術１０、スキル共有、装備者ステータス上昇（中）、装備者回復上昇（小）、天眼、封印無効、魔獣知識、魔法使い、進化隠蔽、混沌の神の加護、知恵の神の加護
ユニークスキル：虚言の理５、次元魔術４、破邪顕正《はじゃけんしょう》
スペリオルスキル：スキルテイカーＳＰ、複数分体創造ＳＰ

インテリジェンス・ウェポンから、インテリジェンス・ユニーク・ウェポンに変わっている。

ユニークね……。変わり者って意味なのか、唯一無二的な意味なのか……。悩むところだ。ただ種族が変わった効果なのか、能力も上がっていた。

攻撃力が３００、保有魔力、耐久値が３０００程度上昇し、魔力伝導率がＳ−からＳ＋に二段階も上昇している。物理面、魔力面、ともに驚くほど成長していた。

次は自己進化系だが……。こっちは逆に壊滅的だ。

魔石値も自己進化ポイントも０である。

魔石値0は予想していた。暴走中、潜在能力解放を限界まで使い続けたらしいからな。

ただ、自己進化ポイントは増えるんじゃないかと思っていたのだ。アナウンスさんがスキルを統廃合した時は、消えたスキルが自己進化ポイントに統合されていたのである。

まあ、何もかもあの時と同じというわけではないのだろう。残念だが、仕方ない。

だが、俺を真に驚愕させたのはこの先、スキルのリストである。

幾つかスキルが消えていた。念動小上昇、攻撃力小上昇、保有魔力小上昇、メモリ中増加だ。ただ、それが無くても能力が上がったということは、むしろそれらがステータス面に吸収されて、スキル無しでも能力が強化されたってことなのかもしれない。

スキルテイカーで手に入れたばかりの狂鬼化も消えている。これは単純に嬉しい。暴走して見境なく襲い掛かるスキルなんざ、使い所がないからな。

さらに驚いたのが、メモリの項目が大幅に減ってしまっていることだ。50ということは、半分以下だ。つまり、装備できるスキルの数が大幅に減ってしまったということだった。

残念ではあるが、処理能力を考えれば当然のことなのかもしれない。使わない大量のスキルをただ装備しているだけでも、処理能力を圧迫するのだろう。

問題は、そのメモリに装備できるようなスキルが残っていてくれるかということだった。

俺は、メモリスキルの項目を確認してみる。

恐る恐るリストを見てみたが、スキルがすべて消えているようなことはなかった。

『良かった……』

武術や魔術に関しては、大きな変化はない。

メインスキルである剣王術、剣王技は残っているし、魔術スキルの数も一切変わっていない。

小さな変化としては、槍王術・地や弓王術・地などの武術スキル、武技スキルのレベルが上昇していることだ。

だが、どうしてなのかは分からない。

弓などを使っていた邪人や魔獣を倒しまくったことは確かだが、その時にはレベルアップしなかったのだ。それが今さら……？

『うーむ』

「何か問題があったか？」

『問題というか、疑問だな』

俺はスキルのレベルアップについて、軽く説明してみた。

するとアリステアが納得したように頷く。

「多分、処理能力オーバーのせいで弱体化していたのは、師匠だけじゃなかったんだ。謎の魂も、ケルビムの残滓の助けを得られず弱っていた。そのせいで、師匠に送る力も目減りしていたのだと思う」

それが、改修によって改善され、滞っていた力の譲渡がこの段階で行われたってことらしい。

どうやら改修によって回復したのは、俺の処理速度の部分だけではないらしい。もっと深い部分も、色々と変化があるのだろう。

あとは、戦闘に関係ないスキルは結構姿を消していた。絵画や演奏といった芸術系スキルに、毛繕いや鱗強化などの所持していても使用不可能なスキルも全て消えている。この辺も、浮遊島でアナウンスさんが行ったスキル統廃合に似ていた。

『ふむふむ』

「師匠、スキルの解析も良いが、使えるかどうかはどうだ？」

『おっと、そうだった……ちょっと待ってくれ』

俺は以前のようにメモリスキルをセットするように念じてみた。問題なく火魔術がセットできる。

『――よし、使用できる』

無詠唱でトーチの術を使用すると、小さい灯が目の前に浮いている。魔術に関しては改修前とほぼ変わりがないだろう。

ただ、他のスキルの精度が怪しかった。

念動を使ってみると、イメージと僅かなズレが感じられたのだ。

どうも、上昇した魔力のせいで出力も上がっているらしい。さらに、魔力の通りが良くなった分、僅かな力でも大きな効果が出てしまう。あまりにもピーキー過ぎた。慣れてくれば利点になるが、それまでは苦労するだろう。

「どうだ？」

『精密に扱うには、しばらく練習が必要そうだな』

感知系スキルなども得られる情報量が今まで以上に増え、制御の難易度が上がっている。

「急激に能力が変化したんだ、すぐに使いこなすことは難しいだろうな」

『だとしても、使えるようにならないといけない。僅かなズレが戦闘では命取りになるかもしれないんだ』

成長できたことは確かなんだが、当面は戦闘力が下がってしまう可能性もあった。由々しき事態だぜ。

「今のスペックを使いこなすのはかなり難しいと思うぞ」

『俺もそう思う』

あと忘れてはならないのは、なぜか俺に付いた混沌の神の加護と知恵の神の加護だろう。神様の加護が一気に二つって……。

まあ、混沌の神の加護は何となく分かる。俺はあの女神の眷属らしいからな。

効果は、混沌の力を得ることにより混沌に対する高い耐性が付くという、非常にアバウトな説明だった。混沌の力って何だ？　混沌魔術みたいな術があるのだろうか？

だが、アリステアも混沌魔術という名の魔術スキルは知らなかった。

『謎なスキルだぜ』

「混沌の神のお膝元であるダンジョン内で力を発揮するのかもしれんな」

『で、もう一つの知恵の神の加護も、なんで付いたのかは分からないんだよな』

もしかしたらアナウンスさんのおかげかもしれないが……。ただ、魔術などの熟練度が上がりやすいというスキルらしいので、今後は魔術のレベルアップが早まる可能性があった。こちらは文句なく有り難い加護だ。

いや、混沌の神様の加護がいらないって訳じゃないですよ？　まじでまじで。だから怒らないでください。

「どうした師匠？」

『い、いや、なんでもない。ちょっとばかり言い訳を……』

「？」

にしても、全体的に統廃合が進められ、不要なスキルがバッサリと消去されている。スッキリしたと言えばスッキリしたが、ちょっと寂しいことも確かだった。ずっと頑張ってゲットしてきたわけだしな。ただ、概ね満足だ。

ただ、アリステアが難しい顔で唸っている。

「これは、成功したと言って良いのかどうかわからんな……」

『どういうことだ？　う、上手くいっただろ？』

「そうとも言えん。スキルの数が、思ったよりも減っていなかった」

あ、そういえば……。成長部分にばかり目が行ってたが、一番の目的は無駄なスキルを減らして、処理容量を確保する事だった。

「まだ一〇〇以上残ってしまっている。師匠、痛みや違和感はないのか？」

『あ、ああ。今のところは……』

スキルの使用に苦慮してはいるものの、使用時に痛みが走ったりすることはない。

「一度しっかり解析をしよう」

『頼む』

熟睡するフランに抱きしめられたままの俺を、アリステアが解析してくれた。

時間がかかるかと思ったが、一度詳細に解析したことがあるので再解析にはそこまで時間がかからなかったようだ。

数分後、アリステアが驚愕した様子で目を見開いている。

『ど、どうだった?』

「まさか、これほどの……師匠、お前はやはり興味深いな」

アリステアが言うには、俺の内部構造にかなりの変化が起きているらしい。

「謎の魂と謎のシステムが、ケルビムの残滓の領域に連結している。多分、不足している処理能力を補っているんだろう」

つまり、破損したアナウンスさんの担当していた部分を、他の部分が補うように変化したってことか?

「あともう一点。師匠への力の流れが変わったかもしれん」

『どういうことだ?』

流れが変わった?

「まあ、ザックリ言うなら、師匠自身の成長率が大幅に低下し、その分処理に回された可能性がある。今後、魔石値が溜まってランクが上がっても、攻撃力などの成長がほとんどないかもしれない」

『え? まじか?』

せっかく能力が上がったと喜んだのに……。憧れの攻撃力1000台なんだぜ? テンション上がるだろ? なのに、これ以上の成長は見込めないかもしれないって……。

「その代わり、スキルの運用に関しては今まで以上に効率が上がるだろう。言ってしまえば、剣本体の能力を犠牲にして、スキル特化型に生まれ変わったということだ」

『うーん……。でも、フランの為にはスキルが強化される方がいいのか……』

俺の強みは剣としての攻撃力じゃなくて、スキルの豊富さだ。成長率が落ちたというのは心の底から残念だが、スキルの運用の可能性がさらに広がったというのは素直に嬉しかった。

それに、完全に成長しなくなったわけじゃなさそうだし、希望はまだあるよな。

「師匠の内部構造はアタシが思っていた以上に柔軟だったようだ。謎の魂とシステムが、まさかこれ程の変化を見せるとは思わなかった」

『なあ、それ大丈夫かな？　今度は謎の魂とか謎のシステムに負担がかかってたりしないか？』

「うーむ。そこはなんとも言えないな。だが、負担が全くないということはないだろう。それが今後どう影響するかまでは……」

『アリステアにも分からないか？』

「分からん」

まあ、俺の体は色々と分からないことだらけだしな。当面の危機は去ったということで納得するしかないか。

『完全に安心はできないけど、前よりはましになったってことだろ？』

「そこは保証しよう。師匠への負荷は大分軽減しているはずだ」

『なら、当面は様子を見るしかないか』

高みに昇れたことは間違いないし、俺の処理能力の確保にも繋がったのだから、改修は大成功と言えるだろう。

今は無事にフランの手元に戻れたことを喜んでおくことにする。むしろ、そこが最も重要なのだ。

「ふぅぅ……。さすがのアタシも少し疲れた、一度上に移動しないか？　腹も減ったしな」

『フラン起きろ。フラン？』

「うにゅ……」

『ダメだ。起きない』

俺のために不眠不休で見守ってくれていたそうだし、しばらくは起きないかもしれない。

仕方ない、俺たちで運んでやるとしよう。

『ウルシ。起きてるか？』

「オン！」

『お前は元気そうだな？』

「オ、オフ？」

どうやらウルシはしっかりと睡眠をとっていたらしい。元気溌剌《はつらつ》だ。この野郎。

『……フランを上に運ぶ。背中に乗せるぞ？』

「オン！」

フランを念動で浮かすと、そのままウルシの背中に跨《また》がらせた。この状態でも全く起きやしない。むしろグッスリスヤスヤだ。想像以上に眠りが深いようだ。

フランを念動で支えてやりつつ、俺たちはそのまま二階の食堂へと移動した。

階段を上がる際にグラングラン揺れているんだが、フランは振動の為すがままだ。

食堂にはアースラースの姿もあった。フランの姿を見てちょっと驚いている。まあ、眠った状態で狼ロデオをしているように見えるからな。

「終わったのか？」

「ああ、今しがたな。その食い物を寄越しな」

「まあ、元々ここにあったもんだし、構わんが……」

アリステアが、アースラースが摘まんでいたナッツを横取りしてボリボリと食べ始めたが、その程度では満足できないのだろう。腹を擦りながら、他に食べ物がないか食堂を見回す。

「仕方ない、ゴーレムに何か作らせるか……。いや、待てよ……」

『な、なんだよ？』

「あのカレーという食べ物。美味かったなぁ」

『……』

「五日間も不眠不休で頑張ったアタシを、労《ねぎら》ってくれてもいいんじゃないかなぁ？」

『……分かった分かった。カレーでいいんだな？』

頑張ってくれたのは本当だし、感謝もしているんだ。カレーくらい、いくらでも食わせてやるさ。

『ほれ』

「かー！　いい匂いだ！　すきっ腹に響くっていうのはこういうことなんだろうな！」

「……」

アリステアがカレーをがっつきだしたら、今度はアースラースがこちらをガン見し始めた。

その視線と言ったら、穴が開くかと思うほどに強烈だった。しかも、フランが空腹を訴えている時と同じ目なのだ。

結局、アースラースにも食べさせてやることになってしまった。

「やっぱ美味いなこれは」

「ああ。毎日でも食いたいよ」

「オン！」

ああ、ウルシがカレーの匂いに抗《あらが》えるはずもなく、一緒に食べているぞ？

口の周りをベタベタに汚して、カレーを大満喫している。フランは不眠不休で見守ってくれていたというのに、この駄犬め……。美味そうにカレー食いやがって。こうしてくれる。

『ふん』

「ヒャイン！」

尻尾を引っ張ってやったぜ。

にしても、カレーが凄まじい速度で減っていくんだけど。あとでフランに怒られないよな？　カレーをがっつくアリステアたちを見ていたらちょっと心配になってしまった。

チラッと、俺を抱きしめたまま食堂の隅のソファに寝かされたフランを見る。すると、フランの鼻がスンスンと動いていた。

直後、フランの瞼《まぶた》がゆっくりと開く。

「……うにゅ……カレーのにおい……」

『み、みんなに振る舞ってるんだよ』

「……たべゆ……」

呂律《ろれつ》が回ってない。だが、それも仕方がなかった。寝落ちしてからまだ一時間も経っていないのだ。絶対に眠いはずである。

それでもカレーに反応するとは……。睡眠欲よりも食欲の方が勝るらしい。

俺はカレー皿を取り出してやる。ただ、フランが起き上がらないな。

「むゅみゅ……」

『フラン？』

「……かれー」

余りにも眠すぎて体が動かないようだった。もうお眠りなさいと言ってやりたいが、カレーを食べるまでは気持ちよく眠れないだろう。

『仕方ない』

「ん――？」

『ほら』

俺は念動でフランの体を起こしてやる。

そして、カレーをスプーンですくって口に運んでやった。

「もむもむ……あーん」

『ほい』

「むぐむぐ……あー」

『はいはい』

親に餌をねだる雛鳥のように、口の中のカレーが無くなると口を開けるフラン。俺はその口の中にカレーを少しずつ入れてやる。

フランが寝ぼけ眼でカレーをついばむ姿は可愛いし、ちょっと楽しくなってきたぞ。結局、カレーを三杯も食べさせてしまったのだった。

「おお、あんな器用に念動を使えんのか」

「なるほど。あれなら料理も作れそうだ」

なんかアースラースたちに感心されてしまった。

どうやら、俺がどうやって料理を作ったのか、疑問に思っていたらしい。俺たちにはもう当たり前になってしまったが、そりゃあ俺のことを詳しく知らない奴からしたら謎だよな。

「げふ……。美味かった」

「俺も四日ぶりのまともな食事だった。感謝する」

『おそまつさまでした』

食後、まったりしながらアリステアたちと話をする。

『俺が呻いている間に、何かあったか?』

「何かと言われてもね。師匠が気になってるのは戦争の行方だろ?」

『まあ、一番はな。獣人国が負けてたら、フランも悲しむだろうしさ』

「すまんな。分からない。ここは外界の情報が入ってこないから」

そりゃあそうか。国の外れも外れだし、誰かが情報を届けてくれるような場所でもない。しかもアリステアは俺に何かあった時のためにスタンバイしてくれていたわけだしな。

アースラースは――国同士の諍《いさか》いなんぞ気にするタイプじゃなさそうだ。というか、まだいたのが驚きだ。

『アースラースはアリステアに用事があるのか?』

「どういうこった?」

『いや、五日間もここにいるんだろ？』

そう言ったら苦笑されてしまった。なんと、最後に俺に礼を言ってから出立するつもりだったという。悪いことを聞いてしまったな。それにしても律儀な奴だ。

「前も言ったが、恩に感じてるんだ。何も言わずに出て行くわけにはいかんだろ」

『そういえば狂鬼化はどうなってるんだ？』

「もう復活したよ。だが、戦闘をしてない状態だからな。しばらくは安心できる」

やっぱり数日で復活してしまうらしい。俺がスキルテイカーで奪ったうえに、改修でスキル自体が消滅したからアースラースには復活しないんじゃないかと思ったんだが……。

アースラースが禍ツ鬼である限り、勝手にスキルが生み出されて復活してしまうらしい。

「ああ、あとフランの装備に関してなのだが」

『それは俺も気になってたんだ』

実はフランはいつもの黒猫装備ではなかった。

今はまるでパジャマのような、ダボダボの布の服とズボンを身に着けていたのだ。

サイズが全くあっていないので、裾や袖を大分折って着用している。折っていなかったら萌え袖どころの話じゃないだろう。

多分アリステアに借りたのかね？　性能はかなり高かった。

黒猫装備には及ばないが、そこらの革の鎧よりは遥かに強力だ。盗賊のナイフくらいなら簡単に防ぐと思う。

『黒猫シリーズはどうしたんだ？』

「あれはかなりいい防具だな。だが、度重なる激戦でかなりガタがきていた。自動修復機能なども相当低下していたはずだが、気付かなかったか？」

『まじか？』

今回の戦いは激戦だった。フランの防具も破損しては自動修復され、直っている最中にまた破損という感じだったのだ。そのせいで、防具の自動修復機能が低下していることにも全く気付くことができなかった。

俺も自身が剣の体になったから分かるが、魔道具の機能というものは劣化する。長い時間をかけて俺の処理能力が圧迫されていたように、魔道具は使えば使うほどスペックが低下していくものなのだ。

「修復……ではないな。あれも改造中だ。正直、お前らが強くなって、その激闘に耐えられなくなっていたようだしな」

確かに、黒猫シリーズを手に入れた時に比べて戦う相手も強くなり、戦闘の規模も大きくなったことは確かだ。

神級鍛冶師のアリステアから見たら、そういった強敵とやりあうには黒猫シリーズでも物足りないと感じてしまうのかもしれなかった。

「フランとも相談したが、アタシが手を入れさせてもらうことになった。製作者に無断で改造することになっちまうが……。お前らの命には代えられん。この後会うんだろう？　アタシが謝っていたと伝えてほしい」

うーむ。ガルスには悪いが、神級鍛冶師のアリステアに強化をしてもらえるのは有り難い。

ここは不義理ではあるが、アリステアの提案を呑むべきだろう。フランもそう判断したに違いない。

『わかった。ガルスには俺から謝っておく』

「頼むよ。あの防具の方は、すでに下準備は終わっている。今日から改造を始めれば明後日には終わるだろう」

『すぐに作業を始めてもらえるのは嬉しいが、大丈夫なのか？　五日寝てないんだろう？』

「大丈夫さ。一〇日寝なくても平気なんだ。七日徹夜程度は普段からやってる」

お元気そうでした。だったら、頼んでしまおう。

『よろしく頼む』

「ああ。最高の防具にしてやるから、楽しみにしてな」

アリステアは本当にいい奴だ。フランじゃないが、俺も彼女をかなり気に入っている。それこそ、友情みたいなものを感じる程には。

ただ、俺はまだアリステアに重大な秘密を隠している。それは俺が異世界の人間だったということだ。散々解析などをしてもらっておいて、重要な秘密を明かさないままというのは不義理になるのではなかろうか？　そう思い始めると罪悪感がハンパなかった。

だが、フランに断りなく俺の秘密を明かすわけにはいかない。

フランが目覚めたら、相談してみよう。

俺は作業に戻るというアリステアの背中を見ながらそう思った。

そして数時間後。

「ん。いいよ」

『あっさりしてんな！』

目覚めたフランに説明したら、秒で許可を貰えてしまった。

「だって、師匠はアリステアに教えたい」

『まあ、そうだな』

「じゃあ、いいよ？」

『結構デカイ秘密なんだが……』

俺の秘密なんだから、俺が話したい相手に話せばいいというスタンスらしい。まあ、俺もフランにはいつもそう言ってるからな。

『しかし、俺の秘密はフランの秘密でもあるんだぞ？』

「だいじょぶ。それに、私もアリステアに秘密にしたくない」

フランも俺と同じ気持ちだったということか。

『本当にいいんだな？』

「ん」

『分かった。じゃあ、早速アリステアのところに行こう』

作業場に下りてみると、アリステアはちょうど休憩中のようだった。椅子に座って、汗を拭っている。

「アリステア、話がある」

「お？　なんだい？　もしかして師匠に何か変化があったか？」

『まあ、変化というか、まだ話してないことがあってな。聞いてもらえないか？』

俺たちの真剣な雰囲気が伝わったのか、アリステアはその場で居住まいを正した。

「師匠のことは解析済みなわけだが、まだ秘密があるっていうのか？　ある意味神剣以上に特異な存在である師匠の秘密とは、なかなか胸が躍るじゃないか」

期待の籠った瞳で俺を見つめてくる。

『あー、その……頭がおかしいと思われるかもしれないんだが……。その、だな……。俺は元々人間だったってことは話しただろ？』

「ああ」

『だが、単に元人間だったっていうだけじゃない。実は俺は、ここことは異なる世界で暮らしてたんだ』

「うん？　異なる世界？　異世界ってことか？　つまり師匠は元異世界人？」

『まあ、そうなるな』

「そ、それはもしかして、神誕世界のことなのか？　本当にあったとは！」

アリステアが驚愕しているが、俺の思っていた驚き方とちょっと違っていた。

結構あっさりと、俺が異世界人だったと信じてくれたようだ。それにしても、神誕世界？　なんだそりゃ？

アリステアに聞いたら、食い気味に説明してくれた。

どうやらこの世界の神様たちは、違う世界からこの世界にやって来て、大地や生物を創ったとされているらしい。

まあ、明確に語られているわけではなく、一部の神話などでそれとなく触れられているだけのようだが。その神々が生まれ、元々いた世界を神誕世界と呼ぶそうだ。

『いや、どうだろう？　そもそも、俺が生まれ育った世界は魔法もスキルもない世界だったからな。よく分からん』

「なに？　ではどうやって物を作る？」

俺はしばらく、地球の文化や技術について、アリステアに求められるがままに説明を続けた。まあ、俺は元はしがないサラリーマン。専門的な事にはほとんど答えられないけどね。

彼女は好奇心が非常に強いようで、気になったことはバンバン質問してくる。スキルなどの恩恵がなくとも高い技術力を得るに至った地球に、強い興味があるようだった。

「いやー、興味深い！　いつまでも聞いていたいな！」

『俺としては、あっさり信じてもらって、肩透かしだよ』

「神誕世界の逸話を知らなければ、こうはいかんよ」

『その神誕世界の話だって、真実かどうかわからないんだろ？』

「アタシは本当だと信じている。神級鍛冶師だからな」

「ん？　どういうこと？」

「神級鍛冶師の成り立ちが、神誕世界神話に語られているからさ」

それは、邪神との戦いを謳った一節の中で語られている。

斬られても斬られても復活する邪神。その邪神に止めを刺すべく、剣の神は自らの分身を神誕世界から呼び出したという。

最終的に神々によって倒された邪神は、剣の神の剣によって分割され、世界各地へと封印されることとなった。

神剣の作り方は、その邪神の欠片たちに対抗するべく、神々から人へと与えられたものなのだ。

そして、最初の神級鍛冶師は剣の神の剣を元に、最初の神剣を作り上げた。

つまり、最初の神剣たる始神剣・アルファは、剣の神の剣を模したことから始まったのだ。

そんな伝承が残っている以上、神級鍛冶師にとって神誕世界はあって当然の存在だった。

「まあ、今では神の剣の銘も分からないがな」

どうやら、長い間に伝承の一部が失われてしまったらしい。

「おっと、少し話が逸れたな。ともかく、アタシは異世界の存在を信じているし、そこからこの世界にやって来る存在がいるということもあり得ると思う。まあ、師匠が本当に神誕世界からやってきたかはわからないが……」

『確かに、世界がたくさんあってもおかしくはないか』

神様がいた世界と言われると、地球は微妙な気もする。何せ魔術もスキルも存在しない世界なのだ。

「ああ。だが、師匠が剣に封じられた理由は、もしかしたらそこにあるのかもしれないな。何か心当たりはないのか？」

『全然。異世界人であるからと言って、特殊な力があるわけじゃない。向こうの世界じゃごくごく普通の一般人だったんだ。異世界人であるということが特別なのかもしれないが……』

「そうか……。そりゃあ残念だ。まあ何か分かったら教えてくれよ」

『勿論だ』

むしろ、色々と相談に乗ってもらわないといけないだろう。

その時はぜひお願いしたいのだ。

第三章　新たな自分

『フラン、行くぞ！』

「ん！」

俺が目覚めた翌日。

俺はフランと一緒に、強化された自身の力の使い心地を確かめていた。

「はぁ！」

『よし！　いい動きだ！』

「しっ！」

『そこだ！』

俺が大地魔術で生み出した岩塊《がんかい》を、俺を使って切り裂くフラン。五メートル程の岩が、綺麗に真っ二つだ。

だが、フランは心の底から不満げな表情を浮かべていた。

「……ダメ」

『やっぱり？』

「ん。全然ダメ」

『だよな』

フランが俺に魔力を通したり、引き出そうと試みる。やはり、今までと比べて制御が難しいらしい。

魔力を引き出し過ぎてしまい、無駄に消耗している。抑えようとすると、今度は必要な量を引き出せなかったようだ。

そのせいで、スキルの制御が甘くなってしまっているのだろう。

先程の空中跳躍は酷いものだった。フランは空を駆けあがって岩塊を上から斬りつけるつもりだったのだろう。だが、自身のイメージよりも二歩目の発動が甘く、床板を踏み抜くような感じでバランスを崩してしまったのだ。

何とか三歩目の空中跳躍に過剰に魔力を注ぎ込んで大きく跳躍はしたものの、一歩間違えればそのまま落下し、岩塊の下敷きになってもおかしくはなかった。

空気圧縮を使っての抜刀術に至っては、発動さえしなかった。空中跳躍の制御が難しすぎて、他のスキルが上手く使えなかったのだ。

この感じには覚えがあった。アナウンスさんにスキルを統合してもらい、上位スキルを大量に手に入れた時にそっくりだ。スキルの制御に悪戦苦闘し、しばらくは戦闘でも苦労したのである。

だが、あの時だってフランはすぐに慣れ、スキルも魔術も使いこなして見せた。今度もきっと大丈夫だろう。

問題なのは、俺自身だ。

フランの行動に合わせて属性剣の制御を行いつつ、補助魔術などを使用したのだが、総じて効果が上がり過ぎだった。自身の性能が急激に上昇したせいで、今までとは比べ物にならないほどに能力の制御が難しくなっていた。

魔術の発動にも時間がかかり過ぎだし、スキルの効果時間もバラバラだ。

さらに、大地魔術で生み出した岩塊の形は歪《いびつ》で、これも納得のいくできではない。早急に慣れなければいけなかった。

『結構マズいな……』

「ん」

何でも感覚で使いこなしてしまうフランと違って、俺は凡人だ。しばらくは練習しないといけないだろう。

とは言え、当然ながら成長した部分もある。

魔力が上昇し、内部の破損が修復されたことで、魔術の同時発動の負担が大幅に減っていた。それに、一発の魔術に込められる魔力量も大幅に増えただろう。全力時の威力ということに関しては、今まで以上であることは間違いない。

まあ、一応病み上がり？　的な状態なので、もう少し様子を見てから試すつもりだけどね。

この力を完璧に制御できるようになれば、ミューレリアがやっていたようなカンナカムイのアレンジもできるかもしれなかった。いや、絶対にできるだろう。

「師匠。もっかい」

『おう！』

その後、俺たちは様々なスキルを駆使して、確認と訓練を行った。

魔術やスキルで加速しながら、俺の打ち込む魔術を躱《かわ》し、斬り飛ばす。時には俺がスキルで生み出した壁などの障害物を突破しながら、フランは必死に俺を振るい続けた。

上達はしている。だが、満足の行くレベルにはまだ遠いだろう。

そうやって長時間の訓練を行っていると、アリステアの館の中からアースラースが出てきた。

「苦労してるみたいだな」

「……ん」

フランがアースラースの言葉に頷いた、その直後であった。

「ふん」

「……っ！」

『なっ！』

いきなりアースラースが、背負っていた地剣・ガイアを引き抜くと、フランに向けて振り下ろしてきた。殺気さえにじませた一撃だ。

フランに回避されたガイアは、地面に深々と突き刺さっている。咄嗟に躱していなければ、大怪我を負っていただろう。

『何をするんだ！』

「くっく。よい避けっぷりじゃないか。今のはスキルをキッチリ使ってなけりゃ躱せない攻撃だったはずだぜ？」

む、確かに言われてみたら……。フランもアースラースの言葉を聞いて、なるほどといった様子でポンと手を打っている。

つまり、本能的に危険を察知して、無意識にスキルを使ったってことか。使いこなすとまではいかなかったが、頭で考えて使っていた時よりも、スムーズに使用できたことは確かだ。

「使いこなすためにひたすら訓練を繰り返すこともいいだろう。だが、実戦も同じくらい重要だぜ？」

まあ、理解はできた。でも口で言ってくれりゃいいのに。

しかし、感覚派のフランはアースラースの行動に納得しているらしい。コクコクと何度も頷いていた。

「ん。わかった」

「ならいい。師匠が居れば、最悪死にはせんだろう？」

アースラースの闘気に釣られるように、フランが俺を構える。

『ちょっ！』

「はぁぁ！」

「ふぅぅ！」

俺が何かを言うよりも早く、フランたちは模擬戦を始めてしまった。もう！　これだから戦闘狂たちは！　勝手に通じ合っちゃって！

「うおらぁぁ！」

「む！」

「今のはいい動きじゃないか！」

基本は、アースラースの攻撃をフランが躱す形である。

どちらも魔術は使わない。序盤は、近接戦ということなんだろう。言葉で確認せずとも、互いにそれを理解しているらしい。

アースラースの剣は、非常に荒々しい剣に見える。だが、力任せに剣を振るっているだけではなか

った。

確かな理合いが存在する、考えられた剣だ。

非常に鋭い斬撃の中に、時おりゆるりとした遅い攻撃が混じる。

だが、これが罠なのだ。

下手に回避すればアースラースに逃げ場を誘導され、受け止めれば不利な腕力勝負に持ち込まれる。流そうとしても、その凄まじい膂力《りょりょく》を受け流すことは難しい。無視して距離を取ろうとしても、退るこちらと追うアースラースでは、向こうが圧倒的に有利になるだろう。

そうした攻防で徐々に不利な体勢に追い込まれていき、バランスを崩してしまえば神剣の一撃が叩き込まれるというわけだ。

「ははは！　今のを受け流すか！　やるな！」

「ギリギリ。師匠、平気？」

『耐久値がかなり削れたが、まだいけるぞ！』

さすが神剣だ。ガイアと鍔迫り合うだけで、俺の耐久値がガリガリと削られてしまう。

相手の表面に目立った傷はなく、格の差を思い知らされるようで正直凹むのだ。

それでもフランがアースラース相手に戦えているのは、敏捷《びんしょう》性と剣術スキルのレベルで上回っているからだった。

経験と腕力、武器の差を、速さと技量でカバーしているのだ。いや、カバーしきれていないから、防御に回る場面が多いんだが……。

それでも、怪物相手に瞬殺されることなく戦い続けられている。

相手がランクS冒険者なのだと考えれば、充分とも言えた。

「たぁぁ！」

「ぐはっ！　いいぞいいぞ！　その調子だ！」

「ぬぅぅ！」

多少の傷は即座に再生してしまうアースラースだが、それ以上に厄介なのがその動じ無さだろう。深手を負っても、痛覚無効のせいで全く痛がらない。しかも、多少の衝撃程度では動きを止めることもなかった。格闘ゲーム好きの人であれば、常時スーパーアーマー状態とでも言えば分かってもらえるかね？

ともかく、どんな攻撃を食らっても止まらず、ひたすらに攻撃を続けてくるのだ。

それからしばらく、二人は激しい近接戦を続けた。

これって、模擬戦の範疇《はんちゅう》か？　互いに強い回復方法があるが故に、遠慮がない。死ななければいいやというアバウトな感じで、高威力の攻撃を繰り出しあっているのだ。

実際、途中で何度か治癒魔術を使うシーンがあった。

ただ、この戦いの間にフランの動きが目に見えて良くなっていったのも確かである。

やはりアースラースが言う通り、実戦に勝るものはないのだろう。俺も、フランが危険だと感じて焦っている方が、治癒魔術の精度が上がるから不思議である。治癒魔術で魔力運用の感覚を掴めば、他の魔術やスキルの扱いも向上していく。不思議な感覚だった。

しかし、これはまだ前哨戦だ。

「さて、そろそろ温まってきたか？」

「ばっちし」

「そうかぁ！　なら、こっからが本番だな！」

「ん！」

その言葉の示す通り、フランとアースラースの動きが変わっていた。より速く、より力強く、模擬戦は激しさを増す。

さらに魔法も解禁である。

「どっせぇい！　グラビティ・スタンプ！」

「っ！」

危険を感じたフランが鍔迫り合いを止めて、後ろへ跳んだ。

直後、アースラースの周囲が数メートルに渡って、数センチほどの深さに陥没する。

まるで、真上から丸くて透明な板で押し潰されたかのような光景だ。

アースラース自身には何の影響もないらしい。涼しい顔である。神剣の持つ、大地魔術無効の力だろう。

巻き込まれることはなんとか回避したが、まだ危機は終わっていない。

「なら、こいつはどうだ？」

「むぅ！」

アースラースが間髪容れず踏み込んできた。水平に振るわれた神剣を俺で弾こうとしたフランだったのだが――。

「え？」

『なんだこりゃ！』

神剣を受けたフランの体が、ふわりと宙に浮いた。

フランは目を白黒させているが、俺にはその絡繰《からく》りが分かった。こちらの重力を軽減されたのだ。

そのせいで踏ん張りがきかなかったのだろう。

魔術を使った気配はないから、神剣の効力なのかもしれない。

「ストーン・スピア！」

弾き飛ばされた先に、数本の石の槍が生み出される。地面から斜めに突き出した石の槍衾《やりぶすま》は、魔力で強化されているのが分かった。アースラースは脳筋なようでいて、その魔法の使い方は非常に巧《うま》い。

制御という面だけではなく、使い方も非常に効果的だった。

「お？」

フランは咄嗟に空中跳躍を使って進路を変えようとした。だが、予想以上に大きく跳んでしまい、驚きの声を上げる。

まだ体が軽いままだったのだ。まるで月面にいるかのように、高々とジャンプしてしまう。

そこに、宙を飛ぶアースラースが一直線に突っ込んできた。重力を無視したような、スーッと宙を上ってくる動きだ。これも重力操作の応用なのだろう。

「らぁぁ！」

『何度もやらせるかよ！』

アースラースの神剣が、大地属性の魔力を強く纏っているのが見えた。アレを受けるのはヤバい。

危機察知スキルがそう訴えかけている。多分だが、軽くすることができるなら、重くすることもできるはずだ。

ただでさえ凶悪なアースラースの振り下ろしに重力の荷重が加われば、想像を絶する威力となるだろう。

俺は咄嗟に短距離転移を行い、アースラースの背後に回り込んだ。

「たぁ！」

『落ちろ！』

フランも慣れたものである。前置きなく転移したにもかかわらず、即座に動き始めていた。

フランの斬撃に、俺が雷鳴魔術を併せる。

「だりゃぁ！」

アースラースは焦った様子もなく、手に持った神剣を一振りした。すると、凄まじい密度の魔力が放たれ、全ての雷鳴を吹き散らしてしまう。

しかし、フランはその程度ではビクともしなかった。風魔術を使い、空中にいる自分を支えたのだ。

さらに、火炎魔術バーニアと空中跳躍を使い、アースラースの脇へと素早く回り込む。

その動きは瞬間移動したのかと思うほどに速かったが、流石はアースラース。見事に反応していた。

しかし、それも織り込み済みである。

『食らえ！』

「師匠か！　くはは！」

『頑丈だな！』

フランに意識を向けた瞬間、背後から火炎魔術を当ててやったんだが、全く効いていない。それどころか、お返しとばかりに岩石の弾丸を放ってくる。

その後は、魔術も絡めた激しい戦闘が続いた。

互いに段々遠慮がなくなってくるのが分かる。

使う魔術の威力が段々と増し、攻撃にも容赦がなくなっていく。俺なんか、カンナカムイまで使ってしまったのだ。いや、向こうも広範囲を潰す重力攻撃とか使ってきたし、やり過ぎはお互い様だけどね。

アリステアの館の前が、あっと言う間に荒れ地になり、原形を止めない程に破壊されていった。

木々と下草の生い茂る森だった場所が、穴だらけの岩場状態だ。

アースラースは狂鬼化が一度リセットされたおかげで、この程度の戦いでは発動することはないようだ。楽し気に剣を振るっている。

彼に稽古をつけてもらえるなんて、今しかできないことだろう。自らの身を削って、フランに胸を貸してくれているアースラースには本当に感謝だな。

「ふはははは！　だんだん動きもよくなってきたぞ！」

「しっ！　まだまだ！」

「ははは！」

まあ、完全に楽しんでいるっぽいけどさ。

ドゴンドガンという破壊音を森の中に響き続かせること一時間。

フランとアースラースが殺し合いにしか見えない模擬戦を終えた頃には、すでに昼を大きく過ぎていた。俺が出してやった山盛りおにぎりで少し遅めの昼食をとりながら、フランたちは模擬戦の感想を話し合っている。

「もぐ、大分、勘も取り戻せたようだな」

「ん。もぎゅもぎゅ」

四半日にも及ぶアースラースとの戦いにより、フランも俺も、スキルの使い方が凄まじく上達できていた。まだ以前には及ばないものの、スキルの使用ミスで戦闘中にピンチに陥ることはそうそうないだろう。有り得そうなのは転移先がずれて、逆に敵に有利な状態になってしまうとかかな？

それも、訓練していけばすぐに上達するはずだ。

基礎固めはできたってことかな。あとは応用と練習あるのみである。

『ありがとう。助かったよ』

「もぐもぐ。俺も楽しかったぜ？」

俺のお礼の言葉に対して、アースラースは軽く笑っただけだ。どうも照れているらしい。礼を言われ慣れてないのだろう。

「あとは各地で積極的に魔獣を狩ってみろ。それが一番効率がいい」

おにぎりを両手に持ち、口の横に米粒を付けたままのアースラースが、今後必要なことを教えてくれる。

魔獣との命を懸けた訓練か。言われてみたら、有用かもしれんが……。

正直言って不安だ。もう少しスキルを使う練習を積み重ねてからの方がいいんじゃないか？

そう思ったんだけどね。

「師匠、魔獣探す」

『まだ早いんじゃないか？』

「今すぐ探す」

フランさんがやる気である。仕方ない、魔獣を探すとしますか。せめて最初は弱めの魔獣から始めよう。ゴブリンあたりがいれば心置きなく殲滅できるんだがな。

俺たちがどんな魔獣を探そうかと相談していると、アースラースが立ち上がった。

軽く腹を叩いて、腹ごなしは完了ってことなんだろう。こいつ一人でまあまあ大ぶりのおにぎりを二〇個も食ったからな。

「最後に面白いものを見せてやる」

「面白いもの？」

「ああ、師匠はいつか神剣を超えると、そう決意していたな」

『フランが、俺なら神剣を超えられると、信じてくれているからな』

「ん。師匠はいつか最強になる！」

その言葉を聞いたアースラースが獰猛に微笑む。そして、ゆっくりとした動作で手に持っていたガイアを、天に向かって突き上げた。

「ならば見ておけ！　お前らが目指す先がどれ程のものなのかをな！」

何をするつもりだ？

「おおおお！　神剣開放！」

アースラースの気迫の籠った声に応え、その巨体から魔力が迸《ほとばし》るのが見えた。

可視化する程の強烈な魔力が、アースラースからガイアへと流れ込む。

そして、その魔力を呼び水に、ガイアが真の力を解き放つ。

「おおー」

『うおぉぉぉ！』

咄嗟に障壁を張らなければ、吹き飛ばされていただろう。一〇メートル以上離れているにもかかわらずだ。

しかも、アースラースの周囲に吹き荒れる暴風は、さらに威力を強めていくようだった。

俺たちなら大丈夫だと思ってるんだろうけど、もうちょっと気を使ってほしいよね！

フランは目を輝かせて見てるけどさ！

嵐のような魔力が収まった時、ガイアの姿は大きく変貌を遂げていた。ダンジョンで見た、破城槌と大剣を混ぜ合わせて装飾過剰にしたような、あの姿だ。

ただそこにあるだけで、王威スキル以上の凄まじい威圧感が周囲を覆う。敵意が無いことが分かっていても、フランが思わず後ずさりしてしまうレベルだ。

大地が、空気が、魔力が、大地剣・ガイアの発する力に呼応するかのように震えている。

『やっぱり鑑定はほとんど効かないな……』

相手が格上過ぎて、ほとんどの能力が見えない。

だが、改修によって成長したおかげか、以前よりは少しだけマシになっていた。

名称：大地剣・ガイア

攻撃力：４７００　保有魔力：２００００　耐久値：３００００
魔力伝導率：ＳＳ+
スキル

保有魔力と耐久値が新たに見えるようになっただけだけどね。進歩は進歩なのだ。

やはり化け物だな。攻撃力も、魔力も、耐久値も、全てにおいて俺を上回っている。というか、勝負にならないほどの差がある。

これが神剣なのだ。

これが、俺の目指す頂なのだ。

もう、力の差に絶望して、泣き言など言わない。

フランが、俺が神剣を超えると信じてくれているのだ。だったら、俺がしなくてはいけないのは、泣き言を漏らすことではない。

刻みつけろ。自らの目に、神剣の力を。いつか追いつき、追い抜く相手の力を忘れるな。

俺が凝視していると、アースラースがガイアを背に担ぐように、構えた。

「これから見せるのは、ガイアの力の一端だ。目に焼き付けておけ！」

ガイアからは茶褐色のオーラがユラユラと立ち上る。凶悪で威圧的な魔力がビンビンと感じられた。

「はあぁぁぁぁぁぁっ！」

もはや振動とかそんなレベルじゃない。アースラースを中心に生じる、まるで地震のような揺れが周辺を震わせる。

「見ておけよ！　おらぁぁぁぁぁぁ！」

アースラースが跳躍した。重力を操作して、急加速で天へと昇っていく。何度見ても異様な動きだ。そのまま三〇メートル程の高さに飛び上がると、今度は不自然なタイミングと速さで急降下し始める。自身への加重や軽減も自由自在なのだろう。

「グラビティ・ブロウ！」

そして、渦巻くような猛々しい魔力を纏ったガイアが、大地に叩きつけられる。

その瞬間、三〇メートル四方の大地が同時に陥没していた。その深さは二〇メートル以上はあるだろう。

本当に一瞬だった。瞬きをしていたら、見逃してしまうほどの短い時間である。

あれだけの質量の大地が、その一瞬で圧縮されてしまっていた。

「すごい……！」

『あ、ああ』

もし俺たちがあの攻撃の範囲内にいたら？　為す術なく圧殺されていただろう。少なくとも、次元跳躍で逃げる以外に助かる術はなかったはずだ。

「どうだ？　さすがに本気でぶっ放すわけにゃいかねーからな。五割ってところだが……」

これで威力が半減してるっていうのか？

改めて神剣というものの暴威を思い知らされた。同時に、アースラースが暴走した場所が、本気を出せないダンジョンの中で良かったとも思った。

もし外で全開のアースラースと戦っていれば、俺たちなどこの場にはいられなかっただろう。しかも恐ろしいのは、あの攻撃を放ったアースラースが一切息を乱していないことだ。

彼自身が言う通り、全力ではなかったのだろう。こんな攻撃を連打できるのか？　そりゃあ、ランクS冒険者になれるだろう。頂の遠さがよく分かった。

しかし、俺たちは絶望していない。

「これが、お前たちが目指す先にあるレベル。その一端だ」

「望むところ」

「ほう？」

『フランがこう言ってるんでな。俺が勝手に諦める訳にはいかないんだよ』

「師匠がいれば、いつか絶対に追いつける」

確かにその背中は遥か遠く、追いつくのがいつになるかは分からないだろう。しかし、見えるのだ。どこにあるのか分からない程、遠くではない。

なら、いつか追いつける。互いの存在があるからこそ、俺たちはそう信じることができていた。

『いつか見てろよ？』

「私たちは、諦めない」

俺とフランがそう口にした瞬間だった。

「うおっ？　おい、フラン、師匠！　なんか光ってるぞ！」

「？」

『え？　いや、この光は……！』

アースラースが驚きの表情で叫んだ。そのおかげで、俺たちも気付く。

「ほんとだ。光ってる」

『これは……、いつもの青い光だ！』

強敵との戦いで何度も助けられた、謎の青い光。その光が、俺たちから立ち上っていた。

いつものように力が湧き出し、フランとの一体感が増す。

『なんで、戦闘中じゃないのに……』

〈個体名・フランの状態が、契約（剣の使い手）から、契約（剣身一体）へと変化しました〉

『アナウンスさん！　ど、どういうことだ？』

〈……〉

ダメか。俺自身が修復されたとはいえ、アナウンスさんは元のままだ。俺の質問に答えてはくれない。

「……消えた」

『俺とフランの状態に変化があったらしい。ただ、それで何が起きるかは、俺にも分からん』

「だいじょぶ。今までも、この光は私たちを助けてくれた」

『ああ、そうだな』

フランの言う通りだ。俺も、この変化に嫌な物を全く感じていなかった。

むしろ、フランとの間に、温かい繋がりのような物が増えた気がする。きっと、大丈夫だ。

「ふはは。平気か！　そうかそうか！」

「ん」

アースラースが笑いながら、フランの頭をガシガシ撫でた。メッチャ乱暴だが、フランはされるがままである。むしろ嬉しそうだった。

「次会った時、また模擬戦でもしようや！　その時はもう少し本気を出させてくれ」

「ん！　絶対に本気で戦わせてみせる」

いやいや、フランさん？　そんなやる気の目で頷いてるけど、本気のアースラースと模擬戦とか勘弁なんだけど。いや、アースラースは狂鬼化もあるし、模擬戦なんかできないだろ？　ということはフランに向けた激励ってことか。

「じゃあ、俺はもういく」

アースラースはガイアを鞘に納め、俺たちに背を向けて歩き始めた。

彼が向かう先はアリステアの館ではない。むしろ正反対の方向だ。

随分と唐突だな。

「もう、行っちゃうの？」

「ああ。一ヶ所に長々と留まっていられる性質じゃないんでな」

それは嘘だ。スキルを使わなくても分かる。

結局、狂鬼化を持つ限り、いつ自分が暴走するか分からないという恐怖がアースラースに付きまとう。むしろ仲が良くなったからこそ、長くは留まれないのだろう。

フランとの訓練が無ければもっと長くこの場に留まれたんじゃないか？　だが、それを言ったら、自らの狂鬼化の発動を早めてまでも、模擬戦に付き合ってくれたアースラースの心意気に水を差すことになる。

フランは寂し気な顔で、アースラースに手を振った。

「ばいばい」

『またな』

「おう。また会おう！」

そして、アースラースは颯爽とした足取りで去っていったのだった。

うーむ、格好いいな。ちょっと憧れてしまうぜ。俺がもう少しだけ舎弟体質だったら「アニキ！」って呼んじゃってたかも。

「……行っちゃった」

フランは寂し気にアースラースが去っていった方角を見つめていたが、すぐに気を取り直したらしい。

「師匠。強くなろうね」

『ああ』


アースラースが去っていった後、俺とフランは館の一階にある作業部屋の一つを借りて、解体作業に勤しんでいた。

今回の騒動で手に入れた大量の魔獣の死骸が、次元収納に溢れているのだ。まだまだ収納が一杯になる気配はないが、死蔵しておくわけにもいかない。

中には結構貴重な魔獣の素材もある。

防具の改造に使える物もあるかと思ったのでアリステアに提供しようとしたんだが、改造に関してはアリステアの手持ちの素材で間に合うらしい。

というか、神級鍛冶師の持ち出し素材って、どんだけ貴重なのか聞くだけでも恐ろしいんだが……。まあ、その辺は仕上がってから聞くとしよう。

ただ、物によってはアリステアが使える素材もあるかもしれないので、解体が終わったらリストを見せてほしいと言われていた。

そういうことであればと、とりあえず脅威度が高い魔獣から解体を始めている。だって、脅威度の低い雑魚《ざこ》魔獣の素材なんて、神級鍛冶師には必要ないだろうし。

全てを解体するには時間も足りないので、優先順位が高いものから選別して解体する必要があった。最優先で解体するのは、魔獣の群れのボス的存在であった魔獣たちだろう。グラファイト・ヒュドラ、クリムゾン・ウルフ、スティール・タイタンベア、アダマス・ビートル、男爵級悪魔の五種である。

まあ、グラファイト・ヒュドラは俺のカンナカムイで跡形もなく消滅してしまったけどね。

俺たちを最も苦しめてくれた、アダマス・ビートルと幻像魔術使いの悪魔はすでに解体が終わっている。

邪人などを倒しまくったおかげか、悪魔のような人型の魔獣の解体も特に忌避感を覚えない。あれだけ殺しておいて、今さらという感じだ。まあ、悪魔の場合は血の色や内臓なんかが人とは全然違うので、人っぽくないのも大きいだろうが。

「師匠、これどうする？」

『うーん、毛皮はボロボロだが……』

フランが次に取り出したのは、ウルシと激闘を繰り広げた脅威度C魔獣、クリムゾン・ウルフの死骸である。ウルシの死毒魔術によって全身を蝕まれたため、毛皮は剥げ、骨は脆《もろ》くなり、肉は異臭を放っている。無事に残っている部分がほとんどない。

『でも、一応解体はしてみよう。使える部分があるかもしれないし』

「わかった」

『俺はこっちを解体するか』

俺が取り出したのは、スティール・タイタンベア。それなりに広いはずの作業部屋の半分以上が埋まってしまった。なにせ体長一〇メートルを超える巨熊である。魔石を一撃で砕いたため、それ以外の素材は完璧な状態で残っていた。

『解体がメチャクチャ大変そうだな』

それでもやらない訳にはいかないのだ。

皮を剥いで、肉を分け、内臓を個別に次元収納に仕舞う。

こいつを解体するだけでも三〇分近くかかっただろう。解体スキルがマックスで、念動で自在に動ける俺でさえこれだぞ？　普通の冒険者とかだったら半日がかりの重労働になっていただろうな。

他にも、ドラゴンリザードという、ドラゴンっぽいオオトカゲや、樹木魔術を使用するドライアドライオンに、ハイ・オーガの特殊個体など、それなりに強い魔獣たちを解体していく。ボスには及ばないが、脅威度ならD以上の大物たちである。

フランは途中でおネムになってしまったが、俺は夜通し解体を続けた。そのかいもあってか、全部で五〇体は解体できただろう。

肉も大量に確保ができて、今後のフランの食事が豪華になることは確実だ。

翌朝。俺はまだ寝ぼけているフランとともに、アリステアに必要な素材があるかどうか聞きに行ってみた。

「解体が終わったのか？」

『まあ、目ぼしいものはな。これがリストだ』

書き出したリストを見せてみたが、やはり神級鍛冶師にしてみたらそこまで食指を動かされる素材はないみたいだった。リストを見る顔はいつも通り冷静なままだ。

ただ、俺たちの解体速度に驚いたらしい。

「本当にこの量を一晩で？　早いな」

『二人でやったから』

「ほとんど師匠がやった」

『三割くらいはフランがやってるよ』

「三割でも凄まじいぞ。これがスキル共有の真価というわけか」

雑談しながらも、アリステアがリストを読み込んでいく。そして最終的に、クリムゾン・ウルフの食道とか、スティール・タイタンベアの牙などは使い道があるそうなので、それらを譲ることとなったのだった。

『あとは魔石がそれなりにあるんだが、吸収して平気だと思うか？』

「うーむ、どうかな……。謎の魂に関しては、応急処置以上のことはできていないが……。やってみなけりゃアタシにもわからん」

『だよな』

「ただ、悪化するというようなことはないはずだ」

「じゃあ、とりあえず吸収してみる」

「ああ、それがいいだろう」

ということで、実験の開始である。

まずは、雑魚魔獣の魔石からだ。ビッグラットの死骸を取り出し、パパッと解体して魔石を取り出した。

最弱魔獣の魔石を念動で持ち上げ、自分の刃にそっと押し当てる。魔石が消滅し、魔力となって俺の内に流れ込むのが分かった。

「どう？」

『……ふぅ。なんともなさそうだ』

「よかった」

『次は邪人だな』

「じゃあ、これ？」

フランが取り出したのは、ヴァルキリーの配下であったホブゴブリン・スピアラーの魔石だ。

アリステアは、謎の魂は邪気を吸収できず、俺に送られる力が少ないと話していた。だとすると、邪気の吸収が負担となる可能性もあるのだ。

『来い』

「ん」

フランが俺の刀身にホブゴブリン・スピアラーの魔石を押し当てると、問題なく吸収される。俺自身に気持ち悪さなどもない。元の魔獣の強さのわりに魔石値は少ないが、それもある意味いつものことだ。

「どうだ？　師匠？」

『魔石吸収機能に大きな違いはないみたいだ。いや、少しだけ魔石を吸収した時の満足感が増したか？』

「ふむ。ちょっと見てみよう」

アリステアが俺の刀身に手を当て、内部を解析し始めた。

「多分、改修によって師匠と謎の魂がより深く繋がったのかもしれない」

『スキルはどうなったかな？』

スキルを確認すると、改修で消えたはずの技能スキル、穴掘りが追加されていた。魔力だけではなく、スキルの吸収も問題なさそうだ。しかし、これって喜んでいいのだろうか？

『穴掘りが得られたな』

「では、消えたスキルは、再度魔石から吸収した場合は復活するのか」

『結構マズくないか？　せっかくスキルを減らせたのに』

「ふむ……。ちょっと待て」

アリステアが俺を解析している。

再び魔石を吸収してスキルを得るように言ってきたので、今度はホブゴブリン・アーチャーの魔石を吸収してみた。邪人は技能系スキルを持っていることが多いので、これでダメでもゴブリンの魔石をいくつか吸収してみればいいだろう。そう思っていたら、運よく一個目で大工という技能スキルが手に入った。

『どうだ？』

「ふむ……多分だが、改修によってスキル特化型に生まれ変わったおかげだろう。スキルの所有数はかなり余裕ができたようだ」

「つまり？」

「あと一二〇～一五〇程度であれば、スキルを増やしても大丈夫だと思う。まあ、スキルの質などにもよると思うが……」

『それは朗報だな』

何が恐ろしいって、無駄スキルがまた増えてきて、そのせいでまた動けなくなることだからな。

「だが、限界ギリギリまでスキルを溜めこむのはやめろ。できればその前にアタシのところに来い」

「勿論」

『わかってるよ。ただ、また改修するのか……』

「それは我慢するしかないな。まあ、何度かやれば慣れるんじゃないか？　それに、スキルを消すだけなら今回ほど酷くはならんだろう」

『だったらいいんだけどな』

その後俺はアリステアに見守られながら、魔石を吸収していった。何かあればすぐに対処してくれる相手がいるっていうのは、安心できる。

最終的には一〇〇個程度の魔石から魔石値を２２０３。スキルを一五個得たのだった。スキルに関しては、全て技能スキルだ。穴掘りと大工がレベル２に達している。

ダンジョン産の邪人たちは、戦場での陣地構築用にこれらのスキルを与えられていたんだろう。

俺の体に異変はない。本当に、元に戻ったようだ。

『ただ、次の自己進化までは、先が長そうだな』


翌日。アースラースと同じように、俺たちもまたアリステアの館を出立しようとしていた。

『色々と世話になった』

「お世話になりました」

「オン」

館の入り口に並び、揃って頭を下げる。

短い間ではあったが、本当に世話になったのだ。アリステアがいなければ、俺たちは今こうして笑っていられなかっただろう。

「いや、こちらこそいい経験をさせてもらった。また会えるのを楽しみにしている」

『防具まで改良してもらったのに、本当にあんな報酬でいいのか？』

「構わんよ。フランの反応を見ていたら、金なんぞよりも余程貴重なようだからな」

相手は神級鍛冶師だぞ。その神級鍛冶師に改修してもらって、防具まで改造してもらったのだ。しかも、俺の修復などにはかなりの貴重な素材を使ったはずだ。

普通に考えたら、何億ゴルドもかかって当然なんじゃないか？　だが、アリステアは報酬など一切いらないと言ってきたのだ。俺という面白い剣を解析できただけで、お釣りがくると。

さすがにそれは悪い、報酬を払うと言い張ったら「じゃあ、一〇〇万くらいでいいぞ。気持ちだけもらっとくさ。魔獣素材ももらったしね。あと、カレーを鍋ごと置いていけ」とのことであった。

一〇〇〇万ゴルドは結構な大金だが、アリステアにとってははした金のはずだ。気持ち扱いにしかならないだろう。

そこで俺は、一番大きいカレー鍋を一つ置いていくことにした。まあ、そこで一悶着あったけどね。フランがカレーを渡すくらいだったら有り金と素材を全部置いていくって言い張ったのだ。

だが、町に行って香辛料を手に入れれば何とかなるからと説得した。

だって、カレーなんて業務サイズの大鍋満タンでも、一万ゴルドはかからない。仕事量と釣りあっていないのだ。

さらにレシピを渡そうとしたんだが、料理は一切できないからいらないということだった。料理用のゴーレムは、予めインプットしてある料理しか作れないらしい。

「防具ありがとう」

「元の防具がいい物だったからな」

『メッチャ可愛いし、強いし、本当にアリステアに頼んで良かったよ』

フランが身に着けているのは、以前とは大分様子の変わった黒猫装備シリーズである。

いや、名前が変わったから、新装備と言えるだろう。以前の面影は残しつつも、そのフォルムは大胆に変更されていた。

だが、その性能も外見以上に凄まじい変化を遂げている。まずそれぞれの個別の防御力が50も上昇していた。元々の防御力が総計で350だったのだが、現在は300も上がって650だ。

耐久値も200上昇し、より壊れにくくなっただろう。装備の効果も地味に強化されている。

名称：黒天虎《こくてんこ》の闘衣
防御力：150　耐久値：800／800
効果：快眠、消臭、浄化、精神異常耐性大付与

名称：黒天虎の手袋
防御力：120　耐久値：800／800
効果：衝撃耐性大付与、腕力中上昇

名称：黒天虎の軽靴
防御力：115　耐久値：800／800
効果：跳躍付与、敏捷中上昇

名称：黒天虎の天耳輪
防御力：65　耐久値：500／500
効果：騒音耐性大付与、属性耐性大付与

名称：黒天虎の外套

防御力：１３５　耐久値：８００／８００
効果：耐寒付与、耐暑付与、装備自動修復

名称：黒天虎の革帯
防御力：６５　耐久値：５００／５００
効果：魔術耐性中付与、状態異常耐性中付与、アイテム袋能力小

しかも、全てを装備した時に発動する黒猫の加護が、黒天虎の加護にパワーアップしている。黒猫の加護は、装備を全て身に着けている間、全ステータス＋１０。さらに、即死無効というものだった。あと、黒猫族にしか装備できないという効果もあったか。

黒天虎装備はさらに強烈だ。全ステータス＋２０に加え、即死無効、雷鳴無効、隠密強化。そして黒天虎にしか装備できないという、現在ではほぼフラン専用の装備品となっていた。

まあ、かなり可愛いデザインだから、キアラ婆さんが生きていても装備するとは言わなかったと思うけどね。

基本は黒猫装備だ。だが、全体的に少女らしさが付け加えられている。

特に大きな変化は黒猫の闘衣だろう。首元にはつけ襟にも見える大きな襟が付き、ヘソ出しではなくなった。露出が少し下がったのは、俺的にはグッジョブだね！　それと、右腕には肘まであるガントレットのような物が新たに追加されていた。盾代わりにもなる、アリステア特製の籠手である。下

半身は完全にヒラヒラのスカートタイプになり、その下にキュロットとアンダースコートの中間のようなパンツを履いている感じだ。ニーハイソックスも、少しだけ大人っぽいデザインになっただろう。靴もパッと見ブーツではなく、パンプスのように見えた。勿論、動きやすさは変わっていない。

やはり男勝りでもアリステアは女性なんだな。ガルスが作ったボーイッシュな物よりも、だいぶガーリーに仕上がっている。

「ヒラヒラしてるけど動ける」

『うんうん、フラン可愛いぞ』

「ああ、我ながらいいできだ。似合ってるぞ。男達の視線を独り占め間違いなしだ。きっと目立つぜ?」

「？　目立つのはまずい」

「どうしてだ？」

「モンスターに見つかる」

『フラン。アリステアの言ってる目立つはそういう意味じゃないぞ……』

うん。フランさん、可愛さには全く興味が無いからね。動き易くて、強いってところ以外に関心が無いのだ。

「師匠……」

『分かってる。分かってるが、こればっかりは仕方ないだろ？　俺は男だし、フランがそもそも可愛いものに興味ないんだから！』

「そうだが、せっかく素材がいいのに」

アリステアは自身に一切化粧っ気が無いのに、他人は気になるらしい。俺をジトーッとした目で睨

んでいる。

『お、俺だってこのままじゃマズいなーとは思ってたんだ。善処するよ』

「……まあ、期待せずに待っておくよ」

『そうしてくれ』

「？」

「ふふふ。フラン、次に会える時を楽しみにしているよ」

「ん」

最後に、フランとアリステアががっちり握手をかわす。

「いろいろありがとう」

「気を付けて行けよ。師匠のスキルをまだ使いこなせていないんだろう？」

「ん。修業しながら行く」

『しばらく無茶はしないよ』

最悪、ヤバそうな相手は転移で回避しながら進むことになるだろう。もしくは、スキルの使用が安定するまでは、遠距離攻撃メインで戦うとしよう。

『なあ、アリステアにメンテナンスをしてもらう時は、ここに来ればいいのか？』

「いや、アタシはこれでも世界中を定期的に巡っていてな。ここはあと一ヶ月もしない内に引き払う予定だ」

え？　じゃあ、どうやってアリステアに連絡を取ればいいんだ？

「アタシはこの後ジルバード大陸に居を移す予定だ。あんたらもその内ジルバードに戻るんだろ？」

「ん」

『クランゼル王国の王都で開催されるオークションに参加するつもりだからな』

「ああ、あれか。となると、あと二週間くらいだったか？」

『それくらいだな』

「だとすると、アタシの方が先にジルバードに渡るかもしれん。一応、ベリオス王国の南西部にあるアルスターという町の側にいるはずだ。近くにくれば、こちらから連絡を取るさ。もう師匠の魔力は感知できるからな」

アリステアには、遠くからでも武具の魔力を感知する能力があるらしい。だったら、簡単に会えるかもしれない。

『じゃあ、向こうで会おう』

「ん」

「おう。気を付けて行けよ」

「ばいばい」


アリステアの館を出発した俺たちは、一路グリンゴートを目指していた。

黒猫族が無事に避難できたかも知りたいし、戦争の情報も仕入れたいのだ。

フランを背に乗せたウルシが、森林の中を軽快に駆けていく。魔獣も雑魚は無視し、山なども空中跳躍で飛び越え、目的地に向かって一直線だ。

「見えた」

「オン！」

朝に出発して、昼過ぎにはグリンゴートを視界に捉えていた。

「城壁がちょっと壊れてる」

『ああ、かなりの激戦があったみたいだな』

キアラやメアたちが魔獣の群れをある程度倒したとはいえ、討ち漏らしは当然あるだろう。そいつらがグリンゴートに襲いかかったに違いない。

かなり激しい戦いがあったことは、城壁や周囲の惨状から分かった。

城壁には焦げたような跡があるし、周囲の森林の一部も焼失している。それだけではなく、城門の周辺の木々は押し倒され、魔術などで抉《えぐ》れた大地がそのまま残されていた。

だが、都市内に侵入された形跡はない。

城門は傷ついているものの破壊されずに残っているし、城壁の上には兵士が巡回している姿が見えるのだ。城壁で押し止めることに成功したらしい。

とりあえず俺たちは、城門より少し手前に降り立つことにした。魔獣の襲撃を受けた直後に、ウルシの姿を見たら怯えられるかもしれないのだ。

「いこ」

「オン！」

大型犬サイズに縮んだウルシをお供に、城門へと向かって歩き出す。

以前であれば入場審査を受けるための長蛇の列ができていたはずなのだが、今は城門は固く閉ざされ、人の姿は一切ない。

激しい戦闘があった直後だ。それも仕方ないだろう。

俺たちが城門に近づくと、城壁の上にいた兵士から誰何《すいか》の声がかけられた。

「な、何者だ！」

「そこで止まれ！」

かなり緊張した様子の声だ。同時に、複数の弓がこちらに向けられているのも分かる。

『フラン、殺意は感じられない……多分』

「ん」

未だに扱いきれていないスキルが仕事をし過ぎて情報過多だが、城壁の上の兵士に殺気はないと思う。ただ、かなりの警戒と、怯えがあるようだった。

「私はフラン。冒険者」

正直に告げたんだが、城門の上にいる兵士は相変わらず厳しい顔でこちらを睨みつけている。

子供相手に声を荒《あら》らげてしまうほど余裕がないのだろう。

「その狼はなんだ！」

「私の従魔」

「お前のような子供が――」

「おい！　待て！」

さらに声を上げようとした兵士を、隣にいた同僚が慌てた様子でとめる。

「なにをするんだ！」

「あ、あの方は大丈夫だ！」

どうやらフランを覚えている兵士がいたらしい。これは余計な時間を使わなくて済みそうだ。

結局、その兵士によってフランの身元が確認され、都市の中に入ることができたのだった。

門から続く中央通りには、多くの人が溢れている。

『へぇ、意外と人が多いな』

「ん」

「オン」

ただ活気は全くない。

なぜなら、その多くが周辺の村から逃げてきた避難民だからだ。

中央通りの両側にゴザを敷いて、家族で身を寄せ合っている。着の身着のままで慌てて逃げ出してきたのだろう。笑顔などなく、ただ疲れた表情で座り込んでいる者たちがほとんどであった。

ウルシに対して怯える気力さえないようで、こちらをボーッと見ているだけだ。

ただ、通りを歩いて領主の館に向かっていると、他の避難民の寄り合い所帯とは様子の違う一角があった。

ここはテントなどが規則正しく張られているし、簡易的な調理場まで作られている。そして、そこでは皆が気楽な様子で談笑をしていた。

この町に入って初めて、フランの顔に笑みが浮かぶ。

『領主の館で場所を聞く手間が省けたな』

「ん！」

そこは、シュワルツカッツェからの避難民たちの集まった区画だった。

魔獣の群れから逃げ出すときも感じたが、黒猫族は逃避行に本当に慣れているらしい。明らかに事前準備が行き届いているし、こういった場所での順応力も他の獣人に比べて高いようだ。

他の獣人たちが難民キャンプだとしたら、こちらはアウトドアキャンプみたいな雰囲気だった。特に、老人たちは余裕の顔をしている。ボードゲームをしている老人までいた。

対して、子供や若い者たちはやはり疲れ気味かな？　老人たちの方が避難経験が豊富なのだろう。

さすが逃亡を続けた流浪の民である。シュワルツカッツェという安住の地を得ても、その逃げ上手っぷりは失われていなかったらしい。

フランが見覚えのある男性を発見して駆け寄る。

「村長！　サリューシャ！」

「おお！　姫様！　ご無事でしたか！」

「姫様！　よかった～！」

武器の手入れを行っていた、村長とサリューシャだった。

二人とも立ち上がり、満面の笑みで駆け寄ってくる。すると、周囲にいた黒猫族たちも、フランに気付いたらしい。一気に騒がしくなる。

「みんな！　姫様が戻られたぞ！」

「姫様！　お帰りなさい！」

誰もが笑顔で出迎えてくれる。

その歓迎っぷりにフランは少し戸惑っているようだが、それ以上に喜びの想いが大きいのだろう。

「ただいま」

はにかみながら、皆に頷いてみせる。やばい、メチャクチャ可愛い。その感想は黒猫たちも同じであるようで、全員が相好《そうこう》を崩してニコニコと笑っていた。

フランは黒猫族にとっては英雄兼アイドルだからね。あっと言う間に黒猫族の人だかりに囲まれてしまった。

「これこれ、皆で押しかけては姫様もお困りになられるじゃろう。あまり寄ってくるでないわ！」

「えー、村長だけ姫様と話すのズルい！」

「そうだそうだ！」

「えーい！　うるさいわ！　とにかく今は散れ！　まずは姫様にお寛《くつろ》ぎ頂くのが先決じゃろうが！」

「はーい」

「ちぇ～」

村長が黒猫族たちを解散させてくれた。そして、そのまま黒猫族のテント村の中央に設けられた広場のようなところに案内してくれる。

サリューシャは一緒だけど、誰も文句を言わないな。何故か分からないが「サリューシャなら仕方ない」的な雰囲気が漂っている。若者の中心的存在だからだろうか？

「ささ、どうぞ。このような椅子しかございませんが」

「ん。ありがと」

「おい、お茶をお持ちしろ！」

広場には椅子に座ったフランと、その前の地面に胡坐《あぐら》をかく村長。サリューシャは村長の後ろに陣取る。そしてそれを囲む村の顔役たち。さらに、その周囲を黒猫族たちが埋めている。

「して、外では何があったのでしょうか？　村はどうなりましたかな？」

　まあ、それが知りたいよな。当然、俺たちもグリンゴートに来る途中にシュワルツカッツェの状態は確認して来た。

「村は無事。壊れた家もほとんどない。魔獣も退治したから、いつでも戻れる」

「ほ、ほんとうですか？」

「ん」

「そうですか！」

「やったあ！」

「さすが姫様！」

「姫様ばんざい！」

　フランが村の無事を教えた瞬間、村長を含めた黒猫族たちの喜びの感情が爆発したようだ。地響きのようなどよめきが起き、次いでドーッという歓声が上がる。彼らにとっては一番の懸念がそれだったのだろう。

「ありがとうございます！　ひ、姫様が魔獣を退治してくれたのですか？」

「私だけじゃない。メアとかキアラたちも一緒」

「キアラ様と言うと、あのキアラ様ですか？」

「知ってる？」

「当然ですじゃ！　我ら黒猫族にとって、姫様に並ぶもう一人の英雄ですからな！」

「それに、私たちを助けてくれたんです。ウルシも一緒に！」

「そうなの？」

「オン！」

キアラは俺たちの救出に向かう前に、サリューシャたちを救ってくれたらしい。

ウルシも一緒に戦ったようだ。

軽く話を聞くと、黒猫族たちは二グループに分かれて、グリンゴートに向かったそうだ。

第一陣が、若い男や女性を中心にした足の速いグループ。荷も馬に乗せることで、全速力でグリンゴートに向かうことができる。彼らは着の身着のまま全速力でグリンゴートに向かい、助けを連れて戻ることが役目だ。

村長たちはあえて言わなかったが、最悪を想定して速く移動できる者たちだけを先行させたのだろう。少しでも黒猫族の血を残すために。

そして、子供や老人を中心に、衛兵などの武器を持った者たちが付き添う第二陣。

どうしても速く移動できない者たちを守りながら進む後発組である。

この後発組が邪人に襲われ、キアラとウルシに窮地を助けてもらったそうだ。

「皆が助かってくれて、キアラもきっと喜ぶ」

「それで、キアラ様はいずこに？」

「ん……キアラは――」

フランが言葉に詰まる。その顔には、悲し気な想いが滲み出ていた。

その姿を見ただけで、村長を含めた皆がキアラがどうなったかを悟ったらしい。

沈痛な表情で口を噤んでしまう。だが、フランはそのままキアラの最期を語って聞かせた。誰もが静かにその言葉を聞いている。

村長は若い頃にキアラに世話になったとかで、途中で大声を上げて泣き出してしまった。他にも、すすり泣く声が黒猫族たちの中から上がる。

だが、フランは最後に笑って、話を締めくくる。

「皆、泣いてもキアラは喜ばない。皆が笑って、自分の事を英雄だって褒めてくれた方が嬉しいに決まってる」

「ひ、姫様……！　そう、そうですな！」

「うん……！　うん！」

「ああ、姫様の言う通りだ！」

いきなり笑うのは無理なようだが、少なくとも暗い顔で泣く者はいなくなった。フランの影響力の強さの凄まじさを思い知ったぜ。

フランが自分で涙を拭い、僅かでも笑顔を見せたことも大きいだろうが。

とは言え、それでも大勢の黒猫族が一斉に咽《むせ》び泣いているのだ。その様は異様でしかなかった。だって、周辺の他の種族の皆さんが、不気味な物を見るような目で見ているからね。

中には怖がって泣き出してしまう子供なんかもいた。ごめんね、怖がらせて。

黒猫族の皆への説明が終わった後、グリンゴートの騎士たちが慌てた様子でやってきた。

どうやら黒猫族たちの集団号泣を聞きつけたらしい。

「何やら騒ぎが起きていると通報があったのだが……」

「な、何があったのだ？」

「責任者はいるか？」

どうやら他の避難民が騎士に通報したらしい。まあ、何が起きたのかと思うよね。

村長が騎士たちに事情を聞かせると、彼らの視線がフランに向いた。ただ、それは騒ぎの元凶を睨む様子ではない。むしろ目を輝かせ、フランを見ていた。

「貴女が黒雷姫《こくらいき》殿ですか！」

「お噂は聞いておりますよ！」

グリンゴートの領主マルマーノや、俺たちが戻る少し前にこの都市を訪れたメアがフランの武勇伝を色々と伝えてくれたらしい。

フランは騎士たちに是非にと頼まれ、領主の館に向かうこととなった。

道中でフランの姿を見た多くの獣人たちが、その場で固まったり、跪《ひざまず》いたり、拝み始めたりするのでちょっと困ってしまったが。

黒雷姫の噂はグリンゴートの獣人の間で広く知られているらしい。どうも、黒猫族たちが黒雷姫フランの素晴らしさを宣教師の如く説いて回ったらしかった。

さらにメアのもたらした情報により、黒雷姫が魔獣殲滅の先頭に立ち、命を削って獣人国を守ったという話も知られているようだ。

そんな中、進化した黒猫族が歩いていればあっと言う間に正体がばれるのも当然だった。

そうやってグリンゴートの住人たちに見送られながら領主の館にたどり着くとすぐに応接室へと通され、領主のマルマーノと面会できた。

戦時中ということで、重装鎧を着込んだ勇ましい姿だ。魔獣襲撃の夜に面会した時に見た、ネグリジェ姿とは違っている。

「ようこそいらっしゃった黒雷姫殿！」

「ん」

「ご活躍は王女殿下よりうかがいました！　グリンゴートを救ってくださり、ありがとうございます」

「仲間を守りたかっただけだから」

「それでも、我が都市が救われたことは確かです。万を超える魔獣の群れを蹴散らし、邪人どもを殲滅したとか！」

メアが大分大げさに伝えてくれたらしい。確かに万の魔獣の群れを足止めし、倒したことは確かだ。だが、マルマーノが聞いた話は、大分誇張と美化が入っているようだった。

マルマーノがメアに聞いたフランの防衛戦の話を、目を輝かせながら語る。

一振りで千の魔獣を斬り殺し、魔術の一撃で万の魔獣を打ち倒すって、どこの英雄だ。神剣を持ってても難しいんじゃないか？

「いやー、強大な魔獣たちの威を前にして、恐怖に震えながらも、同胞のために涙をぬぐって立ち上がる黒雷姫殿の可憐な姿！　直接見てみたかったですな！」

誰の話だ。大幅には間違ってはいないんだけど、フランのことじゃないって感じ？

メアもなんだかんだでフランのこと大好きだったから、大げさに語って聞かせたんだろう。

一しきり話をした後、マルマーノが深々と頭を下げた。

「あなた方の頑張りのおかげで、グリンゴートだけではない。我が国が救われた。改めて、礼を言わせてください」

「さっきも言った。特別なことはしてない」

「ふははは。あなたが特別ではないとなれば、我が配下に褒美もくれてやることができませぬ。よいですか。あなたは凄い事をした。増長しろと言っているのではありませんぞ？　ですが、手柄は手柄として、きっちり自覚なさいませ。そうでなくてはむしろ余計な敵を作る事にもなりかねませぬ」

急に真顔になったマルマーノが、真剣な声色でそう忠告してくれる。だが、彼の言う言葉にも一理ある。

フランが自分は何もしてない、当たり前のことをしただけだと言って賛辞も何も受け取らなければ、他の兵士や騎士たちも胸を張って褒美を受け取り辛いのではなかろうか？

それに、マルマーノは気のいい男だから問題ないが、貴族の中にはフランの態度を不快に思う者もいるはずだ。そういった相手には下手に遜《へりくだ》るよりも、多少は手柄を誇った方が嫌われずに済むかもしれない。

人というのは自分の物差しで他人を測るものだからな。欲もなく、どう操ればいいか分からない一騎当千の不気味な少女よりも、褒められれば調子に乗る、年相応の操りやすい冒険者という評価の方が貴族には警戒を抱かれないだろう。

「ん。わかった」

「そうですか！　いやいや、申し訳ありませぬ。急に説教のような事を」

「ううん。私のためにありがとう」

「黒雷姫殿は器も大きいらしい！　いやー、さすがですな！」

「ほめ過ぎ」

「がははは。北から挟撃されていれば、我が国は危機的状況に陥っていた。その片方を防ぎ、ダンジョンを破壊して魔獣を消滅させたというのは、此度の戦争において比類なき功績。黒雷姫殿、ネメア殿下、キアラ様は救国の英雄と呼ばれても不思議ではない。伍する者がいるとすれば、南部戦線で獅子奮迅の働きをした二将くらいでしょうか」

南部戦線。その話は気になるぞ。活躍した二将というのも気になるが、それ以前に勝敗はどうなったんだ？　マルマーノの顔に暗い色はないので、負けたわけではないと思うが……。

「南部の戦いはどうなった？」

「我が国の大勝利に終わりましたぞ！」

「もう終わったの？」

まだ開戦から一週間くらいじゃなかったっけ？　しかも互いにかなりの大軍を投入していたはずだ。下手したら数ヶ月、数年単位で戦争が続いてもおかしくはないと思うんだが。

「元々の戦力が違うというのもありますな。動員兵数、兵の質ともに獣人国が圧倒的に勝っていま す」

「でもバシャール王国は魔術が凄い得意って聞いた」

「まあ、確かに。魔術師の質、魔道具の開発力、共にバシャール王国には負けておりますな」

遠距離通話の魔道具は、確かバシャール王国の魔術師ギルドが作ったはずだ。多分、それ以外にも有用な道具をたくさん開発しているんじゃなかろうか。

だとしたら、兵士の数で勝っていても、圧倒的に勝利できるとは言えないんじゃないか？

そう思っていたんだが、バシャール王国は一般兵が弱兵過ぎて、魔術面での優位性を全く生かせないそうだ。

「種族差もありますがそれ以上に意識の差が大きいのでしょうな」

「意識？」

「ええ」

勿論、獣人と人間を比べたら、獣人の方が戦闘力が高い。だがそれだけではなく、両国の末端の兵士の意識に大きな違いがあるそうだ。

「我が国では常備兵も多いですが、戦争となれば農民などからも兵士が集められます」

まあ、この世界でそれは当然の話だろう。

常備兵と騎士は平時の治安維持や、魔獣討伐などがメインの仕事である。彼らだけで戦争を行うには、圧倒的に人手が足りていないのだ。当然、戦時に徴兵が行われるのは、常識であった。

「ですが、我が国とバシャール王国では、徴兵の時からすでに差があります」

「どんな差？」

「バシャール王国は各村に徴兵官という役人を派遣し、無理やりに兵士を集めます。各村では嫌々ながらも国に逆らえず、兵士を差し出すそうです」

当然の話だろう。誰だって、家族を危険な戦場に送り出したくなどない。

「ですが、獣人国の場合はそんなことをする必要がありません。ほとんどの場合、周辺の村から志願兵が勝手に集まってきますから。中には狩りに行くような感覚でやってくる者もいます。むしろ、増えすぎた志願兵を帰す方が大変なほどなのですよ」

さすが獣人。さすが戦闘民族。

フランたちが特別なのではなく、一般の方々も中々に猛々しいらしい。

「両国ともに主戦力は半農兵ですが、バシャール王国の兵士は自らを農民と考えています。そして、出たくもない戦に無理やり連れて来られたと思っている。ですが、我が国の兵士たちは――特に開拓村の者たちは本職が兵士で、普段は兵站《へいたん》に必要な物資を作っているという感覚なわけです」

なるほど、兵士の戦意が圧倒的に違うわけか。しかも、獣人国の兵士たちは普段から鍛錬も欠かしていないらしい。黒猫族は特別に弱いと思われているので、そういった雰囲気とは無縁だったが……。

他の種族は一般人でも兵士としての気構えがきっちりできているんだろう。

「確かにバシャール王国の魔道具は優秀でしょう。ですが、結局は兵士の差が戦の差となるのですよ。まあ、今回のように、裏をかかれる場合もありますが……」

戦に確実はないってことだ。

「ですが、逆に言えば奇策が無ければ戦力差をどうしようもできないということでもあります。北からの侵攻に失敗したという情報が伝わった途端、バシャール王国軍は総崩れしたそうですよ」

どれだけ戦力差があっても、奇策などでピンチに陥ることはある。しかし、獣人国南部で起きた戦いのように、正面からの戦であればほぼ確実に獣人国が勝つのだろう。

その戦いで活躍したのが、獣人国でも有名な大地魔術師と、白犀《しろさい》族の現族長であるらしい。援軍がたどり着くまでの激戦の中、寡兵《かへい》で国境線を堅守し、撤退するバシャール王国軍に対して痛撃を加えたそうだ。

戦士としてだけではなく、指揮官としても優秀な人物たちってことなんだろう。

「ねぇ。メアはどうなっているか分かる？」

お茶を飲みながら戦争の顛末を聞いた後、フランは最も気になっていることを尋ねた。

そう、メアたちが今どこで何をしているのかということだ。グリンゴートに立ち寄った後、どうなったのか知りたかった。

だが、マルマーノは申し訳なさそうに首を振る。

「分かりませぬ。姫様は南方の戦場へ向かうと、グリンゴートを出たきりでして」

「無事なの？」

「それも分かりません。お強い方ですので、無事だとは思いますが……」

「そう」

「詳しいことが知りたければ、王都へ行くとよいでしょう」

やはりそれしかないか。ミューレリアの遺言も気になる。ロミオという少年を助けてほしいとか言ってたんだよな……。

しかし、はいそうですかと王都ベスティアへ向かうことも躊躇《ためら》われる。

「この町は平気なの？」

グリンゴートには黒猫族が避難しているのだ。この都市の安全を無視して旅立つなんて、フランにできっこない。

「心配してくださるのですか？　ですがご安心ください。戦争が終結し、我が都市から派遣した騎士や兵士たちがすぐに戻って参ります。志願した冒険者たちも同様でしょう。彼らが戻ってくるまでの間、都市に籠るための食料にも問題はありません」

ということらしかった。まあダンジョンの魔獣がいなくなった今、それ以前の状態に戻ったという
ことだ。食料にも不安が無いとなれば、そうそうグリンゴートが危機に陥るような事にはならないだろう。

「邪人共がまだ外をうろついているようですが、ゴブリン程度ではこの都市の城壁は破れませぬ。黒猫族のこともお任せください。悪いようには致しませんので」

マルマーノの言葉が、フランの背中を押してくれた。多分、同族を気に掛けるフランの不安が分かるんだろう。

頼りがいのある表情で、自身の胸をドンと叩く。その姿からは安心しか感じられなかった。

さすが領主様。フランの不安を簡単に取り除いてくれた。

「……お願い」

「お任せください」

その後、マルマーノに一泊していってほしいと言われたんだが、俺たちは出立を急ぐことにした。

マルマーノの居城ではなく、黒猫族の下に一泊してもよかったんだが、フランが先を急ぎたがったのだ。

黒猫族たちの無事と安全が確認できた以上、次はメアたちの無事を知りたいんだろう。

俺たちはこれから日が落ちようとしている中、グリンゴートを出立したのだった。

門番さんたちはかなり心配してくれたが、ウルシが居ればたいていの魔獣はどうにかなる。格下だったら暗黒魔術で倒せばいいし、そもそも雑魚ではウルシの足に追いつくことはできない。同格以上であれば、察知能力の高さを生かして回避もできる。

俺とウルシがいれば、道中は寝ていたっていいほどなのだ。

「スースー」

実際、フランはウルシの背で眠っている。ウルシに乗っての強行軍に慣れっこだからね。その背の上でグッスリ眠るためのコツを掴んだらしい。

毛とベルトをしっかりと掴みつつ、その毛に埋もれて寝息を立てていた。念動の支えも必要なさそうだ。いや、念動を切ったりはしないけどさ。

寝る前には、ウルシの背の上で器用にゴハンも食べていた。それも串焼きとかパンじゃなくて、スープとパスタだ。上手くバランスをとりながら、フォークとスプーンで食べていたのだ。

もはやウルシの背の上で生活できるレベルなんじゃなかろうか？　寝食に問題はない。

後は――お風呂？　いや、さすがに風呂は無理だな。でもシャワーなら行けそうだ。ウルシはびしょ濡れになるけど。でも、風の結界を張ればそれも防げそうだな。

まじでウルシの背の上でも大抵のことはどうにかなりそうである。まあ、ウルシにはいい迷惑だろうが。

「オン」

『どうしたウルシ？』

「オ、オフ」

ああ、どうやら抱き付いて寝ているフランの腕が、チョークスリーパー気味にウルシの首を絞めているらしい。

巨大化中であるが故に、フランの手がいい具合に首に入っているようだった。

『がんば？』

「オ、オフ？」

『いや、下手にはがしたらフランが起きちゃうだろ？　だからがんば？』

「オ、オン！」

別に、俺が改修で苦しんでいる時にフランは俺に付いていてくれたのに、ウルシはグッスリ眠っていたからって、仕返ししているわけじゃないよ？　本当だよ？

「う～……む～」

「ヒャイン！」

『がんば！』

「キャインキャイン！」

そんなやりとりをしつつ、夜空を突き進む。

『あー、月が綺麗だねー』

「キャンキャン！」

そのままウルシに頑張って走り続けてもらうと、翌日の朝には王都へとたどり着けていた。

『綺麗だな』

「ん」

戦火に巻き込まれた形跡はない。以前に訪れた時と、全く同じ姿の王都がそこにはあった。門の外には、入場を待つ商人や冒険者の行列ができている。そこも以前と全く変わりがない。戦争の余波は、王都にはほぼ及んでいないようだった。

『手前で降りよう』

「オン！」

「師匠、あそこ」

『うん？』

ウルシに王都の手前の平原に降りるように指示を出していると、すでに起床していたフランが空の彼方を指す。

そちらを見ると、何かが飛んでいるのが見えた。

『なんだ？　あれは――ワイバーン？』

「違う。あれはメア」

『そうか！　リンドか！』

しっかし、良く判別できるな。見ただけでは、ワイバーンか何かが飛んでいるようにしか見えないんだが。

俺は改めて遥か遠くを飛ぶ影に対して、全気配察知を使用してみる。すると、微かに覚えのある魔力を感じ取ることができた。間違いなく、リンドだ。

『あんな遠くなのに、よくわかったな』

「友達は間違えない」

シンプルなお言葉でした。

『そ、そうか。まあいい。ウルシ、降りるのは止めだ。メアたちに合流するぞ』

「オン！」

あちらもこっちに気付いたようで、王都へ向かっていた進路から微妙に外れ、俺たちの方へと向かってくる。互いに高速で空を移動しているからな。あっと言う間に互いの距離が近づいてきた。

この距離ならもう間違えようがない。

リンドの背中に、メアとクイナの姿が見える。ただ、ミアノアはいないようだ。

「フラン！　師匠！　ウルシ！　久しぶりだな！」

「ん！」

リンドの上からメアが手を振っている。ウルシとリンドは示し合わせるように、平原の一角へと向かって高度を下げていった。

地面に降りると、メアがリンドの背から飛び降りて駆けてくる。

フランも同様に、メアに駆け寄った。

「メア！」

「フラン！」

「無事でよかった」

「お主もな！」

二人はまるで久しぶりに会う女子高生のように、手を繋ぎ合ってピョンピョン飛び跳ねている。そのキャッキャとはしゃぐ姿は、どちらも年相応のものだった。

そんな二人にクイナが声をかける。

「積もる話もあるでしょうし、座ってゆっくりとお話しになってはいかがですか？」

「おお！　そうだな！」

い、いつの間に！　俺すら気付かない間に、テーブルとティーセットが用意されていた。

凄まじい隠密能力だ。さすが死神と恐れられる王宮メイドのクイナ。侮《あなど》れんぜ。

メアは慣れているのだろう。事もなげに頷くと、サッサと椅子に腰かけた。フランもそれに続く。

「王都産の紅茶と、お茶請けです」

当然、お茶請けはステーキだ。

「おお！　我の好物のバイソンのステーキか！」

「おいしそう」

分厚いステーキをモリモリ食べながら、片手間にお茶を口にする。もう、お茶というか食事だよね？

他の国だったら、クイナが真顔でボケているのかと思っただろう。しかし、獣人国では当たり前の光景である。

数枚のステーキを腹に収めてようやく満足したのか、フランが口を開いた。

「メアたちは、何してたの？」

「うむ、我らはな――」

正直、報告し合うのは王都に入ってからでもいいと思うんだが……。どちらも待ちきれなかったらしい。

別れた後のことを、互いに報告する。

俺たちはスキルが使いづらくなったことや、俺の改修について説明した。

「スキルの制御が難しくなり、戦闘力が落ちただと？　それは由々しき事態ではないか！」

「ん。とても大変」

「ですが、全く聞かない話ではありませんよ?」

『そうなのか?』

「はい」

クイナによると、感覚系スキルや肉体強化系スキルが最高レベルに達して、上位スキルに変化した場合などにはよく起こる現象であるらしい。他には、強敵を運よく退け、その結果レベルが急激に上昇した場合などにもあり得るという。俺はどちらかと言えば後者だろう。

やはり普段は感覚的に使用しているスキルほど、変化した場合に戸惑いが大きいみたいだな。

「まあ、私自身は経験がないので、アドバイスなどはできませんが」

『そうか……。でも、普通はどうやって克服するんだ?』

「修業です」

とても簡潔なお答えでした。でもそれしかないんだよな。もっと簡単に克服できる方法があれば、アースラースが教えてくれていただろうし。

スキルの話の次にメアが食いついたのは、やはり俺の外身が元々神剣ケルビムであったという話だ。メア曰く、クイナも非常に驚いているらしい。

「まさかこの短期間に連続で神剣に出会うことになろうとはな……」

「はい。驚きです」

『その言葉をそのまま返すぞ。俺は元神剣とか、準神剣のレベルだけど、お前らはマジの神剣持ってるわけだし』

「いやいや、準神剣でインテリジェンス・ウェポンで、さらに何やら秘密がありそう？　そっちの方が凄いのではないか？」

「もう神剣でいいんじゃないですか？」

メアとクイナがなぜか呆れたような表情で俺を見ているが、俺は苦笑することしかできない。

アースラースに大地剣・ガイアを見せてもらった後なのだ。とてもじゃないが、神剣などと名乗れそうもない。

リンドはまだ真の力を発揮していないから、メアの認識が少し甘いんだろう。というか、本当の姿を取り戻したリンドはどんな化け物に変わるのか……。ガイアのことを考えると、空恐ろしいぜ。

俺は所詮、準神剣なのだ。

そんなことを呟いたら、メアにキッと睨まれた。

「師匠、それは少々卑屈すぎるぞ？　神剣であるかどうかなど関係ない。お前はこの国を救ったのだ！　もっと誇れ！」

「ん！　師匠は凄い剣！」

『そ、そうか？』

「そうだ！　それに、剣の評価は所有者の評価だぞ？　優れた武具に出会い、それを入手できるかどうかというのも冒険者の才能の一つだからな！」

なるほど。運も才能の内というか、武具の強さ込みで冒険者の評価ってことか。

「師匠、お前が卑屈であるということは、フランの功績さえ貶《おとし》めるのだ！　もっと胸――はないが、自分というものを誇れ！」

『俺が卑屈だと、フランも……？』

「そうだ！　それに、考えてもみろ！　国を亡ぼす程の魔獣と邪人の大軍を単騎で防ぎ、裏で糸を引いていた凶悪な邪人を倒し、ダンジョンを攻略し、国を救ったんだ。凄いだろう？」

まあ、確かに客観的に見たらかなり凄いよな。自分たちの話じゃなかったら、どこの英雄だって思うだろう。

『そうか……俺は、俺たちは凄いのか』

「そうだ！　凄いのだ！」

フランがマルマーノに似たことを言われたが、それは俺にも当て嵌まる言葉であったらしい。フランには謙遜するなと言っておきながら、自身が卑屈になっていたようだ。

理由は自分でもわかる。神剣だ。

ガイアを目の前にして、勝手に格付けをして、勝てないと思ってしまった。そして、自分なんか大したことが無いと思ってしまったのだ。

いつかは神剣に追いつくと誓った。それはつまり、現在では及ばない、負けていると認めたということなのだ。

神剣に勝てないのは仕方ないが、自分の中では知らず知らずのうちに悔しさや敗北感が大部分を占めてしまっていたらしい。

神剣への劣等感から、必要以上に自分を貶めてしまっていたようだ。

だが、メアに言われた通り、俺がダメってことはフランがダメな剣を使ってるってことになる。それに、俺とフランは常に一緒に戦っている。俺が自分の功績を卑下《ひげ》するってことは、フランの功績まで卑下するってことだ。

それはいかんよな！　もう大丈夫だ』

『すまなかったな。

「うむ。それでいい」

天狗になるつもりはないが、これからはもっと胸を張ろう。フランの剣として相応しいように。

「しかし、ガイアを見せてもらったと言ったな？　もしや、アースラース殿が解放してみせてくれたのか？」

「ん。ちょっとだけ」

さらに模擬戦をした話をしたら、メアに非常に羨ましがられた。考えてみりゃランクS冒険者との模擬戦だ。戦闘狂のメアが羨ましがらない訳がない。

「わ、我もアースラース殿と戦ってみたかった！」

今にもテーブルクロスを噛み出しそうなほどだ。余程悔しいのだろう。

だが、ペシリとクイナに頭を叩かれて正気に戻ったらしい。

コホンと咳払いをすると、話を変えた。

「それにしても、その装備は見た目がなかなか良いではないか。元々の装備をアリステア殿に改造してもらったということだが、性能はどうなのだ？」

メアがフランの新たな防具を見て、目を細めている。

フランと同じ戦闘狂でも、可愛いものは好きであるらしい。どうすればフランも可愛いものに興味を持ってくれるだろうか？　クイナにメアをどう育てたのか、聞いてみたいところである。

「ん。ばっちり」

「そうか。ふふ」

メアが急に微笑んだ。どうしたんだ？　フランの可愛さにやられたか？

フランも首を傾げている。

「どうしたの？」

「いや、なんでもない」

フランに質問されたメアが、軽く頬を赤らめて誤魔化そうとした。

恥ずかしがっているようだが……。

「お嬢様。自分の装備もアリステア様のお作りになられた物だから、おそろいで嬉しいと素直に言ったらどうですか？」

「な……！　何を言っておるクイナ！　べ、別にそんな事思ってないからな！」

「顔がだらしなくゆるんでおりますよ」

「う、うるさい！」

ということであるらしい。クイナは相変わらず冷静に暴露してくるな。

顔を真っ赤にしてワタワタしているメアを見ていると、揶揄《からか》いたくなる気持ちは分かるけどね。

「そ、そんなことよりも、我らが何をしていたかだな？」

「ん」

強引に話を元に戻すメア。

フランは素直に乗ってやることにしたらしい。というか、メアがなんで慌てているのかよく分かっていないのだろう。

「別れた後、戦争に行ってたの？」

「うむ、そうだ。知っているのか？」

「少しだけ聞いた。バシャール王国の軍隊をやっつけて、凄い大地魔術師たちが敵を押し返したって。一緒だった？」

「そうだ。まあ、王女としてではなく、表向きは傭兵として参加したんだがな」

「なんで？」

　話を聞いてみると、一般兵士たちには身分を隠して参加したらしい。

　さすがに司令官などには話を通していたらしいが、表向きには白犀族のリグダルファの護衛隊扱いとして軍に加わったのだという。

「王女としてでは自由に動けんし、その、なんというかだな……」

『どうしたんだ？』

　珍しくメアの歯切れが悪い。王女としての秘密に関係することか？　だとしたら、これ以上は聞いちゃいけないかな？

「あの場にはセレネがいたのだ」

「セレネって誰？」

「セレネは、私の同族の王宮侍女です。戦闘力は私よりも低いのですが、幻術に長《た》け、背格好もお嬢様と似ているため影武者を務めています。種族などは魔道具で誤魔化せますから」

　もしかして俺たちが挨拶だけした、あの影武者かな？

『そのセレネがどうしたんだ？　苦手なのか？』

「そういうわけではない。そうではなく、あの場で王女であると名乗り出て、セレネと入れ替わったりしたら……」

「確実にばれますね」

「うむ。ばれる」

「なんで？」

「セレネが演じておるのは、あー……あれなのだ……」

「セレネは国王陛下の命令もあり、お淑やかで儚い、いわゆるお姫様を演じております。正直、どれだけ取り繕ったところで、本物のお嬢様にあれを演じることは不可能かと。確実に入れ替わったのだとばれます」

なるほどね。メアにお淑《しと》やか系は無理だろうな。

そして、メアとセレネが入れ替わることで、多くの貴族や将兵は、自分たちが必死に歓待して、命を張って守ろうとしていた相手が偽者だったと知る訳だ。

大国の姫が影武者を使うことは当たり前とは言え——。

「確実にお嬢様とセレネが比べられるでしょう」

『だよな』

「そして、確実にこう思われるはずです。影武者の方がお淑やかで可愛いな〜、あんな野獣みたいな王女、マジ勘弁じゃね？　あー、無いわー」

クイナが、相変わらずの平坦な声で獣人たちの声を代弁する。演技力ゼロというか、演技する気ないだろって感じなのに、妙に説得力があるのはなぜなんだろうか？

獣人たちの残念がる顔と声が、想像できてしまった。

『それはきついな……』

「ぐぬぬぬ……」

メアも自覚しているのか、悔し気に呻くだけだ。

獣人国の気風から考えて、メアのような気さくで溌剌としたタイプは喜ばれそうな気もする。だが、深窓の令嬢タイプに憧れる者も多いかもしれない。獣人と言っても、所詮は男だからな。

確かに、そこで比べられるのは嫌かもね。俺だったら心が折れるかもしれん。

ただ、疑問も残る。

『なんでまた、影武者にそんな性格を演じさせてるんだ？』

そもそも、その影武者であるセレネという少女は、何故そんな無理のある演技をしてるんだ？　その影武者がメアっぽい、活発な少女を演じれば問題ないんじゃないか？

現状でメアの評判は、お淑やかな、戦闘力の低い箱入り娘といった感じだろう。

将来的に本物のメアが表に出た時、獣人国内で叩かれたりしないのか？　だって、儚い系美女が、いきなり戦闘狂の元気娘だぞ？

『国民も驚くんじゃ……』

俺の疑問に、メアが同調するように頷く。

「師匠もそう思うか？　やはりおかしいだろう？　影武者という者は、もっと本人に似せる物なのではないか？」

本人もそう思っているらしい。だが、クイナは俺の質問に事もなげに答えた。

「国王陛下の趣味です」

『え？　趣味？』

「はい。セレネを本物だと思わせておいて、お嬢様が本物だと分かった時の、皆の反応が楽しみだと」

「ぐぬぬ。あのくそ親父めぇ……！」

獣王っぽいと言えば獣王っぽいが……。周りの奴らが振り回されててかわいそうだな。

「あとはお嬢様に対する当てつけというか、からかいの意味もあるでしょう」

「からかい？」

「はい。自分そっくりな姿のセレネがお淑やかに振る舞う様子を見て、落ち込んだり照れたりするお嬢様を見て楽しんでおられるのでしょう」

「悪趣味なのだ！　あの親父は！」

「それに、あれだけ印象が違えば、平時にお嬢様の身元がバレる心配は減ります」

ああ、そういうことか。普通の影武者と違って、外で冒険者をやっているメアの影武者だからな。むしろメアのイメージを違うタイプに誘導することで、メアの正体が露見してしまうことを防ぐ狙いがあるようだった。

あの獣王の事だから、面白そうだからという理由も本当だろうけどね。

『身分を隠して参加したのは分かったが、戦い自体はどうだった？』

「どうと言われてもな……。正直、我らはろくに戦闘をしなかったのだ」

「壊乱する敵を追い散らしただけですから」

メアたちが戦場に到着した時には、すでに獣人国軍がバシャール王国の侵略軍を押し返し、追撃を開始しようとしているタイミングだったらしい。

メアたちはその追撃軍に加わり、バシャール領内深くへと進撃したらしいのだが――。

「指揮を執る将軍の護衛をするというのが、我らが軍に加わる条件であった」

『そういえばさっきもそんなこと言ってたな』

「まあ、将軍の護衛というよりは、将軍のそばから絶対に離れるなという意味でしたが」

なるほど。王女に勝手に行動されて危険にさらしてしまうよりは、護衛という名目で自分の側に置いておこうというのがその将軍の狙いなのだろう。

「それに、途中で軍を離れたからな」

「なんで？」

「……マグノリア家へと向かったのだ」

マグノリアと言えば、ミューレリアが最期に口にしていた場所だ。

そこの領主であるマグノリア家から、ロミオという子供を救い出してほしいという頼みだった。何の冗談かと思っていたが……。

俺たちと同じように、メアたちもミューレリアの言葉が気になっていたんだろう。マグノリア家の様子を探りに行ったらしい。

『敵国なんだろ？　大丈夫だったのか？』

「我が国の軍が国境を越えて進軍したことで、件のマグノリア領はすでにこちらの勢力圏となっていたからな」

『国境を越えてっていうけど、向こうにも防衛用の要塞とか砦があったんじゃないか？』

「無論、存在している。だが、それらの施設には壊走する味方の軍勢が押し寄せ、完全に混乱していた」

負けるはずがないと思っていた状況から大敗北を喫し、味方の軍勢が無秩序に逃げてくるんだ。そりゃあ、後方も大混乱だろう。

収容しようとしても全軍は砦に入らないだろうし、中に敵のスパイが混ざっている可能性もあるのだ。しかも後方からは獣人国が追撃をしているとなれば、判断も難しくなる。

「はっきり言って、防衛施設はまともに機能していなかったな」

『素通り状態だったってことか？』

「それに近い。いくつか抵抗する砦はあったが、そこはリュシアスの出番だ」

「リュシアス？」

「うむ。宮廷魔術師リュシアス・ローレンシア。我が国で最強の大地魔術師にして、ローレンシアの悲劇で名高いローレンシア王家の血を引く御仁だ。大壁のリュシアスと言えば、クローム大陸でも有名なのだぞ？」

ローレンシア？　今、ローレンシアって言ったか？

『なあ、そいつはリンフォードと何か関係があるのか？』

「リンフォード？　確か、ミューレリアを召喚した邪術師だったな……」

「ん。リンフォード・ローレンシア」

バルボラで大破壊をまき散らし、最後は邪神人となってフランたちに滅ぼされた、邪術師だ。ミューレリアを復活させ、支配していたのも奴だったらしい。今回の獣人国への侵攻の、元凶の一人とも言えるだろう。

「なるほど……。ローレンシアの姓を名乗っていたのか」

『ああ。一〇〇歳超えの化け物爺だった』

「一〇〇歳？　リュシアスは確か四〇過ぎだったはずだ。子ではないだろう」

じゃあ、孫とかか？

『そのリュシアスって奴は、邪術師じゃないんだよな？』

「勿論だ」

「むしろリュシアス殿は、邪術師を憎んでらっしゃると聞いたことがありますよ」

そもそも、直接の血縁かどうかも分からないか。長い間にローレンシア家が分かれた可能性もあるし、邪術師の子孫が全員邪術師になるわけじゃないだろう。

憎んでいるという話が本当なら、むしろリンフォードに何かされたという可能性もある。

獣王たちが邪術師を見逃すとも思えないし、リュシアスっていう男に問題はなさそうだ。

「リュシアスの大地魔術は、攻城戦において無類の強さを発揮する。奴がいれば、小砦など物の数ではない」

「大地魔術で砦を攻撃するの？」

「まあ、それも可能だが、最も手堅いのは穴を掘り進めることだ。普段であれば、地下を見張る魔道具などで防備を固められているが、あの時は混乱していたからな。地下を掘り進めるリュシアスに気付かれることも、妨害されることも一切なかった」

なるほど、地下道を作って兵士を送り込むのか。日本でも武田《たけだ》の穴掘り衆とかいうのがあったはずだ。あれがどこまでが本当で、どこからが創作なのかは分からないが、地下を進んで城壁を越えるという方法が非常に有効なのは間違いないだろう。

「リュシアスたちのおかげで、マグノリア家へ向かうのは簡単だった」

「獣人国軍に対処するため、巡回の兵士もいませんでしたし、マグノリア領内の警備もないといってよい状況でした」

「じゃあ、ロミオは保護した？」

「いや、無理だった」

メアがわずかに表情を暗くして、首を振った。

どういうことだ？　マグノリア家には行ったんだろ？　抵抗されたのか？　それとも最初からそんな子供はいなかったとか？　あとは戦争が始まった時点で避難させられた可能性も高いだろう。

だが、メアたちの答えはそのどれでもなかった。

「すでに、何者かによって連れ去られたあとだったのだ」

『何者か？』

「ああ、二メートル超えの長身で、全身に傷が刻まれた、まるでオーガのような凶暴な男だったらしい」

そんな男、心当たりは二人しかいない。いや、アースラースはずっと俺たちと一緒にいた。それに、全身傷だらけってほどでもない。

だとすると候補は一人だけだ。

「ゼロスリード？」

「フランもそう思うか？　どうもゼロスリードがマグノリア家を襲撃して、ロミオをさらっていったらしい。我らが到着した時には、警備兵は壊滅させられ、死屍累々であった」

ゼロスリードはミューレリアの仲間だったが、最期に裏切ったはずだろう？　そいつが何故、ロミオを？　ミューレリアへの当てつけ的な事か？　それとも、何か違う理由がある？

『……理由は？』

「分からん」

『だよな』

「ウルシの鼻で後を追えないか？」

「クゥン」

さすがのウルシでも、それは無理だ。たとえ、マグノリア家から辿ろうとしても、ゼロスリードは転移も使うし、数日経てば匂いも落ちてしまう。

「そうか……残念だがここまでだな」

「あとは、賞金でも懸けてみましょうか。すでに手配されていますが、再度告知されれば嫌がらせ程度にはなるでしょう」

「そうだな」

賞金を懸けるのはメアたちに任せた方がいいだろう。そうなると、俺たちには本当に打つ手がなかった。かなり後味は悪いが、ロミオという少年に関する話はここで終了だな。

「ん……」

フランも気になっているんだろう。しかし、これ以上はどうしようもないと分かっている。

『仕方ないさ。もし今後ゼロスリードに出くわしたら聞き出してみよう。まあ、素直に喋るとは思えんが』

「ん！」

本当はあんな化け物に二度と出会いたくはない。ただ、奴とはすでに二度出会っている。バルボラ、そして今回。二度あることは三度あるって言うし、油断はできないのだ。

「あいつをブッ飛ばして、詳しい話を聞く」

交渉の二文字はないらしい。いや、キアラのこともあるし、フランとしては完全な敵認定なのだろう。ゼロスリードに交渉が通用するとは思えないから、結局戦闘になるだろうが。

『そのためにはもっと強くならないとな』

「ん」

フランはやる気満々の顔で、頷いていた。

第四章　メアとフラン

「では、師匠、ここにキアラ師匠を頼む」

『ああ』

野外での報告会が終了した後、俺たちはメアとともに王都へと入っていた。

あの行列にまた並ばなければいけないのかと思ったが、そこはさすがに王族。専用の入り口があり、すぐに王都へと入ることができた。

出迎えてくれたのはキアラ付きの侍女であったミアノアだ。彼女は一足先に王都へ戻り、報告を行っていたらしい。同時に、キアラの葬儀の準備を進めてもいたようだ。

用意されていた棺《ひつぎ》に、次元収納から取り出したキアラの遺体を横たえる。

血などは綺麗に浄化してはいるが、その衣服はボロボロで、あの激戦の余韻が残っていた。

「キアラ……」

「キアラ師匠……」

フランもメアも、それを見てまた目を潤ませている。

だが、ミアノアとクイナは表情を動かさなかった。悲しくない訳がない。だが、彼女たちの王宮侍女としての矜持が、悲しみを表に出すことを良しとしないのだろう。プロだな。

その後、葬儀の予定などを聞いたが、俺が想像していた葬儀とは大分違っていた。というか、そもそも俺のイメージは仏式、もしくは映画の中で見た西洋式の葬儀だ。

しかし、ここは宗教観も死生観も全く違う異世界である。弔《とむら》いの形が全然違っているのは当然だった。しかも、人間ではなく獣人式の弔いなのだ。

まず、最も重要なのが死を迎えた直後であるらしい。魂が肉体を抜け出して、天へと召される瞬間だからだという。地球と違って魂の存在が確認されているこの世界では、看取った者が幸せな来世を祈ってやることが一番重要であるようだった。

ある意味、死を看取るということが葬儀みたいなものなわけだ。その後、魂が抜け出した後の空の器として、遺体が残される。さすがに打ち捨てるような真似はしないものの、その重要度はかなり低かった。

放置しないのは故人への敬意とともに、アンデッド化を防ぐためでもある。強い冒険者などであれば、強力なアンデッドになるからだ。

それ故、遺体は持ち帰れるのであれば持ち帰り、不可能であればその場で燃やして埋めてしまう。骨も回収しないらしい。そこまで原形をとどめていなければ、もはや遺体という感覚ですらなくなるんだろう。

遺体を持ち帰ることができた場合は、アンデッド化を防ぐ儀式を施したうえで、土葬にされるらしい。ただし、葬儀の主役は故人ではなく生きている人間だ。

地球でも、葬儀は遺族が心を整理するためのものだと言われることがあるが、この世界の葬儀は正にそれだ。棺に入れられた故人の遺体を目にすることで、彼らが死んだのだと参列者が理解し、喪失感を乗り越えるための手助けとなるのだ。

しかし、副葬品や献花のような物は一切ない。来世に持って行けるわけではないからだ。来世の幸せを改めて祈る儀式的な事は行うが、それを行うのは僧侶ではなく親族や友人である。

そう、この世界では葬儀に神官的な人間が一切関わらない。死んだときに、既に魂は神の御許へと旅立っているのだ。神職が送る必要がない。

それもまた、地球との違いだろう。

「キアラ様の葬儀は四日後に執り行います。獣王陛下が帰還された翌日の予定です」

「なに？　父に連絡が付いたのか？」

「はい。遠距離通話の魔道具は大陸間では使えませんし、バシャールに盗み聞きされる可能性もあるので、冒険者ギルドの鷹《たか》を使いました。即ご帰還されるということです」

他の大陸から三日で戻ってくるというのは早くないか？　かなり強行軍で戻ってくるんだろう。まあ、自分の国が戦争を仕掛けられたんだから当然だが。

今回は完全に獣王のいない隙を狙われてしまった。いや、普段であればそれでも問題ないんだろう。バシャール王国に対して、軍事力で圧倒的に優位に立っているのだ。

今回だって、北からの奇襲さえなければ、圧勝と言っていい結果だった。まあ、その奇襲が問題なわけだが。

「フラン様はどうされますか？　すぐにクランゼル王国へと戻る予定があるのであれば、獣王様が帰還に利用する快速艇に乗船できるように手配いたしますが？　予定では、獣王様をグレイシールに降ろした後、その足でバルボラに戻る予定となっております」

「ん。お願いしたい」

「分かりました。では、こちらで日程を調整させていただきます」

ミアノアの言葉に頷くフラン。それを聞いて慌てたのが俺だ。

『お、おい。キアラの葬儀に参列しなくていいのか？』

「ん？　いい」

いや、そうか。まだ地球的な感覚が抜けてなかった。フランはキアラを看取ったわけだし、今さら葬儀に参加する意味がないんだろう。それをあっさり割り切れるのは凄いと思うが、獣人たちにとっては当たり前の感覚であるようだった。

メアもクイナも、キアラの葬儀に参加しないというフランの言葉に全く反応しなかった。いや、メアは獣王と入れ違いに出立するというフランの言葉を聞いて、落ち込んでいるが。

「のう、フラン。もう少し滞在してもよいのではないか？」

「ごめん。約束がある」

『クランゼル王国でオークションに参加しなきゃいけないんだ』

「そうか……。それは急いだほうが良いな。そうか……そうなのか」

「お嬢様。そう落ち込んでは、フランさんが旅立ちづらいではないですか」

「う、うむ」

「それに、まだ数日あります」

「そ、そうだな！　その間に、色々と遊べばいいのだな！」

クイナのメア操縦術が凄いぜ。メアのテンションがあっという間に戻った。

すでにフランがメアに付き合うことは決定みたいな雰囲気だが……。

「ん。遊ぶ」

フランも乗り気だった。初めてできた親友なのだ。

色々と思い出ができるといいな。

「そうだ！　フランよ？　まだ宿は決まっておらんな？」

「ん」

「ならば王宮に泊まっていけ！　部屋を用意させる！　な〜に、部屋なんぞ余っておるのだ！　気にすることはないぞ！」

「お嬢様。夜も遊びたいから王宮に泊まっていってほしいと、ちゃんとお願いしなくては」

「なっ……！　ち、違うぞ！　へ、部屋が余ってるからだな……！」

クイナが相変わらずツンデレのメアをいじって遊んでいるな。

『メアが構わないなら、頼むよ』

「う、うむ！　そこまで言うのであれば仕方ない！」

「師匠さん。ありがとうございます」

『メアと長く一緒にいられるのは、フランも喜ぶから。な？』

「ん」

「ふははは！　クイナよ！　一番いい部屋を用意するのだ！」

「了解いたしました」

『いやいや！　普通の部屋でいいから！』

「では、お嬢様の隣室を」

「うむ！　それがいい！」

「ん」

こりゃあ、フランもメアも、数日は寝不足になりそうだな。

王都ベスティアでの初日は、あっと言う間に過ぎ去っていった。

元気のあり余った突撃系獣人娘が二人だ。大人しくしていられる訳がない。食事に観光。そして、模擬戦だ。

王城に案内されたら、まずはそのまま訓練場に直行である。

どちらの顔にも、疑問の色は欠片もない。フランとメアにとって、この流れはごく自然の事であるのだろう。

あっと言う間に模擬戦が始まってしまっていた。この二人の模擬戦も大概激しい。

アースラースとの模擬戦ほどではなかったが、王城の訓練場はボロボロである。

地面も壁も穴だらけで、所々斬撃痕が残ったり、熱で溶けたりしているのだ。

さすがに悪いと思ったので大地魔術で直そうかとも考えたんだが、魔術を阻害する特殊な建材を使っているらしく、上手くいかなかった。

「ふはは！　フランとの模擬戦はやはり心が躍るな！」

「ん！」

本人たちは濃い内容の模擬戦に満足気だけどね。

そもそも、俺たちがスキルを操れるようになるための訓練だって言ってるのに、ヒートアップしてくるとメアが本気になりかけるのだ。火炎魔術もスキルもバンバン放ち始めるし、なかなかハードだった。

クイナが止めてくれなかったら、王城への被害はもっと大きくなっていただろう。

おかげで、スキルの習熟度が大分上がったが。

特に肉体操作法に関してはかなり上達しただろう。あと、火炎に対する見切りが上手くなって、火《や》傷《けど》耐性というスキルを習得したのはご愛敬かな。

初日の最大のイベントは、王都の神殿へと赴いたことだろう。

観光の最中に、偶然その前を通りかかったのである。そして、転職できる職業を確認してみようという話になったのだ。

正直、メアに言われるまでは全然忘れていたんだが、考えてみれば俺たちは様々なスキルを習得している。新たな職業が出現している可能性はあった。

前回確認したのは武闘大会の前だ。その時は魔導戦士以上の職業は選ぶことができなかった。そもそも俺たちが職業について思い至らなかったのは、現在の魔導戦士が極めて有用な職業だったということもある。

固有スキルである魔力収束は、比較的魔術を苦手とする――まあ、俺に比べてという意味だが――フランにとって、短所を補ってくれる有り難いスキルだった。職業的にも物理、魔術双方に補正がかかるので、両方を操るフランにとっては不満な点など一切見当たらない職業でもあった。

だが、今回の激戦で成長した今なら、もっと上の職業が選べる可能性もある。

確認しておいて損はなかった。

職業を変更するための部屋にはお布《ふ》施《せ》をすると入ることができた。

石板が置かれていて、そこに触れることで石板上で転職可能な職業を選ぶことができるようになっている。この部屋には神殿を管理している人間でも掃除以外では入ることは許されず、プライバシーが完璧に守られる作りだ。

魔術や魔道具でのぞき見することも可能かもしれないが、やる奴はいないだろう。何せ神殿なのだ。誰だって、下手な真似をして神罰を食らいたくはないのである。

『色々と表示されるな』

「ん」

石板に映し出された職業は、初見から見たことのある職業まで、五〇近いだろう。普通はどれくらいなのか分からないが、多いことは分かる。

『タッチすると職業の解説まで表示されるとは、至れり尽くせりだな。三〇〇〇ゴルドもお布施を払っただけあるぜ』

さて、より取り見取りな状態だが、気になったのは五種類だ。

一つ目は、以前から狙っていた職業『剣王《けんおう》』である。この戦いで成長したおかげか、選択できるようになっていた。腕力上昇、剣術強化、剣技強化に加え、固有スキル『剣神化』を得られるという、剣特化型――というか剣を極めた者だけが辿りつける職業だ。

獣王が槍王《そうおう》という職業に就いていたが、それと同格だと思われた。つまり、ランクS冒険者が就くような職業だということだった。圧倒的な第一候補と言えるだろう。だが、他にも面白い職業があるのだ。

その一つが聖戦士である。なんか、オーラ力で巨大化しそうな職業だが、そのスキルは中々面白い。

破邪強化、邪人特攻という対邪人スキルを覚えるうえ、固有スキル『聖鎧《せいがい》』というスキルを習得できた。固有スキルの詳しい内容までは分からないんだが、名前からして対邪人用のスキルだろう。

今後、ゼロスリードと出会った時など、強力な邪人と戦う際には心強い職業である。

『あとは魔術全般に補正がかかる大魔導士も面白いよな。多重起動時の負担が軽減されるみたいだし』

固有スキルはないが、フランでも魔術の多重起動を扱えるようになるだろう。

「この天忍《てんにん》もすごい」

『だな。敏捷が極大上昇なうえ、察知系、隠密系のスキルに補正。しかも固有スキル『時空察知』もある。転移などにも反応できるようになるだろう』

速度特化型のフランには相性がいいし、スキルの安定度を欠いている今の俺たちには、察知系、隠密系への補正はかなり有り難い。

『で、最後の候補が天魔闘士な』

「ん」

全ステータス上昇、威圧スキル効果上昇、武術、武技、魔術スキルへの補正という、かなりバランスの良い職業である。どうやら、戦士系、魔術師系、双方への適性が高いと出現する職業であるらしいな。固有スキルはないものの、全体の能力を満遍なく底上げしてくれる職業でもあった。

『剣王、聖戦士、大魔導士、天忍、天魔闘士か。フランはどれがいい？』

「……剣王！」

まあ、だよな。普通に考えたら剣王だよな。フランは魔術よりも剣術が好きだし。

『じゃあ、剣王にしよう』

「ん」

フランが剣王を選択した瞬間だった。

その全身が白い光に包まれ、凄まじい魔力が吹き上がった。ただ、嫌な感じはしない。優しく包みこむような温かい魔力だ。

「おおー」

『大丈夫か？』

「ん。力が湧いてくる」

鑑定してみると、職業がきっちり剣王に変更されていた。ステータスも上昇している。固有スキルの剣神化も覚えた。

ただマイナス面も勿論ある。魔力がわずかに減少し、固有スキル魔力収束を忘れてしまった。剣士としての能力が大幅に強化された代わりに、フラン自身の魔術使用能力は確実に下がっただろう。

俺とフランの役割がより明確になったと考えればいいか。当面はフランが物理面、俺が魔術面を担当する形になるだろう。

『さて、こうなると剣神化の効果を知りたいところだが……』

剣神化：使用者に剣の神の力を降ろす。

鑑定してみてもいまいち剣神化の威力が分からん。神の文字が入るスキルは全部こうなのかね？

ただ、詳しい話を聞けそうな相手がいる。メアだ。彼女の父親である獣王リグディスが、槍神化スキルを所持しているのである。知っている可能性は高いだろう。

フランが剣王の職に就いたことをバラす形にはなってしまうが、構わない。そもそもフランはメアに職業を教える約束をしているのだ。実はフランの前にメアが職業を変更しており、職業を教え合いっこしようと提案され、承諾していた。

職業変更部屋を出ると、メアがワクワクした顔で出迎えてくれる。

「フラン！　良い職はあったのか？」

「ん。最高のがあった」

「おお！　それは楽しみだ！　とりあえず王城へ戻るとしようか！」

さすがにこんな場所で話す内容じゃないだろう。他にも人がいっぱいいるからな。

王城へ戻ると、早速お互いの新職業を明かし合う。秘密を教え合う感じに憧れているみたいだった。

二人とも楽しげである。まあ、内容は殺伐としてるんだが。

「我が職業は焔滅《えんめつ》騎士という上位職だ」

「かっこいい」

「だろう！　操る火炎の威力が上昇し、騎士としての能力も大幅に上昇する、我に相応しい職業だ！」

元は火焔騎士という上位職だったらしい。この焔滅騎士というのは、それよりもさらに高位に位置する職業であるようだった。

その顔に喜色を浮かべるメア。

だが、クイナが相変わらずの冷静な口調で、その喜びに水を差した。

「しかし、注意も必要です」

『注意？』

「滅の字が付く職業に見られる特徴ですが、攻撃力が上昇するにもかかわらず、制御力が追い付かないのです。結果、誤爆や自爆の危険性も高まります」

うわー、超迷惑な職業なんだけど。メアって、ただでさえ炎の制御が甘いイメージだったのに、より不安定になったってことだろ？

「お嬢様、今後はより慎重な行動をお心がけ下さい」

「わ、分かっておるわ！」

「本当ですか？　今までも、散々やらかしているのです。今後はさらに気を付けねばならないのですよ？」

炎の制御に関してクイナにチクチクとお説教をされるメアは、話の矛先を逸らすためか、慌てた様子でフランに話を振った。

「それで、フランはどんな職業に就いたのだ？」

メアに聞かれたフランは、いつもの何気ない調子で答える。

「ん。剣王」

「ぶっ！」

フランがコクリと頷き、自らの職業を口にした瞬間だった。メアが口に含んでいたお茶を盛大に噴いた。あーもう、フランの顔がお茶で汚れたじゃないか。

俺がフランの顔を布でふきふきしてやっていると、メアが軽く震えた声で、フランに再度尋ねる。

「ど、どんな職業に就いたって？」

「剣王」

「き、聞き間違いではなかったかっ！」

「まさか王級職とは……」

メアだけではなく、クイナも俺が表情を読み取れてしまう程度には驚いている。

『王級職っていうのは何だ？』

「戦闘系職業の中で、最上級に位置する職業のことです。剣王や槍王などの戦士系の職業以外にも、火炎王や暴風王といった魔術職も存在しているそうです」

「父以外で実際に目にしたのは、お主で二人目だがな……」

想像以上に高位の職業であったらしい。

『王級職か……』

「剣王ということは、剣神化を得たな？」

「ん」

やはり知っているか。というか、即座に聞いてくるあたり、無視できない強力なスキルということなのかね？　メアの目は、恐ろしく真剣である。

「いいか？　使う時は細心の注意を払え。特に初めて使う時は、周囲に人がいないことを確認するのだ」

『そんなに危険なスキルなのか？』

「危険だ。制御に失敗すれば、自分も仲間も只ではすまん」

メアがそこまで言うほどにか……。

「系統で言えば、自己強化スキルになるのだろう。だが、あまりにも強力過ぎて、制御が至難の業なのだ。父も、それで失敗をしたことがあるらしい」

「失敗？」

「獣王陛下は、お仲間を殺めてしまっておいでです。槍神化を初めて発動させたときに、当時のパーティメンバーの一人を……」

おいおい、仲間殺しとは穏やかじゃないな。

いったいどんなスキルなんだ？

「剣神化と槍神化が同一のスキルであるという前提で話を進めるぞ？」

『そうか。名前は似ていても、効果が全然違うことも考えられるか……』

「うむ」

でも、同じ可能性が高いわけだし、槍神化の話はぜひ聞かねばならないだろう。

「槍神化は、一時的に使用者を強化し、同時に装備する槍に神属性を付与するスキルだ」

『神属性？』

「うむ。我もそこまで詳しいわけではないが、この世のありとあらゆるモノに対して、優位性を持つ究極の属性だという」

神属性。神の属性ってことか？　そういえば、火炎無効化を持っていても、神炎は無効化できないという話をどこかで聞いたことがある。神属性の炎だからかもしれない。

「神属性を持った武器であれば、普通は斬ることのできないはずの幽体を斬り、破邪でしか倒せないはずの邪鬼を倒し、物理無効化を持つ粘精《ねんせい》も真っ二つにできる」

『どんな耐性、無効化でも無視できるってことか？　そ、それは破格の能力だな』

言ってしまえば、どんな相手でも剣で倒せるようになるということだ。

「だがな、神属性の凄まじい所は、耐性の無視だけではないぞ。先程言ったな？　ありとあらゆるモノに対して優位性を持つと。つまり、まるで弱点属性で攻撃したかのように、大ダメージを与えられるのだ」

耐性無視だけではなく、常時相手に対する弱点付与ってこと？

「噂では、神属性への耐性スキルもあるそうだが、神属性以上に珍しいだろうな」

「なんで？」

「普通、耐性スキルはその攻撃を受け続けることで得るんだぞ？　耐性スキルを得る程の神属性ダメージを受け続けることなど、普通なら無理さ。神属性をその身に何度も受ける機会などそうそうないし、あっても耐性を得る前にお陀仏だ」

「なるほど」

「父は仲間が竜に飲み込まれてしまい、止むを得ず試運転もしていなかった槍神化を使用したらしい。そのスキルに一縷の望みをかけたのだろう。そして、父の攻撃は見事に竜を屠《ほふ》ることに成功した。飲み込まれてしまった仲間もろとも、であるがな」

槍神化があまりにも強すぎて、獣王が投擲《とうてき》した槍は竜をあっさり貫通し、そのまま仲間の半身をも吹き飛ばしてしまったんだとか。それが今でも痛恨の出来事となり、獣王は周囲に仲間や部下がいる状態では槍神化を使えないらしい。無理もないがな。

「その当時、父が使っていたのはオリハルコン製の槍だったそうだ。それで、脅威度Bの魔獣を瞬殺したのだぞ？　師匠ほどの剣が剣神化の効果で強化された場合――どうなるか想像もつかん。それこそ、周辺の地形が変わるような事になっても不思議ではないだろう」

うーむ。寸止めのつもりが、余波で殺しちゃいましたとか平気で有り得そうだった。

「ああ、あとは耐久値にも気を付けるのだ。武器に絶大な負荷をかけるそうだからな。オリハルコン製の槍でさえ、三秒ほどの使用で粉々に砕け散ったらしいぞ」

な、なるほど……。だが、当然と言えば当然かもしれない。無理やり強化されるってことは、それだけ負担がかかるということなのだ。

自分が砕け散る様を想像し、思わず体を震わせてしまった。

『長時間の使用は避けないとヤバいってことか』

「うむ。いかな師匠とは言え、油断すればただではすまんだろう。もっとも、使用者にもかなりの負担があるそうだ。長時間は使おうと思っても使えんだろうがな。父でさえ一〇秒が限界だそうだ」

結局、勝負を決める瞬間に一瞬だけ発動するような使い方になりそうだな。それもこれも一度使ってみてからだが。

『どこかで試さないとダメだな』

「ん」

にしても、潜在能力解放と閃華迅雷《せんかじんらい》に続き、また身を削るタイプのスキルか……。

しかも、俺たちの場合は一般的な過程をすっ飛ばして、スキルを習得してしまっている。そのせいで、体もスキルも制御力も、必要な水準を満たせていないのだ。

普通に習得に至った者たちに比べると、負担が大きいのは明白だった。結果、身を削ることとなってしまっている。

それでも、フランと俺を同時に強化できるというのは素直に有り難い。場合によって、閃華迅雷と使い分ける形になるかね？

『早速試運転をしてみよう』

「ん」

「ならば王都の外に出よう。城の訓練場でも少々不安だ」

「そうですね。これ以上訓練場を穴だらけにしては、騎士たちに泣かれてしまいますから」

「さ、さあ！　いくぞ！」

「ん」

「いえ、お嬢様はお留守番ですよ」

「な、なぜだ！」

「何が起きるか分からないのですよ？　そのような場所にお嬢様を近付ける訳にはいきません。それに、お嬢様にもしものことがあれば、フランさんにも迷惑をかけることになりますよ？」

「ぐぬぬ……」

剣神化は危険かもしれないという話をしたばかりだ。従者としては、止めない訳にはいかないだろう。しかし、メアが諦めた様子はない。

「で、では城の者たちには言っておけばいい！　我に何があってもフランを咎《とが》めるな、とな！」

いいことを思い付いたと言わんばかりの表情で、メアが叫んだ。そして、フランの肩を抱いて一緒に歩き出すと、足早にクイナの前からフェードアウトしようとする。

「フラン、行くぞ！」

まあ、それで逃げられるはずもないが。

「お待ちください」

「ぬぐ！　この！　離せ！」

「離せと言われて離すものなどいませんよ。もう少し考えて発言をしてくださいませ」

「ぐぎ！　いだだだだ！」

『あ、あれは幻の必殺ホールド！　パ◯スペシャル！』

「パロ……？」

『い、いや、何でもない』

あ、あの技、実戦で使えるんだな……。

「ぐっ！　振り解けん……！」

「ふふふ。これこそは王宮侍女の間に伝わる、対我儘《わがまま》な王族用の最終奥義。足のクラッチと、肩の極《き》め方が重要ポイントなのです」

侍女に取り押さえられ、凄い体勢で呻く王女。シュールだぜ。

『フラン。メアは無理みたいだ。俺たちだけで行こう』

「ん。わかった」

「行ってらっしゃいませ」

「フ、フラン！　待て！　待ってくれ！」

メアが情けない声でフランを引き留める。だが、フランは申し訳なさそうに首を振った。

「クイナが言う通り、剣神化は危険かもしれない。だから、私たちだけで行く」

「むぅぅ……」

フランにそう言われては、メアも我儘が言えないらしい。残念そうな顔で黙ってしまう。

「行ってくる」

「後で話を聞かせるのだぞ～！」

取り押さえられたままのメアに見送られて、俺たちは王城から外に出た。

そして、王都から数十分の場所にある荒野に辿り着く。厳しい環境であるので魔獣も少なく、冒険者もあまり寄り付かない場所であるらしい。

念のために探ってみても、周囲に人の気配はない。俺たちだけではなく、ウルシにも確認してもらったから完璧である。

ここなら少々の被害は問題ないだろう。多分。

『フラン、準備はいいか？』

「ん。師匠も平気？」

『おう。自己修復と瞬間再生は全力で発動する準備はできてるぜ』

これは耐久値減少対策だ。いくらなんでも数秒の発動で破壊されることはないと思うが……。オリハルコン製の槍が壊れたっていう話だし、俺でも油断はできない。

とりあえず最初は数秒だけ発動してみる予定だった。

「じゃあ、いく」

『おう！　ばっちこーい！』

「……剣神化発動」

『う、うおおおおおおおおおおおぉぉぉぉ！』

な、なんだこれは！

凄い力が俺の刀身に宿ったのが分かった。そう、宿ったのだ。

いつものように、自分の中から湧き出してくるのでも、フランから流れ込んでくるのでもない。

どこからか唐突に降ってきた。そんな感じである。

だからだろう。制御が異常に難しいようだった。

出力が全く安定しない。自分が鍛錬や修業の末に得たのではなく、借り物の力であるが故に、慣れるまでは戸惑いそうだ。

だが、俺に宿った力であるからだろう。フランだけでなく、俺からもこの力に干渉できそうだ。二人がかりで制御すれば、なんとかなるかもしれない。

この力からは邪悪な感じはしなかった。むしろ神聖ささえ感じさせる力だ。

俺はこれに近い力を一度だけ感じたことがある。キアラが死の直前に全力を振り絞って放った、黒《こく》雷神爪《らいしんそう》から感じたものと同種の感覚であったのだ。

ただ、あの時のキアラから発せられていた力よりも、大分荒々しかった。

『ぐぅぅぅ！』

俺の刀身の内で暴れ回る力を、必死に制御する。獣王はこの力を自分だけで制御しているんだろ？

やはりランクS冒険者の力は底が見えないのだ。

そして、直後にフランがスキルを停止させた。同時に、俺の刀身に渦巻いていた力も消え去る。やはり、唐突だ。

『……フラン、へいきか……？』

「ん……」

頷きつつも、フランの額には玉のような汗が浮かんでいる。肩も大きく上下し、かなり疲労していることは確かだろう。

さらに俺たちを悩ませるのが、凄まじい違和感だ。

スキルによって強制的に与えられた力が、解除とともに完全に消失してしまった。これは慣れるまでかなり大変だろう。

『フラン、もう一度は——無理だな』

「……ごめん」

『フランのせいじゃないさ』

剣神化を数秒使用しただけで、フランの体力がゴッソリ減っていた。

ただ使用しただけだ。戦闘どころか、一歩も動いてさえいないのに、これだけ消耗してしまった。メアが言っていた通り、このスキルを長時間使用することなど不可能だろう。むしろ獣王はよく一〇秒間も使っていられたものだ。

「師匠は、どう？」

『俺も、安全マージンを考える五秒以上は危険だと思う』

剣神化時、俺には強大な力が宿っていた。あれが神属性というやつなんだろう。ただし、異常な速度で耐久値が減り続けていたが。

潜在能力解放よりもヤバいかもしれない。わずか一秒で耐久値が１０００以上も減ったのだ。技も振るわず、ただフランの手に握られていただけでだ。

一〇秒も発動されたら、確実にスクラップだった。

『少し休憩したら、もう一度試してみよう。今度は攻撃をしてみるぞ？』

「ん！」


一時間後。

休憩とポーションとカレーで体力を回復させたフランは、再び剣神化を試すことにした。

『とはいえ、俺がどこまで耐えられるかだな』

「本当に大丈夫？」

『まあ、数秒だけならなんとかなるだろう』

フランが不安そうな顔で俺を見つめているのには理由がある。

剣神化によって受けた俺のダメージが、瞬間再生スキルを使っても一瞬では回復しなかったのだ。まるでアリステアに修復してもらう直前のように、ゆっくりとしか修復が進まなかった。

剣神化による武器への負担が、それだけ深刻であるということなのだろう。また、神属性による弱点ダメージであることも理由の一つだと思われた。

あれだ、スライムが弱点である火に焼かれて再生速度が遅くなるのと似た感じ？　全回復するのに一時間もかかってしまったのだ。

やはり、剣神化を実戦で使う場合には注意が必要だろう。またすぐにアリステアの下に戻る事態にはなりたくない。

『さて、行ってみるか』

「ん！」

今度は攻撃も繰り出すつもりだ。大地魔術であらかじめ的を生み出しておく。

直径一〇メートルほどの大岩を五つ、等間隔で設置した。

「いくよ？」

『おう！　こい！』

「剣神化！」

『くおおおぉぉぉ！』

きたたきた！　また来たよ！　あの感覚だ！　荒ぶる力が俺の刀身に宿り、暴れ出そうと渦巻いている。

『フラン！　俺に回ってきた力はこっちに任せろ！　自分に降りてきた力の制御だけに全力を傾けるんだ！』

「……ん！」

フランは苦し気な顔で軽く頷くと、一歩を踏み出す。

ただ、その瞬間に気配が変わった。

え？　何だ？　フランなのか？

外見はそのままなのに、別人に変わってしまったかのような、激しい違和感。思わずフランを仰ぎ見てしまった。だが、フランは一心に前を見ている。

フランはそのまま前に向かって歩を進め、大岩に対して上段から俺を振り抜き、真っ二つにした。

それを五回繰り返す。

ただそれだけのこと。何も特別ではない、基礎とも言える歩法と斬撃。

だが、俺はその動きに薄ら寒い何かを覚えていた。

剣である俺が感じるはずのない、背筋がゾクリとし、肌が粟立つような感覚。

よくスポーツ漫画などで、天才的な選手の動きが滑らか過ぎて鳥肌が立つとか、基礎が完璧すぎて抜かれる側の選手が見とれてしまうとか、そんなシーンがある。

今俺が感じたのは、まさにその感覚に近いのではないだろうか。

俺は剣王術を習得している。上位者との戦いにおいて、経験不足による駆け引きの差やステータス差、強化スキルの差で後れを取ることはあっても、単純な剣の技術だけでいえばトップクラスであるはずだ。

だが、今のフランの動きを見て、負けたと思ってしまった。負けたと理解できてしまった。

剣王術というのは、剣術、剣聖術の先にある、最高のスキルじゃなかったのか？

フランの斬撃を見た後では、とてもそんな風には思えなかった。今まで自信を持っていたはずの自分たちの剣術が、稚拙《ちせつ》な物だったとさえ思えてしまう。

剣王術を得たからこそ、分かる差。これが普通の剣士であれば、ただ速く正確な斬撃だとしか思わなかっただろう。

だが、俺には――俺たちには分かってしまった。

フランの中に宿ったナニかが繰り出した、単なる斬撃の尊さに。

そして、剣の神の示した険しい道の存在に。どれだけ鍛錬すれば辿りつけるのかも分からない、果てしない剣理の先。

フランが剣神化を解いた直後、呆気なく神属性は消失し、フランの気配が戻る。

フランは言葉を発することもなく、呆然とした様子でその場に立っていた。

大岩の断面が、熱したナイフで切り取られたバターのように異常に滑らかである事にも気づかず、ただただ俺を握る自分の手に視線を落として荒い息を吐いている。

「……今の、なに……?」

『……分からん』

まるで夢でも見たのかと思うほど、呆気ない数秒間。だが、俺たちの共有する驚きと消耗は、今の数秒が確かに存在したのだと教えてくれていた。

なるほど、自己強化と、装備武器の強化。言葉にすればそれだけのスキル。だが、強化の度合いが異常だった。

肉体的なステータス上昇だけではなく、限界だと思っていた剣王術がさらに高みへと押し上げられ、何のスキルも使用していない俺で大岩を切り裂く。

有り得ない現象が起きていた。

『剣の神を降ろすスキルか……。とんでもないな』

「ん……」

強力なスキルを手に入れた？　確かにそうだろう。だが俺たちは喜びなど一切覚えることなく、悔しさを感じていた。ちょっとでも調子に乗っていた自分が恥ずかしい。

『もっと鍛えよう』

「ん！」

ふと思った。

もしかして剣神化というのは、剣王術を得て調子に乗っている者に「お前なんか神様に比べたらまだまだなんだぞ」と、戒《いまし》めを与える為のスキルなんじゃなかろうか？

『ただ、今日はもう帰ろうな。正直、疲れた……』

精神的な疲れだけではなく、実際に耐久値もヤバかった。どうも、先程よりも耐久値の回復が遅い気がする。もしかすると、数値では出ない部分での消耗が蓄積しているのかもしれない。

だとすると、剣神化を日に何度も使うのは危険だった。せっかくアリステアに直してもらったばかりなのだ。剣神化は慎重に使うとしよう。

「ん。わかった」

剣神化を初めて使用した反動で、疲労困憊なのだろう。フランも素直に頷く。

だが、フランの闘志はより燃え上がり、ちょっとばかり好戦的な気分になっているらしい。落ち込みから一転してかなりのやる気だ。

「もっともっと鍛える！」

と宣言していた。ただ、そのせいで多少の闘気が漏れていたのだろう。

姿は少女でも、その存在感は凄まじい。しかも、荷馬が怯える程の剣呑《けんのん》な気配を発しているのだ。

周囲を歩いている冒険者たちが驚いているのが分かる。

それは、城の文官たちも同じだった。メイドさんは軽く眉を動かす程度なのに、すれ違う文官たちは明らかに顔を引きつらせている。さすが死神と恐れられる王宮メイドたちだ。

フランを部屋の前で出迎えてくれた、宰相のレイモンドも驚いているな。

「ど、どうかされましたかな?」

「ん?」

『フラン、さっきからやる気が抑えられてないぞ。落ち着け』

「……ん」

ようやくフランが落ち着いてくれたか。道中でだって注意してたんだけど、少しすると同じように闘志が表面に出てしまうのだ。

「いえ。何もないなら良いのです。実は黒雷姫殿に依頼があって参りました」

「依頼?」

「はい。この後に行われる予定の、慰労の立食会に関してなのです」

戦勝を記念するパーティーなのかと思ったら、それほど盛大なものではないという。戦勝記念の式典は獣王が戻ってから、正式に行われる予定であるようだ。

ただ、バシャール王国戦において初期からの防衛を担っていた部隊が一旦解散となり、将軍たちが王都に戻ってきたらしい。そのため、彼らの働きを労う簡単な食事会を行うことになったそうだ。

防衛部隊が一旦解散して大丈夫なのかと思ったが、すでに代わりの部隊が派遣されてバシャール王国に圧力をかけているらしい。そりゃそうだよな。

「それで、その慰労会がどうしたの?」

参加しろってことなのか？　だが、それなら依頼とは言わないよな？　食事会用の食材の確保とかだろうか？

首を傾げるフランにレイモンドが告げたのは、やはり依頼をしたいという言葉であった。しかも、フランに慰労会に参加してほしいという。

「……？」

慰労会に参加するくらい、別に依頼なんかしなくたって構わないが……。

「いえ、これには深い事情があるのです」

「どんな？」

「確かに慰労会に参加してほしいのですが、ただ参加していただきたいわけではないのですよ」

どういうことだ？　護衛とかか？

「その恰好ではなく、ドレスアップして慰労会に出席していただきたいのです」

「ドレス？　なんで？」

「まあ、言ってしまえばネメア殿下のためですな」

レイモンドがフランへの依頼の真の狙いを教えてくれた。

どうやら彼はメアにもドレスで慰労会に出てほしいらしい。だが、獣王の名代《みょうだい》ということで慰労会への出席の約束は取り付けたものの、ドレス姿になるのだけは頑として承諾してくれないようだった。

王女というよりは冒険者として、戦士として、将軍たちを労うつもりであるのだろう。

そこでフランの出番である。

「友人である黒雷姫殿がドレスで参加してくだされば、姫様も絶対にドレスで参加してくださるはずです」

なるほどね。確かにフランとのお揃いや、共通点を見つけただけであれだけ喜んでいたメアだ。フランが一緒にドレスを着ようと言えば、拒否はしないかもしれない。

「いかがでしょうか？　無論、報酬はお支払いいたします」

レイモンドが提示した報酬はそれなりの額だった。それでも悩んでいると、レイモンドが慰労会について説明してくれる。

ドレスアップすると言っても堅苦しい席ではなく、武闘派の将軍が多く集まる飲み会のようなものであるらしい。マナーは気にするなと言われた。しかも食事が食べ放題。

「ん。わかった」

『いいのか？　ドレスだぞ？』

（別にいい……じゅるり）

食事に釣られたな！　というか、フランは服装に頓着が無い。それ故、どんな服が好きで、どんな服が嫌いという好みもないのだ。布の服だろうが、ドレスだろうが、フランにとっては同価値でしかないのである。

まあ、さすがに普段着は動きやすい服の方が好きだが。

ただ、動きづらいドレスを短時間着込む程度、食べ放題に比べたら些細な問題なのだろう。あと、武器持ち込み可というのも大きいかな？　俺がいれば大概のトラブルはどうにかなるしね。

「では、参加していただけるということでよろしいですか？」

「ん」

「ありがとうございます！」

本当に悩んでいたのだろう。レイモンドが喜色満面で頭を下げた。

とはいえ、俺たちはドレスなんか持っていないけど……。それは向こうも分かっていたらしい。メアが数年前に着ていた服を貸してくれるそうだ。

「……特にサイズの調整も必要なさそうですからな」

レイモンドがフランの胸や尻をさり気なく見ながらそう呟く。まあフランとメアを比べると、身長はメアの方が多少高いものの、他の部分のサイズはほとんど一緒だ。

ぶっちゃけて言うとツルペタだった。セクシーダイナマイトなクイナと並ぶと、気の毒になる程に。

いやいや、メアもまだ一五歳。まだまだ希望はあるよね？　多分、きっと、メイビー？

『メア、強く生きるんだぞ……』

「ん？」

『いや、なんでもない』

「？」

「こちらへどうぞ」

「わかった」

ミアノアがフランを衣装室まで案内してくれる。

王宮の部屋だけあって、メチャクチャ広かった。体育館くらいありそうな部屋に、十数台の化粧台と、何十ものクローゼットが置かれている。

化粧をするのもミアノアであるようだ。フランを化粧台の前に座らせると、浄化魔術で汚れを落としていく。しかも、化粧前にフェイスマッサージまでしてくれた。王宮侍女って有能過ぎない？　できないことがない気がする。

そんなこんなで、メイクとフィッティングを行ったのだが……。

『……か、可愛い……』

やばい！　うちのフランやばい！　青と白の華やかなドレスが似合いすぎ！　今のロリータチックなドレスアーマーも可愛いが、こういった丈長スカートのクラシックなドレスも悪くないぞ！　本当のお姫様みたいだ！

頭の上に可愛いティアラを載せてもらい、後ろ髪は結い上げてお団子にしている。うなじがセクシー！　いつもと違う髪型も可愛いぜ。

さらに、薄く化粧までしてもらった。本当に少しだけだけどね。

嫌がるかなと思ったが、意外と気にしていないようだ。どうも、獣人用に香りや刺激が抑えめの化粧品が使われているみたいだった。さすが獣人の国だ。

もう一つの心配は、メイク中に飽きてしまわないかということだったが、そちらも問題なかった。食事をしながらだったのだ。獣人は短気でせっかちな人間が多いので、メイク中は食事などで気を紛らわせるのは普通の方法らしい。化粧の補助係のお姉さんが、流れるような動作でお菓子や肉を用意してくれていた。

「……ちょっと動きにくい」

『まあ、ドレスだからな。でも似合ってるぞ？』

「そう？」

こういう機会にしっかり褒めないとね。ちょっとずつ女の子らしいことにも興味を持ってもらいたいし。

『いやー、まるで白雪姫みたいだな』

「白雪姫？」

『ああ。俺の世界で有名なお姫様だ。悪い魔女に毒林檎《りんご》を食べさせられてな』

「……毒も見分けられなかった？」

『いや、俺の世界に毒を嗅ぎ分けられるような超人、そんなにたくさんはいないから』

特殊な訓練を受けた人なら、もしかしたらいけるかもしれんが。

『毒のせいで永い眠りにつくんだが、王子様のキスで目覚めて幸せになるんだ』

「……毒なのに、キスで治るの？　特殊なスキル？」

言われてみたら、なんで王子のキスで目が覚めるんだっけ？　昔絵本を読んだだけだからな。それにあの手の話って原作が酷いんだよな。そうだ、そういえば白雪姫の原作を紹介するテレビを見たことがあったな？　詳しく覚えてないけど、王子が死体に興奮するド変態だったんだっけ？

『うん。俺もよくわからないや』

「ふーん」

シンデレラにしておけばよかった。いや、あれも原作は酷い話だったか？

「では、会場へとご案内させていただきますね」

「ん」

参加した慰労会は、想像の斜め上を行く内容であった。

というか、飲み会のようなものだというレイモンドの言葉は、フランが参加し易くなるように使った方便だとばかり思っていたんだが……。

『まさかマジで飲み会だったとは』

「もむもむもむもむ！」

フランは目の前に積み上げられた様々な料理を口いっぱい頬張り、ひたすら貪っている。いや、フラン以外のほとんどの参加者もそうだった。

最初は一応、主賓や王族、上位貴族の挨拶的なものがあったのだ。フランもその場で功労者として紹介され、その美しさに感嘆の溜息が漏れたりもしていた。

その後の歓談の時間では、身の程知らずにもメアやフランに話しかけてくる顔自慢、武力自慢の若者たちもそれなりにいた。まあ仕方ない。フランだけではなく、めかし込んだメアも相当可愛いしね。

青と白の白雪姫チックな服装のフランとは対照的な、白と赤のドレスだ。

肩出しで、中々攻めたデザインだな。まあ、メアの幼児体型のせいでセクシーさは全くないが、その可愛らしさは十二分に引き立てられていた。

俺はフランの首に巻かれた、金属製のチョーカーに成りすましている。奴隷の首輪を思い出して嫌がるかとも思ったが、特にトラウマはないようだ。普通に首輪っぽいチョーカーに変形した俺を巻いていた。

武器持ち込み可だから、いつも通りでもいいんだが、フランの可愛さを俺が損ねる訳にはいかないだろ？　姿形には結構凝っているのだ。小さい金属の輪を繋げたような、お洒落な造形である。首からなら障壁を展開すれば即座に頭部と心臓という二大急所も守れるし、悪くない装備場所なのだ。

アリステアに改修してもらったおかげなのか、形態変形の持続時間が飛躍的に延びている。戦闘せずにじっとしていれば数時間くらいはこのままでいられるだろう。少なくともパーティーが終わるまではチョーカーのふりをしていられるはずだった。

多くの青少年の目を釘付けにしたフランとメアのドレス姿であるが、ほぼ全員が数度の会話で退散していった。

相手が進化しているうえに、自分よりも強いと理解して逃げていったのだ。二人とも、完全に色気よりも食い気だしね。

普段であれば遠目からでも分かるはずなのだが、色ボケ状態の若者たちは近寄るまで気づけないらしい。

それを年かさの上官たちがニヤニヤと見守っていた。若者たちの玉砕っぷりを肴《さかな》に一杯やっているのだろう。

「ひゃひゃひゃ！　ボレンクのとこのガキ、情けないのぉ！」

「うむ。儂《わし》の部下どももだ。なんという体たらく」

「がははは！　睨まれただけで退散してどうする！　ガッツが足らんな！」

「くそ！　一〇秒ももたんとは！　五秒に賭けるんじゃったぁ！」

ガラの悪い不良老人どもだが、あれで歴戦の勇士たちであるらしい。

それ以外には、女性の数も多かった。獣人は女性でも強い戦士が多いので、士官の中にも一定数女性がいるのだろう。

「お会いできて光栄です」

「此度の戦の話、聞かせていただきました。私もあやかりたいものです」

誰もが尊敬の目で見つめてくる。

やはり獣人たちは強さに憧れるのだろう。

そんな短くも濃い歓談の時間が終わると、コース料理的な物が運ばれてくる。

贅を凝らした高級料理たちだ。

そこでもまた、フランが注目を浴びることになった。言い方は悪いが、教養のない冒険者だと思われていたフランが、美しい宮廷作法を披露したからだ。実力のある冒険者として尊敬されていたものの、まさかそんな芸当ができるとは思っていなかったんだろう。

メアも驚いている。

「す、すごいなフラン」

「はい。お嬢様より美しいかもしれません」

「う、うむ……」

メアの場合、なんとかマナーを間違えずに食事ができているって感じだからね。

「負けていられませんね」

「そ、そうだな……」

クイナの言葉に素直に頷くメア。さすがに、年下でどうみてもガサツなフランにマナーで負けたことはショックだったらしい。クイナが感謝の目でフランを見ている気がした。

他の獣人たちも目を丸くしている。勿論、これまでだって下に見られていたわけじゃない。ただ、可愛いドレス姿で、メアにも劣らず美しいテーブルマナーを披露したフランを見る目は確実に変わったようだった。

英雄的な相手に向ける眼差しだったのが、アイドルを見るようなかなり熱のこもった視線になった気がする。おいおっさん、頬を赤らめるんじゃない！　そっちのガキ、少々フランを見る目が危ないぞ！

まあ、今のフランは魅力的だ。惚れてしまうのは仕方ない。だが、フランとお付き合いするなら、フランを支えられるくらい強くないといかんぞ。

この中だと、俺のお眼鏡にかないそうな男は三人しかいなかった。あとは全員落第である。

一人がバラベラムという老将軍だ。この人が防衛軍の主将であったらしい。なんと十始族の一つである紫風象《しふうぞう》である。

象というだけあって、その体は非常に大きかった。身の丈は三メートルを超えていて、最初は巨人族か何かかと思ったほどだ。しかも、この巨体でありながら指揮系のスキルも充実しており、歴戦の猛将であるということをうかがわせた。無論、直接的な戦闘力も凄まじいものがある。武闘大会で戦った獣人のランクA冒険者、ゴドダルファよりもこの老人の方が強いだろう。

まさに戦闘国家である獣人国の将軍に相応しい実力だ。

今では柔和な笑みを常に浮かべた好々爺《こうこうや》なのだが、若い頃は破壊王などと呼ばれた荒くれ者であったらしい。

これで、老齢のために衰えているというのだから信じられん。まあ、確かに体力面はレベルに似合わず多少低い気はするが。この国の最高戦力の一角と称えられるのも当然だった。

次に強いのが、リグダルファという白犀族の男性だ。族長という称号を持っている。グエンダルファの父親で、ゴドダルファの弟で間違いないだろう。

ゴドダルファが獣王に仕える為に族長の座を捨て、繰り上がりで族長になったっていう話だったよな？　とてもそうは思えないほどの実力者だった。

体力面ではゴドダルファに及ばないものの、風魔術をレベル5で所持しており、魔力も敏捷力も高い。汎用性はリグダルファの方が高いんじゃなかろうか？

ただ、白犀族は明らかにパワー系の種族だし、腕力、体力が高い方が尊敬されるのかもしれない。

当然、進化済みだ。

また、武器はゴドダルファのような巨大戦斧ではなく、六角棍を使うようだった。二メートルを超える筋肉ムキムキの大男が、身の丈を超える六角棍を振り回す姿は中々迫力がありそうだ。

ただ、兄に勝利したフランをどう思っているのか分からない。グエンダルファも知っていたし、リグダルファが知らない訳はないと思うんだが……。この人もクイナと同じ無表情系なので、顔に感情が出にくいのだ。一応挨拶はしたんだが、好悪どちらの感情も読み取ることはできなかった。

そして一番気になったのが、リュシアス・ローレンシアというおじ様である。

これがローレンシアの姓を持つ大地魔術師の男なのだろう。リンフォードとは似ても似つかない、なかなかのイケメンである。

大地魔術のスキルが高く、魔術師としての腕前はかなりの物だ。宮廷魔術師であるのも頷ける。

称号関係などを見てみたが悪人系が所持しているような称号もなく、スキルに邪術系のスキルもない。メアが言う通り、悪い人間ではないのだろう。

挨拶をしたが、こちらに対して含むところもなさそうだった。むしろ非常に物腰が柔らかく、好感が持てる程だ。まあ、フランはあげないけどね！

メアやリュシアスと談笑するフランに再び話しかけようと、男たちが牽制しあっているのが分かる。

だが、和やかな雰囲気は追加の食事が運ばれてくるまでであった。そこから先、パーティー会場は戦場と化したのだ。上官も部下も、老いも若きも関係なく全員が狩人と化し、食べ物を巡って激しく争っている。

最初のフルコースはパーティーの式典の一部。追加の料理は完璧に腹を満たすための大皿料理。そうやって分けられているんだろう。式典の中で二次会までやってしまう感覚に近いだろうか？

獣人国ではこれが普通の流れであるらしく、皆が疑問を口にすることなく、一斉に料理に群がっていた。

フランとメアは勝者である。大柄な男たちを腕力で押しのけて最前線に陣取り、運ばれてくる料理を大皿にこれでもかと載せて確保していった。幼い少女に軽くあしらわれたうえに、好物を根こそぎ奪われた大男が半泣きで逃げていったね。

「モグモグモグモグ」

『美味いか？』

「ん！」

着飾ったことでいつも以上に可愛い。慰労会に出席してよかった。

ただ、どうしてもドレスが気になってしまう。油で汚したら、浄化魔術でも落ちるかどうかわからんのだ。

どうかドレスだけは汚しませんように！

俺の心配をよそに、暴食の宴と化した慰労会は過ぎて行った。

慰労会終了後。

俺たちはとある人物のもとを訪れていた。

王城の将校サロンに併設されているバーに、押しかけた形である。

「少し、話がある」

「ほう？　私にですか？　なんでしょう？」

リュシアス・ローレンシア。俺たちがバルボラで戦った邪術師、リンフォード・ローレンシアと同じ家名を持つ、大地魔術の使い手だ。

ゴドダルファの弟であるリグダルファとカウンター前に並んで座り、静かに酒を飲んでいた。

この場にはリュシアスとリグダルファ、バーのマスターしかいないが、人に聞かせていい話かも分からない。フランがチラリと両者に視線を走らせると、リュシアスはその意を理解したらしい。

「リグダルファ殿は戦友です。構いませんよ。マスターもプロですから」

つまりここで話せということだな。まあ、向こうがそう言うなら構わないだろう。

「……リンフォード・ローレンシアという名前に聞き覚えは？」

「っ！　その名前をどこで……？　も、もしかしてお会いになったのですか？」

「ん」

やはり、リンフォードの事は知っているか。血族なのだろうか？　ならば、リンフォードを倒した者の一人として、その最期を伝えておかねばならない。

だが、フランが口を開くよりも早く、リュシアスが静かに頭を下げた。

「申し訳ありません」

「ん？」

「あの男が他人に感謝されるようなことをする訳がありませんから。どうせ、碌《ろく》でもない目にあわされたのでしょう？」

名前を出しただけでこの反応。リュシアスがいかに苦労しているのかが分かるな。沈痛な面持ちで、フランに頭を下げ続けている。

「息子として、謝罪させていただきます」

え？　息子？　それにしてはめっちゃ年齢が離れてるんだけど。人間だよな？　エルフとかならともかく、本当にリュシアスがリンフォードの息子だとすると、六〇歳くらいの時の子供になるんだけど……。

いや、全くあり得ない話じゃないか。フランも驚いた顔でリュシアスを見ているな。

『なあ、フラン。まさかリンフォードの息子だとは思わなかったし、別に正直に言う必要ないんじゃないか？』

親を殺したフランに対して、どんな反応をするか分からないのだ。

しかし、フランの決意は変わらない。

（ダメ。私たちがリンフォードを倒したのは確か。子供だって言うなら、絶対に教えなきゃいけない）

「謝った程度で、許されるとは思っていませんが……」

おっと、フランが黙ってしまったのを、怒っているからと勘違いされたらしい。

「違う。息子だったことに驚いただけ」

「ああ、そういうことですか」

「それに、私も謝らなきゃいけない」

「謝る……ですか？」

「ん。リンフォードを倒した」

フランが緊張気味に告げた。俺たちは親の敵《かたき》になるということだ。それでもフランは自分がリンフォードと戦い、他の冒険者とともに倒したということを、多少俺に補足されながらもしっかりと語ったのだった。

「……リンフォードが……」

さて、この後どんな反応をするだろうか。

リュシアス自身はリンフォードを苦々しく思っていたようだが、それでも父親だ。襲いかかられるようなことはないと思うんだが……。

「リンフォードが……死んだのですか？」

リュシアスが呆けた顔で、聞き返してくる。

やはりショックが大きいらしい。

「ん……ごめんなさい」

「いえ！　何を謝ることがありますか！　あなたはバルボラを守っただけだ。何も悪くありません！」

「でも……」

「むしろ！　むしろ……感謝を」

「ん？」

「私は長年リンフォードを追っていました。この手で引導を渡すために」

そう言い放ったリュシアスの顔は、復讐者の顔をしていた。昏《くら》く深い憎悪を感じさせる顔だ。

リュシアスは、邪術師の息子ということで長年迫害を受けてきたらしい。そのせいで、邪術師や邪人を憎む気持ちが強いようだった。

リンフォードの事を語るその顔は、心底憎々しげである。

「父が多くの人間を不幸にするのを止め、私の代わりに止めを刺してくださった。本当に感謝いたします……」

リュシアスがその場で片膝立ちになり、右拳を左の手の平で包むようにして、顔の前に持ってくる。最敬礼のようなものなんだろう。

さすがに今回は虚言の理を使っていたが、彼の言葉に嘘はなかった。本気でリンフォードを憎み、フランに感謝してくれているようだ。

「これで、長年のわだかまりが消えました。母の墓にも、ようやくいい報告ができます」

リュシアスの両目から、涙が流れ落ちる。

「ぐぅぅう……うぐ……」

言葉も出ないリュシアスに代わって、リグダルファがフランに頭を下げた。

「友の悩みを解消してくれて礼を言う」

「うう……ありがとうございました」

本当に苦しんできたのだろう。男泣きである。

その後、涙を流しながら何度も礼を言い続けるリュシアスは、リグダルファに連れられて自室へと戻っていった。

勇気を出して、リンフォードの事を告げてよかった。

いや、勇気を出したのはフランだけどね。

『よかったな』

「ん！」

リュシアスたちを見送っていると、不意にコトリという音が聞こえた。

そして、それまでずっと黙っていたマスターが、軽く微笑みながら口を開いた。

「お嬢さん。こちらをどうぞ」

「これは？」

「ミルクに果実のしぼり汁を加えた物です」

「頼んでない」

「私からのサービスです」

それ以上は何も言わない。しかし、その心遣いは十分に伝わってくる。

やべぇ。このマスターメッチャかっけぇ！

「ありがと」

フランがマスターが用意してくれたフルーツミルクをゴキュゴキュと飲んでいると、バーに新たな人影が現れた。

メイドさんだ。多分、クイナやミアノアの部下みたいな人だったかな？

どうやらフランに用事があったらしい。こちらに気付くとまっすぐ歩いてくる。

「フラン様。少々宜しいでしょうか？」

「なに？」

「宰相レイモンド様がご相談があると。お時間はおありでしょうか？」

「ん。いいよ」

「ありがとうございます」

なんと宰相直々の呼び出しであった。まあ、ここまで充分仲良くしているし、悪い話ではないだろう。多分。

「美味しかった」

「またのお越しを」

マスターに見送られながらバーを後にした俺たちは、メイドさんに案内されてレイモンドの執務室にやってきている。さすが宰相の部屋だ。扉からして豪華である。

「そちらへおかけください」

「ん」

重厚感たっぷりな家具の配置された部屋で、大き目の机を挟んで向かい合う。ちょっと真面目な話っぽい雰囲気だ。

「慰労会へと参加いただきありがとうございました」

「ん」

「おかげで、ネメア殿下の評判も上々です」

レイモンドの狙いは達成されたらしい。どうも、いずれメアが王女として表に出る時のために、その評判を上げておきたいらしかった。

武力が尊ばれる獣人国とはいえ、可愛くて性格も良いと思われている方が臣下だって付いてきやすいのだろう。

「あなたの評判の方がより上がってしまったようですが……。まあ、目的は達成されましたのでよいでしょう」

それはフランのせいじゃない。いや、フランが可愛すぎたせいか？

「また、この度の戦争でのご助力、改めて礼を言わせていただきます。ありがとうございました」

「いい。当然のことをしただけ」

「ふふ。獣王陛下のおっしゃる通りのお方ですね」

「？　獣王と話したの？」

「鳥を使って手紙のやり取りをしただけです。あなたへの褒賞も決めなくてはいけませんから」

「褒賞？」

「ええ、功労者に対して、なんの褒賞も無しという訳にはいきません」

今回は依頼でも、誰に頼まれたのでもなく、フランが自分の意思で戦っただけだからな。褒賞をもらえるとは思ってなかった。

ただ、国を救った英雄の一人として、フランの名前が国内で広まりつつある。そんな人物に対して、労いの言葉だけというのは外聞も悪いし、褒美は与えなくてはならないんだろう。

いや、俺はさらに嫌な想像をしてしまった。

転生物のライトノベルなんかだと、活躍し過ぎた主人公を紐付きにしようとして、国が無理やり爵位を与えようとするというのはよくあるイベントの一つだ。

フランが爵位を欲しがるならもらってもいいが、どう考えてもフランは貴族になどなりたがらないだろう。領地をもらっても経営なんぞできないし、貴族になったら冒険者を続けることも難しい。

俺の心配が杞憂ではないと示すように、レイモンドが聞きたくなかった言葉を口にした。

「この度の戦争で比類なき活躍をしたあなたに、男爵位と領地を与えてはどうかというのが、我らの意見でした」

ああ、やっぱり！　まずい、受けたくもないが、断っても角が立つ。

だが、どうやってこの場を切り抜けるか思考をフル回転させていた俺の耳に、意外な言葉が聞こえてくる。

「しかし獣王陛下から、あなたは爵位など喜ばないだろう。むしろ嫌がるはずだから止めろという指示が来ました」

おお！　獣王ナイス！

「ん。いらない」

「あなたが望めば、黒猫族の村を領地として下賜《かし》することも可能ですよ？」

「いい。グリンゴートの領主が、きっちり面倒を見てくれるって言ってた。私は貴族なんてできないから、偉くなっても皆を困らせるだけ。だからいらない」

「なるほど、分かりました」

おお、単に面倒っていうだけじゃなく、きっちりとしたことを考えていたんだな。なんか、フランの成長が実感できてうれしいぞ。

「では、褒賞の内容に関してですが……。グイーサ君、説明を頼みます」

「はい。分かりました」

レイモンドに促され、後ろに控えていた柴犬系犬獣人の男性が席に着いた。レイモンドが横にずれて席を譲ったところを見るに、そういった事の責任者であるようだ。

「私は財務大臣のグイーサです」

おっと、思ったよりも大物だった！　うーむ、真面目そうだ。そして融通が利かなそうでもある。全く笑っていないし、その顔つきは鋭く怜悧《れいり》だ。なんというか、真面目が服を着て歩いているっていう感じ？　いったい何を言われるんだろう？

「まずは双方の立場を確認させていただきます」

「立場？」

「はい。まずはフラン殿。あなたはこの度の戦いにおいて、我が国から何らかの命令を受けたわけでも、ギルド等の組織から依頼を受けていたわけでもなく、現地の協力者として戦いに参加した。間違いないですね？」

「ん」

「そうなりますと、他の協力者と同じように規定の報酬だけをお支払いする形になりますな」

獣人国では戦時における、現地協力員に対する報酬などが決められているようだった。

そして、法律に照らし合わせると、今回のフランは他にもいた協力者たちと同じ扱いということになるらしい。

戦果の違いを考えなければ、そうなるのか？

例えば、俺たちは魔獣との戦闘に携わった。だが、中には傷病者を徹夜で診続けた旅の医術師や、無償で物資を提供した商人などもおり、戦果という括《くく》りだけで一概に貢献度を測れないということだった。

また、目撃者が王族とは言え、戦果の正確な集計もできていない。

これはフランが嘘を吐いていると疑っている訳ではなく、他にも人目のない場所の防衛などに貢献した傭兵や冒険者たちが大勢おり、彼らが納得しないだろうということだった。自主的に報告した戦果で報酬が上下するのであれば、自分たちの戦果を水増しして報告しかねない。フランだけを特別扱いすると、他にもいた協力者たちが納得しないということなのだろう。

もしくは、他の協力者も特別扱いしなくてはいけなくなる。

つまり、色々頑張ったみたいだけど、報奨金には期待しないでねってことか？

「ん。別にそれで構わない」

フランがあっさりと頷く。

もとより褒美のために戦った訳ではないし、得るものだって多い戦いだった。他に頑張った人たちもいるのであれば、同じ扱いでも構わないと思っているんだろう。

まあ、国と揉めても良いことはないし、わずかでも報酬が貰えるならいいか。

俺としてもそう思っていたら、レイモンドがやや焦った口調で再度口を開いた。

「と、とは言え、我が国としてはあなたを蔑《ないがし》ろにすることはあり得ない。それは分かっていただきたい」

どうも、フランがあっさり了承したことに焦っているようだ。

多分、こちらが多少ごねてから、何らかの交渉をするつもりだったというわけかな？　しかし、あっさりとフランが認めたせいで、交渉できなくなりそうで困ったわけか。

「そうですな。フラン殿の功績を他の者と同一に扱ってしまえば、今後協力者など現れなくなるでしょう」

彼らとしても、フランの功績が断トツなのは分かっているようだ。しかし、法やしがらみ等、様々な事情から、単純に特別扱いにはできないということなのだろう。

「そこで、提案です。幸い、あなたにはネメア姫が同行していました。そこで、あなたがネメア姫の命令を受けて、魔獣の軍勢を食い止めたということに致しませんか？」

「どういうこと？」

首を傾げるフランに、グイーサが説明してくれる。

「説明させていただきます。まず、この提案を呑んで頂いた場合のデメリットは、フラン殿の功績の一部がネメア姫様に奪われてしまう事。あとは、我が国に好意的だということが対外的にも明らかになる事。まあ、我が国と敵対している国への渡航などに制限が付く可能性がありますな。今のところ、バシャール王国程度ですので、あまり気にする必要はないとは思いますが」

「なるほど」

「メリットとしては、それによってあなたの功績を大々的に喧伝する必要が出ますので、フラン殿が目指しているという黒猫族の地位向上には良い効果が見込めるでしょう」

この話を受けたら、フランの功績をメチャクチャ美化して国中に広めてくれるだろう。フランの功績が英雄的であればあるほど、そのフランに権限を与えて戦いを任せたメアの功績にもなるのだ。

そして、黒猫族のフランが国を救ったという話が美談となって広まれば、黒猫族を見る目も良い方へ変わるかもしれない。

「また、王族の特命を受けていたということにすれば、他の協力者との差別化が図れます。特別に褒賞を与えたとしても、許される」

そういうことか。確かに、メアの命令があったことにすれば特別な報酬という名目も付く。王族を救ったとか、そういう功績も付加できるかもしれない。

フランが仲間の黒猫族の為に単身で立ち向かったという話が、メアの命令があって戦ったことになってしまうが、そこは些細な問題だろう。

むしろ、国が進んでフランの功績を称えてくれるなら、黒猫族やフランにとっては都合がいい。そして、国としては第一王女であるメアの功績が増し、地盤の強化が見込めるわけか。

双方にメリットがある話だとは思う。

(師匠?)

『さて、どうしようか……』

もらえる褒賞にもよるかな？　とりあえず何をくれるつもりなのか聞いてみよう。

「もし、その提案を受けいれたらどうなる？」

「フラン殿には黄金獣牙《おうごんじゅうが》勲章という、勲章が授与されることになっております」

「勲章？」

「はい。黄金獣牙勲章は、国家に対して最も功績のあった者に贈られる、最高位の勲章です。この度の功績により、キアラ殿への贈呈が決定しておりますな。フラン殿がこの勲章をお受け取りになった場合、生きている者に贈られるのは三〇〇年ぶりのこととなります」

俺が思ってたよりも、凄い勲章だったらしい。

キアラにも贈られるってことは、英雄的な人間が二階級特進的に与えられる物なのだろう。これは、かなり奮発してくれたんじゃないか？

「実利は国内での名誉だけではありません。授与された人物には副賞として金銭的な報酬も確約されています。特に上限が決められていませんから、この副賞を利用してフラン殿に金銭をお渡しすることが可能です」

昔からある勲章なので、時々で貨幣の価値が多少変わる可能性があり、あえて額を決めていないらしい。

「今回は、勲章の副賞として、一〇〇〇万ゴルドを予定しておりますね」

「ん。わかった」

いやいやいやいやいや！　フランさん？　あっさり流し過ぎぃ！　一〇〇〇万だぞ！　地球の感覚で言えば、一億円以上だ。それなのに、なんでそんなに冷静なの？

『フラン！　一〇〇〇万ゴルドだってよ！』

（ん）

やはり冷静だ。なんか、興奮してた自分が馬鹿に思えてきた。なんというか、自分の浅ましさを改めて思い知った？　フランにはいつまでも純真なままでいてもらいたいものだ。

（……屋台の料理、買い占められる？）

『いや、屋台ごと買えるぞ』

（じゅるり）

　ああ、単純に金額が大きすぎて実感がわいていないだけでした。ま、まあ、たくさんということは分かっているみたいだから、いいかな？

「さすがですな。この金額を聞いて眉一つ動かさぬとは……」

　いえいえ、欲が食欲と戦闘欲に偏っているだけです。

「あと、私へのお金は減ってもいいから、黒猫族の皆を助けてあげてほしい」

「ほう？　なるほど……。獣王陛下のおっしゃっていた通り、欲のないお方のようだ」

　グイーサがわずかに考え込む。

「わかりました、検討しましょう」

「ん」

「それとですね、勲章に関して前向きに考えていただいているようなのですが、実はあなたにはもう一つ選択肢が残っております」

「どういうこと？」

「今、我らが提示したのは、ネメア殿下と獣人国にも益のある提案でした。無論、フラン殿にもですが。しかし、我が国以外にあなたに対して報酬を提示できる組織がもう一つ存在しております」

「組織……？」

「冒険者ギルドです」

グイーサが告げたのは、意外な組織の名前だった。

だって、俺たちは戦争関係の依頼をこなしたわけでもないし、ギルドは戦争に係わらないスタンスなんだろう？　素材を売却するとかならともかく、国を守ったことに対して報酬を出す立場ではないと思うが……。

「この度の戦争において、冒険者ギルドは目立った功績を上げておりません。冒険者が自らの意思で戦争に参加してはおりますが、それは義勇兵という扱いですし。無論、町が攻められた場合、防衛や避難に手を貸してはいるものの、それはある意味町に住む者の義務ですので」

ギルドは戦争不介入の組織だ。そこは仕方ないだろう。

功績が無いという話をしているとき、レイモンドとグイーサも、特に顔を顰《しか》めたりもしていない。

彼らにとっても、それは当たり前の認識なのだ。

「ですが、ギルドの上層部はその事態を憂慮しています」

「憂慮？」

「この度のバシャール王国は、ダンジョンを支配下に置いて大量の魔獣を操るという方法を採用しました。そして、ダンジョンと魔獣はギルドの管轄でもあります」

「背後に国がいたとはいえ、ギルドにも一定の対応責任があったのではないかと、ギルドの中から意見が出ているそうです」

そういう話か。人間同士の戦争はともかく、俺たちが対応した北からの侵攻は、ダンジョンのスタンピードみたいなものだった。冒険者ギルドが対応したとしてもおかしくはない。

しかし、未発見のダンジョンで、黒幕がモンスターを操っていたのだ。不可抗力じゃないか？　察知するのは難しかっただろう。

だが、獣人国の冒険者ギルドは、楽観視していないようだ。

「今後、民衆の間にそういった話が出回らないとも限らない。そうなると、ギルドとしても面白くはないでしょう。国としては、この度の戦争における冒険者ギルドの働きに何ら不満はありません。しかし、冒険者ギルドとしては、もっとしっかりとギルドの存在をアピールしつつ、今後の憂いを取り除いておきたかったでしょうね」

冒険者ギルドとしては、前例に倣ったベターな選択をしたが、ベストではなかったと思っているのだろう。ましてや英雄として人気が出ているフランは冒険者だ。

場合によってはフランに依頼を出すなどして、一枚噛むこともできたかもしれない。そう思っても仕方はないか。

「ですが、戦争は終結し、魔獣も撃退された。これ以上、ギルドには打つ手だてが無い」

「フラン殿がギルドに手を差し伸べなければ、ですが」

「どういうこと？」

グイーサの言葉にフランが首を傾げる。

「はい。まあ、やり口は我が国が提案したものとほぼ同じです。ネメア姫の特命によって魔獣と戦ったという部分が、ギルドからの特別依頼に変わる形ですな」

後出しで、実は冒険者ギルドが依頼を出してましたとするわけね。

「この方法をとった場合のデメリットは、まず我が国からの報酬が大幅に減る事。姫の特命だったことにはできないので、勲章の話もなくなるでしょう」

他の協力者と同じ報酬しか出ないってことね。

「また、ギルドの依頼達成報酬は五〇〇万ゴルドほどになります。受け取る金額も大幅に減りますね」

随分具体的に金額を言うな。もしかしたら、裏ではギルドときっちり話が付いているのかもしれない。少なくとも、両者の間で話し合いはあったのだろう。

それにしても、報酬の減額はかなりのデメリットだ。それに、国からの提案を蹴ったことになるから、良い印象は持たれないかもしれない。

「メリットとしては冒険者ギルドの覚えが良くなること、さらにはランクアップが見込めることですね。冒険者ギルドに貸しを作る形になりますし、国を一つ救うという偉業です。ランクBは確実かと存じます」

そういうことか。確かに金銭面では大きく損をするが、ランクアップというのはそうそうできるものではない。ランクアップの審査がより厳しくなる上級ランクのCからBに一発で昇格できるともなれば、大抵の冒険者は飛びつく話だろう。

しかも冒険者ギルドに恩を売れる。これも、冒険者であるフランにとっては金銭以上に価値のあることと言える。

「我が国としては、どちらを選んでいただいても構いません」

「じっくりとお考え下さい」

レイモンドとグイーサは、そう言って微笑んだ。

国としては、勲章の方を選んでほしいと思うんだが、いいのか？　一見すると純然たる好意でフランに情報を与えているように見えるが、国の大臣を任されているような者たちが、そこまでお人好しだろうか？　いや、そんなわけがない。

多分これは親切なふりをしつつ、フランを軽く誘導しているのだろう。

相手に対して好意的に接しつつ、メリットデメリットをきっちり提示する。さらに自分たちが不利になるような提案さえしてみせた。そうすることで、フランが獣人国に対して親近感を持ちやすくなるはずだ。

また、グイーサたちのような、地位も爵位も高い者の口から直接説明されたことで、獣人国の提案を蹴りづらくなっている。少なくとも普通の人間だったら、ここまでされて提案を断るのは申し訳ないと考えるだろう。上手いね。

(師匠？)

『フランが選びたい方でいいぞ』

(ん。わかった)

まあ、騙《だま》そうとしているわけじゃないし、むしろ普通の交渉の範疇だろう。それに、どちらを選んでもある程度のメリットはある。俺としてはフランが望むならどちらでもよかった。

「重要な決断ですので、一晩じっくりお考え下さい」

「明日の朝にお聞かせ願えれば――」

「ううん。いい。勲章が欲しい」

「ほう？　よろしいのですか？」

フランが即答する。

意外だな。実は冒険者ギルドを選ぶと思っていたのだ。勲章を欲しがる性格でもないだろうし、ランクアップの方が分かりやすい。

「キアラとおそろいの勲章がいい」

「……了解いたしました。すぐに用意させていただきます」

「ん」

そういう理由だったか。やっぱりフランにはずっとこのままでいてもらいたいものだ。

「ではギルドへはこちらから打診させてもらいましょう」

やはり冒険者ギルドとはもう話し合いがあったようだ。それ故に双方の案を提示したんだろう。話の持って行き方とか、ギルドの提案をグイーサがプレゼンしたことからも、獣人国側が主導であることは確かなのだろうが。

「フラン殿、この度はかなりの数の魔獣素材を手に入れたと伺っておりますが、それを冒険者ギルドに売るつもりはありませんか？」

「……でも、時間がない」

アリステアの館で解体させてもらったやつは、それほど多くはない。大半の魔獣は未解体のままだった。解体をギルドにお願いすると、その分査定額から引かれてしまうし、できれば解体してから売りたい。

しかし、フランは明日もメアと観光の予定だし、それを断ってまで解体をしたいとは思えないのだろう。

「ですが、ギルドの提案をお断りになるわけですし、ここで多少は恩を売っておいてもいいかと思いますが？」

「解体してないのばかりだから、無理」

「しかし、売りたくない訳ではないのでしょう？　要は、解体費を引かれるのが嫌だと」

「ん」

「であれば、問題ありません。ギルドの人間を王城へやると申しておりますし、解体人と査定係を派遣すると申しておりました。城の演習場などを使えば解体も行えますし、城の解体人も手を貸す約束です。解体費もギルド負担だと確約いたしましょう。いかがでしょうか？」

やはり準備がいいな。フランが、未解体なのを理由に断ることも織り込み済みだったのだろう。

まあ、そこまでお膳立てされて、断るのも悪いか。そこが向こうの狙いなんだろうけどね。でも、解体をやってくれるうえに、すぐに換金できるなら俺たちだってありがたい。

『フラン。この話、受けておこう』

「ん。わかった。それでいい」

「ありがとうございます」


レイモンドたちとの交渉が終わった俺たちは、メアに案内されてある場所にやってきていた。

「すごい……！」

『ああ、そうだな』

「ふははは！　そうだろう！　そうだろう！」

王城内にある、王族や賓客用の大浴場だ。今まで何度か豪華な風呂は見たことがあるが、ここは断トツだろう。

総大理石なのは当たり前。お湯が出る部分は咆える虎の彫像だ。天井からは巨大な魔導シャンデリアがぶら下がり、壁には神話の一幕や英雄譚が描かれている。この絵は三ヶ月ごとに描き直すというのだから凄まじい。

大きなプールのような湯船の周囲には樹が植わっているんだが、これが観葉植物というには凄まじく巨大だった。樹齢一〇〇年は優に超えているんじゃないか？　神社とかに生えていたら御神木扱いされそうな木が、湯船を囲むように一〇本以上植わっている。

話を聞いてみると、かなり貴重な魔法植物だった。この樹になる果実を食べると、それだけで癒しの効果があるらしい。果実一つが大金で取引されているらしいが、それを湯船に入れて薬湯にするというのだからとんでもない。

何から何まで壮大な無駄遣いな気もするが、他国の使者に国の威信を見せつけたりする意味があるんだろう。

そうじゃなければ、あの獣王がこんな豪華な風呂を作らせようとは思わないはずだ。いや、意外と派手好きっぽかったし、こういうのも好きなのか？

「まずはこちらで体を洗うのだ！」

「ん」

洗い場まで別にあった。なんか高級そうな石鹸や薬液が置いてある。メアが自ら色々と説明してくれた。

王族の風呂なので、面倒なお手伝いさんがいっぱい付いてくるかと思ったんだが、風呂場に一緒に入ってきたのはクイナだけであった。

どうやら獣王がそういうのを嫌がるらしく、獣人国では王族と言えど侍女一人程度しか湯あみを手伝わないらしい。

「背中を流してやろう。こい」

「ん」

仲良きことは美しきかな。互いの背中を流し合い、頭を洗いっこしているフランとメアを見ていたら、それだけで感動してしまったぜ。フランにも対等な友達ができたんだよなぁ。

『うんうん』

そう、俺は二人を目の前で見ているのだ。

「次は師匠」

「お！　ならば我も手伝おう！　今回は師匠にも世話になったからな！」

フランは羞恥心が全然ないけど、メアも俺のことは気にしないタイプであるらしい。いや、元人間だったって伝えたんだけどね。今は剣なのだから構わないと言われてしまったのだ。

俺も、フランたちを見てやましい気持ちには一切ならんけど、嫁入り前の娘がこの反応でいいのだろうか？

これまた高級そうな、ふんわり柔らかなスポンジでゴシゴシと擦られる。

「我がピカピカにしてやるぞ！」

「ん！」

ただ、クイナはさすがに放ってはおけなかったらしい。チューブトップのような湯あみ着を身に着けたクイナが、フランたちから俺を取り上げる。

「なにをするのだクイナ」

「ん」

「少々お待ちください。幾らなんでも、お嬢様は羞恥心というものをお持ちください。フランさんにとっては家族のようなものなのでしょうが、お嬢様にとっては赤の他人でしょう？」

「別に良いではないか。師匠だぞ？」

「良くはありません。とりあえず師匠さんはこちらを」

何をするのかと思ったら、俺の柄にある狼のエンブレムの目の部分に、布を巻かれた。目隠しのつもりであるらしい。うーむ、そういえば何も知らなければここが目に見えるか。

実際はスキルで周囲を把握しているから、体全てが目みたいなものなんだがな。

こんなことされても、俺の視界は何も変わらないのだ。

どうしよう。正直に言うべきか否か。

クイナを安心させるためだけだったら、このまま黙っていてもいいとは思うが……。後でばれた時が怖い。

ここは正直に言おう。

『あのー、俺はスキルというか、特殊な目で周囲を見てるから、そこを隠しても意味ないですよ？』

「なんと、そうだったのですか？」

『はい』

敬語なのは、別にクイナにビビっているわけじゃないんだからねっ！

「では、今もお嬢様のあられもない姿がバッチリシッカリお見えになっていると？」

『あ、ああ』
ビ、ビビッてなんか……いえ、嘘です。超ビビってます。
「そうですか」

え？　もしかして怒ってる？　怒ってますクイナさん？

「これが普通の男性でしたら、未婚の王族女性の肌を見たということで、色々と責任をとってもらうところなのですが……」

せ、責任？　それって、いわゆる「私が責任をとって幸せにします」的なやつ？

怖っ！　王族怖っ！

「師匠さんは素晴らしい御仁ではありますが、さすがに剣では婚姻は認められません」

当たり前だ！　しかし、考えてみたらメアって王族なんだよな。肌を見せる云々に関して、厳しいのは当然だった。肝心の当人は分かっていないようではあるが。

「まあ、師匠は剣なのだし、大丈夫だ！　なあフラン」

「ん」

「……はぁ。師匠さん、できるだけ見ないようにお願い致しますね？」

『わ、分かった』

結局俺は風呂場から出るまで、天井の絵画を見上げ続けていたのだった。いや、見たいわけじゃないんだけど、チラッと視線が動いただけでクイナが反応するのだ。あの眠そうな目でジーッと見られると、剣なのに冷や汗が出そうになる。

多分、スキルの気配察知、尋問、魔力感知、魔力制御や、称号の暗殺者殺しで俺の魔力の動きを微妙に察知できているんだろう。絶対に敵に回したくないな。

おかげで、天井に描かれていた英雄画を細部まで覚えちゃったぜ。

風呂から出た後は、晩餐だ。

「おお～。すごい」

「ふははは！　好きなだけ食べるがいい！」

テーブルに並べられた食事は超豪華で、晩餐と呼ぶに相応しいかもしれない。

だが、晩餐というよりは、夕食と言った方がいいだろう。

場所はメアの部屋で、従者はクイナしかいないのだ。

「もぐもぐもぐ！　おいしい」

「むぐむぐむぐ！　しょうだりょう！」

「お嬢様、口の中に詰め込み過ぎです」

「みゅむゆ！」

「何を言っているか分かりません」

大量の肉料理を、マナーも何もなく、いつも通りの荒々しい食事をする。

普段は冒険者をしているわけだし、こっちの方が性に合っているんだろう。

今日は久しぶりに俺が作った食事以外を口にするフランだが、かなり満足している。さすがに王宮の料理人が作っているだけあり、かなり美味しいらしい。

肉祭りであるというのも高ポイントなんだろう。もう、出てくる料理が肉肉肉なのだ。肉料理が多めとか、そういうレベルじゃない。

全てが肉料理である。しかも豚肉の牛肉巻きとか、鶏肉の蜥蜴《とかげ》肉添えとか、そんな感じだった。サラダも肉サラダだし、スープも肉スープ。胸焼けしないのかと思うが、フランとメアは美味そうに次々と腹に収めていく。

ただ、これは肉食系の獣人だからであるようだ。

クイナに軽く話を聞いてみたら、彼女は野菜の方が好きであるらしい。草食獣である獏《ばく》の獣人だからだろう。種族によって趣味嗜好が大分違うみたいだ。獣人国のコックさんは大変だな。

ただ、基本は人なので、肉も野菜も魚も普通に食べることはできるそうだ。そのため、庶民はそこまでこだわらないようだった。

選り好みできるところは、一応お貴族様ってことなんだろう。

「モムモムモム！」

「ウルシもおいしい？」

「モムモム――ゴクン。オン！」

「そうかそうか！　もっと食え食え！」

「ん」

「オン！」

王宮料理なんて次はいつ食べられるか分からないんだし、しっかり堪能しておいてくれ。

第五章　黒猫族の英雄

王宮滞在二日目。

本来であれば、今日も模擬戦と観光をする予定であった。

訓練場の管理人が泣き出さないか心配だったが、そこは王宮に仕えるエリート魔術師たち。フランとメアがあれだけボコボコにした訓練場がたった一日で元通りになっていた。あれなら、激しい模擬戦を再び行えるだろう。

しかし、フランたちは今、王都にいない。

「あの道、通ったことがある」

「うむ！　もう少しでグリンゴートだからな！」

フランたちの姿は、空にあった。

フランとメア、クイナの三人でリンドに跨り、グリンゴートへ向かっている。

「もう少しだ。リンドよ、頑張れ！」

「クオォォォ！」

朝から飛行しっぱなしのせいで、リンドも相当疲れているらしい。メアの声に応えて嘶《いなな》くが、その声に戦闘時のような力強さはなかった。

これでは、目的地に到着しても戦力にはならないかもしれない。

しかし、それでも急がなくてはならない理由があった。

「再び邪人の軍勢が攻め寄せたという話だが……」

今朝早く、冒険者ギルド経由で信じられない情報がもたらされたのだ。

それは、グリンゴートが再び邪人に襲われているという、俄かには信じ難い情報であった。


フランたちが王都を飛び出す数時間前。

「こ、こいつは壮観ですなぁ」

「は、ははは……」

朝早くからやってきた冒険者ギルドの解体人たちが、演習場に並べられた大量の魔獣を見て乾いた笑いを上げていた。

その数は一五〇体ほどだろう。

向こうの交渉役である冒険者ギルドのサブマスターと話し合い、希望した魔獣を取り出していった結果である。

サブマスターは自分で解体しないから、限界ギリギリまで魔獣を欲しがったのである。

しかし、実際に作業を行う解体人たちは別だ。これだけの量を一日かけて解体せねばならないとなると、その重労働を想像して苦笑いが出てしまうらしかった。

ただ、魔獣の検分を始めた解体人以外のギルド職員たちも、何故か顔を引きつらせているな。サブマスも同様だ。

どうやら、魔獣の殺され方を見てしまったらしい。

強力な魔獣が心臓を一突きで殺されていたり、硬い魔獣の外殻が無残に砕かれている姿を見て、改めてフランの実力を思い知ったようだ。

「で、では、明日の朝までに作業を終わらせますので！　代金もその際にお支払いいたします！」

「ん」

ただ、その恐れが畏怖に変わるのに時間はかからなかった。この辺が強い人間を素直に尊敬する獣人の良さだよね。明らかに英雄を見る目でフランを見ている。

「そう言えば、お聞きになられましたか？　グリンゴートに再び襲撃があったらしいですぞ？」

「襲撃？　魔獣？」

「邪人の群れであるそうですな。グリンゴートのギルドから応援を求める連絡がありました」

「！　だいじょぶなの？」

「今のところ、小規模な群れであるそうです。救援要請と言っても、今すぐ助けてくれというわけではなく、グリンゴートの冒険者をできるだけ早く帰還させてほしいという程度でありますな」

グリンゴートの危機というわけではないらしいが、何らかの異常が起きたことは確かであるようだった。そうでなくては、通信での連絡などこないだろう。

(師匠……)

『行きたいのか？』

(ん)

メアたちとの模擬戦の約束はあるものの、それ以外は特に予定もない。国民のことを大切に思う彼女であれば、話せばわかってくれるだろう。

問題は時間だが、ウルシの足なら今日中にグリンゴートに到着できる。グリンゴート周辺で邪人狩りをしてとんぼ返りすれば、明後日の朝くらいには戻ってこれる計算だった。

『よし、メアに相談してみよう』

「ん!」

それから一時間後。

「我の後ろに乗れ、フランよ」

「ん」

「クイナは一番後ろからフランを支えてやれ」

「分かりました」

何故か、メアたちと一緒にリンドに乗ることになっていた。

いや、想像して然るべきだったのだ。

国民に危機が迫っているかもしれないと聞かされて、メアがジッとしていられるわけがないのである。

それに、メアの同行は俺たちにとっても都合が良かった。リンドの力を貸してもらえるからだ。

空を飛べるうえに、長時間最高速度を維持できるリンドは、長距離航行速度でウルシを大きく上回る。三人乗りをしてしまうと速度はかなり落ちるらしいが、それでも直線で進める分ウルシよりは速い。

リンドに乗って移動できるのであれば、半日もかからずにグリンゴートへ到着できるだろう。

着くのが早ければ早い程、グリンゴートに被害が出る可能性が減るのだ。

「最短距離でいく! リンドよ、頼むぞ!」

「クォォォ！」

それが今朝の事だった。

王都の外から飛び立ったリンドは、一度の休憩も挟まずに、あっと言う間にグリンゴートに辿り着こうとしている。

さすが、神剣に宿りし竜。完全体でなくとも、そこらのワイバーンや下位竜とは比べ物にならない力を秘めていた。

「もぐもぐ。しかしこのカレーパンというのは素晴らしいな！」

「本当ですねもぐもぐ。食べやすいうえに美味しくもぐもぐ、栄養まで考えられているとは……。このクイナ、料理の腕前で負けたのは久しぶりでございますもぐもぐ」

「ク、クイナが食べ物をこれほど貪り食う姿、久しく見ておらんぞ！　さすが師匠だ！」

「ん！　師匠の料理は世界一。カレーも世界一。つまり、これは世界一の料理」

「な、なるほど……！　師匠さん、恐るべし……！」

いや、なるほどじゃないから。フランはカレーが好きすぎて評価がおかしいだけだから！　自信作ではあるけど、世界一はさすがに言い過ぎなんで！

リンドの背の上で食べられる料理はないかと言われたので、カレーパンを出してやったんだが……。食いしん坊のイメージがあるメアよりも、クイナの方に刺さったらしかった。

もう一〇個目だぞ？　細くて小食そうに見えても、やはり大食い種族である獣人だったんだな。

リンドの背中にパン屑をボロボロと零しながら行われたカレーパン祭りが終了すると、ちょうど目的地が見えてきたらしい。

「グリンゴートだ！」

メアが叫んだ通り、遥か先にグリンゴートの影が僅かに見え始めていた。

リンドの速さなら、あと数分もかからず到着するだろう。

「到着後、グリンゴート周辺に邪人がいれば殲滅に移る。それでいいな？」

「ん」

『数はそれほど多くないらしいし、それがいいかもな』

「しかし、ダンジョンは我らが滅ぼしたはずだ。なぜ、邪人共は消滅していないんだ？」

「確かに。なんで？」

メアとフランが揃って首を傾げる。

メアたちがダンジョンコアを破壊したことで、ダンジョン由来の魔獣や邪人は全て滅んだはずなのだ。大量の邪人がいるのは、確かにおかしかった。

しかし、クイナは事もなげに答える。

「ダンジョン外の邪人たちということなのでしょう」

「このタイミングでか？」

「……偶然？」

「そこまでは分かりません。しかし、滅んでいないということは、ダンジョンの支配下になかった邪人なのでしょう。まったくありえない話ではありません」

そうなのだ。

邪人が群れて攻めてくるということは、無い話ではない。

アレッサで経験したように、ゴブリンを生み出すことが可能なダンジョンから溢れ出すこともあれば、ゴブリンたちが人に見つからない場所で繁殖して群れを成すということもありえるだろう。

しかし、メアの言う通りタイミングが気になった。

ミューレリアたちによる襲撃の直後というのは、偶然なのだろうか？

もし偶然じゃなければ……。

「む。あそこを見ろ！」

「どこ？」

メアが唐突に進行方向を指差して叫んだ。

フランが背中越しに首を伸ばして、前を見る。そして、すぐにその表情を引き締めた。

「ゴブリン！」

『だけじゃないぞ！　獣もいる！』

グリンゴートの少し手前。

獣人の一団が、ゴブリンたちと激しい戦闘を繰り広げていた。しかも、敵の中には熊や狼などの獣が混じっている。

その数は三〇匹ほどだろう。

対する獣人は五人だけだ。

遠目からでも苦戦しているのが分かる。

「私がいく。師匠！」

『おう！　メアたちは先にグリンゴートへ行っていてくれ！　あっちも心配だ！』

「分かった！　頼んだぞフラン、師匠、ウルシ！」

「ん！」

「オン！」

メアたちに軽く頷きを返すと、フランはそのままリンドの背から飛び降りた。同時に、ウルシもフランの影から飛び出す。

『冒険者を巻き込まないように、範囲攻撃は使うなよ？』

「わかった」

『ウルシは動きの速い狼たちを先に倒せ』

「オン！」

自由落下から、空中跳躍での加速に切り替えたフランたちが、凄まじい速度で戦場へと近づいていく。

冒険者たちも、襲う邪人たちも、気配を消すフランとウルシに気付く者はいなかった。

駆け出し冒険者とゴブリンだからね。仕方ないだろう。

「いく」

「ガルルル！」

『俺は冒険者を回復しとくか』

フランの放った雷鳴魔術がゴブリンを麻痺させ、ウルシの暗黒魔術の槍が狼たちを地面へと縫い付ける。

その時点で、両者ともに空から迫る影に気付いたらしい。

ゴブリンたちは、突然の乱入者にポカーン顔だ。攻撃するチャンスなのに、同じ様にこっちを見上げてしまっている。駆け出しっぽいし、仕方ないのだろうか。

「え？　なんだぁ？」

「き、傷が治って……」

「子供が！」

冒険者たちが間抜け面を晒《さら》している間にも、フランたちの魔術で敵が姿を減らしていく。

フランが敵と冒険者たちの間に降り立つと、そこからは正に瞬殺であった。

未だに健在なゴブリンたちを切り捨て、麻痺して倒れているゴブリンたちの頭部を踏み抜き、獣たちは魔術で屠る。

最初の攻撃から三分もかからず、魔獣を殲滅し終えていた。

「えっと……助けてくれた、のか？」

「け、怪我も治してくれたんでしょうか？」

「ん」

「あ、あれだけ激しい戦闘中に回復魔術まで！　すげー！」

「あっちの従魔の狼も超強そうだな！」

「剣も魔術も使えるなんて、凄いんですね！」

冒険者たちが戸惑いの表情で声をかけてきたが、敵ではないと分かると一気に距離を詰めてきた。

フランに礼を言いながら、興味津々の様子で話し掛けてくる。

この辺のフレンドリーさは、獣人ならではかもしれない。

話――というか、冒険者に一方的に話しかけられている内に、一人がフランの正体に思い至ったらしい。素っ頓狂な声を上げた。

「あぁぁ！　そ、そう言えば……」

「ど、どうしたんだよ。急に大きな声を上げて……。はっ、新手か？」

「ち、違うわ。黒猫族で、超強い剣士で、大きな狼の従魔を連れてる……。それって、噂の黒雷姫じゃない？」

女性冒険者の言葉を聞き、他の冒険者たちも驚きの表情になる。

「あ！　言われてみれば！」

「噂通りだ！」

「で、でも、黒雷姫様は進化してるって……」

そう言えば、王都でいちいち群がられるのが面倒で、進化隠蔽スキルを付けっぱなしにしてたんだった。

『フラン、隠蔽外すか？』

(今はいい)

ここで黒雷姫だとバレたら、さらに騒がしくなるだろう。フランとしてはサッサとグリンゴートに向かいたいらしい。

ただ、このまま立ち去ることはできそうもない。

冒険者たちに引き止められたわけではないぞ？

ウルシが引きずってきた熊の死骸に、どうしても見過ごせない点があったのだ。

「オフ」

「どうしたの？」

「オン！」

『この熊の死骸、どう見ても腐ってるな』

ウルシは死毒魔術を使えるから、相手を腐敗させることも可能だ。

しかし、毒は冒険者たちを巻き込んでしまう恐れもあるため、今回は暗黒魔術での直接攻撃しかしていないはずだった。

『最初から腐ってたのか？』
（オン）
『それなのに動いていた。こいつらはゾンビってことか？』

（他の動物も腐ってる）

なるほど。言われてみると、狼や猿の死骸も、一部が腐敗しているのが見えた。

しかし、それはおかしい。

ゾンビを支配するにはスキルか魔術が必要なはずだが、今回倒したゴブリンたちに、死霊魔術を持っている個体はいなかったのだ。死霊支配スキルなども同様である。

つまり、ゾンビを操っている者は別にいて、ゴブリンたちに手を貸している？　もしかしたらゴブリン・キングやゴブリン・ソーサラーのような上位種が他にいるのかもしれない。

「ねぇ」

「は、はい？　何でしょう？」

「この辺には、よくゾンビが出る？」

「いえ。俺たちは普段はグリンゴートで活動してるんですが、そんな話聞いたこともありません。こんなたくさんのゾンビと戦うのも初めてです」

「そう」

やはり、邪人の後ろには死霊魔術師がいるらしい。

繁殖力が強いゴブリンに、死体を操る死霊魔術師。これは結構厄介な組み合わせかもしれなかった。

「む」

俺が死体を検分していると、フランが軽く唸る。

(師匠)

(ガル！)

『フランもウルシも気付いたか？』

(変な奴がこっち見てる)

フランが言う通り、かなり遠くからこちらを覗いている気配があった。

ただ見ているわけではなく、遠くから監視をするための魔術かスキルを使っているのだろう。ほんの僅かに魔力的な揺らぎのようなものが感じられた。

『ウルシの転移も届かないか？』
(オフ)
さすがに遠すぎるらしかった。

俺にも、転移で相手の不意を突くことは難しい。正確な場所が分からないのだ。ウルシとフランはかなり正確に相手の場所が分かっているようだがな……。俺だけでは、アバウトにあっちの方角というくらいしかできなかった。

『仕方ない。転移でそばまで近づいて、あとは速攻で捕まえるしかないか』

（わかった）

相手の強さも分からない以上、最悪は撤退も視野に入れないといけない。なにせ、ミューレリアに関係している可能性もあるのだ。

そんなことを考えていたんだが、監視者は期待外れなほどに弱かった。

「ギャ、ギャガーッ！」

隠密能力特化で、戦闘力は普通のゴブリンと変わらなかったのだ。

転移してきたフランを見て慌てて逃げ出そうとしたんだが、あっさりと追いつかれて斬り捨てられていた。

「真っ黒なゴブリン？」

『イビル・ゴブリンだ』

邪神の加護が与えられた特殊な個体なのだろう。もしかしてこいつが死霊魔術師なのかと思ったが、そうではないっぽい。

一応はゴブリンの上位種であるはずのイビル・ゴブリンが従うような相手が、控えているということなのか？　だとすると、かなり厄介である。

『とりあえずこいつを収納して、グリンゴートに行くか』

「ん」

俺たちは冒険者たちに挨拶を済ませると、グリンゴートに向かうことにした。

引き止める冒険者たちを置き去りにして、フランとウルシはグリンゴート目指して駆け出す。

すでにそばまできていたとあって、グリンゴートまではあっという間であった。見覚えのある城門が見えてくる。

「人がいっぱい」

『兵士っぽいな。やっぱこっちにもゴブリンがいたのか』

「メアたちもいる」

兵士たちの中央で指示を出しているのは、白い髪の少女だ。先程分かれたばかりのメアだった。

さすが王族なだけあり、命令をする姿に違和感がない。普通なら、あんな子供が指示を出せば不満が出るだろうが、兵士たちもごく自然に従っていた。

「おお！　フラン！　あちらはどうであった？」

「だいじょぶ。助けた」

「そうかそうか！」

「こっちも敵？」

「うむ、そうなのだ」

メアの説明によると、彼女たちが到着した時にはすでに戦闘が始まっていたらしい。

なんと、ミノタウロスなども混じっていたというのだから、かなりの戦力である。

冒険者たちを襲っていたゴブリンは、別動隊か何かかな？　戦闘中に近寄ってくる彼らをイビル・

ゴブリンが発見して、少数で襲いにいったのかもしれない。

門を集中的に攻撃されて結構危なかったようだが、メアとクイナの救援によって事なきを得たらしかった。

「奴ら、破城槌のような物まで持っておった。ただの野生の群れではないぞ」

「あのままでは、門は破られていたかもしれません」

巨漢のミノタウロスやオークのパワーによって叩きつけられる破城槌。確かに威力がありそうだ。

メアたちが来なければ、危険だったかな？

「こっちに、死霊魔術師いた？」

「なに？　死霊魔術師？　どうだったかのう。クイナ？」

「私も気付きませんでした。半数ほどは、お嬢様が瞬殺してしまいましたし」

「う……。だが、ああでもせねば町が危険だったのだ！」

城門前に転がる敵の死骸を確認してみる。全身が焼け焦げており、クイナが言う通りにメアが暴れたのだと推測できた。

「だが、確かにゾンビ共が混じっていたな。そちらもか？」

「ん。熊とか狼のゾンビ」

「邪人と死霊共の混成部隊か……」

「それと、これ」

フランが取り出したのは、先程倒したイビル・ゴブリンの死体である。

「そちらにもいたか。こちらにも数匹いたぞ」

「これは、敵は予想以上に厄介かもしれませんね」

「うむ。由々しき事態かもしれん」

ゴブリンだけなのであれば、集落ができて繁殖したと考えればいい。しかし、敵にはゾンビにイビル・ゴブリンが混じっていたのだ。

一匹だけであれば、自然に進化しただけの可能性もある。しかし、複数が連携しているとなれば、さらなる上位者がいると考えられた。

「とりあえずイビル種の魔石だけは確保して、他はアンデッド化する前に焼き払ってしまおう」

「それがいいですね」

イビル種とは言え、所詮はゴブリン。魔石以外の素材は採れないらしい。ただ、イビル・ゴブリンたちから採れた魔石は非常に大きく、放つ邪気もかなり強い。イビル種でも上位なのではないかということだった。

「他の素材は無理ですかな」

ゴブリンを解体しながら、冒険者ギルドの職員が残念そうに呟く。

邪人の中でも、ミノタウロスやオークの素材はそれなりに有用だ。しかし、そういった上位種は前線にいたため、メアの火炎で焼き払われてしまっていた。

原形は残っているが、素材となる皮などはほぼ炭化してしまっている。これでは、使えそうな素材は魔石くらいだろう。

冒険者ギルドの人間が悲しげな顔で教えてくれた。

「お嬢様」

クイナのジト目攻撃に、メアが慌てて反論する。

「し、仕方なかろう！　城門を護るためだったのだ！」

「ええ。それは確かにそうかもしれません。お嬢様のおかげで、門が破られずに済みました」

「だろう？」

「しかし、他にやりようがあったのでは？」

上げて落とす。クイナは相変わらずだな。

「このような場所であれ程の威力の火炎魔術を放てば、場合によっては城門まで燃やしていたかもしれないのですよ？　そうでなくとも、周囲に燃え広がる可能性だってありました」

「そ、それは」

「いつまでも炎をぶっ放すだけでは、フランさんに置いて行かれてしまいますよ？」

「むぐぐ」

メアがフランを横目で見る。そして、悔し気に唸った。

フランがスキル制御の修業をしていることを思い出したのだろう。クイナの言葉が決してメアへの当てつけだけではなく、真実を含んでいると理解したらしい。

「つ、次からは気を付ける」

「そうしてくださいませ」

「あ、あのー。お話を伺いたいのですが、ギルドまでご足労いただいて宜しいでしょうか……？」

恐縮しきりのギルド職員に連れられて、フランたちはグリンゴートの冒険者ギルドへとやってきていた。

職員さんの緊張がハンパない。

メアは名乗っていないはずなんだが、相手は明らかに高貴な生まれだと見抜いたらしい。まあ、喋り方もアレだし、お嬢様って呼ばれてるからな。しかも、凶悪な邪人を一発で薙ぎ払うような強者である。

フランの事も知っているらしく、メアとフランという強者二人に挟まれているのだ。

そりゃあ、緊張しない方がおかしいかもしれない。

ヘコヘコと低姿勢な職員さんが用意してくれたお茶と串焼きを食べながら、暫し待つ。数分もすると、ひげを蓄えた犬獣人の老魔術師が部屋に駆け込んできた。お爺ちゃん、汗だくで大丈夫か？

「や、やはりネメ――いや、メア様！」

「先日ぶりだな。ルブーフ」

彼はグリンゴートのギルドマスターである。さすがにメアの正体を知っているようだった。

「この度はこの都市へのご助力、ありがとうございます。黒雷姫殿も」

「民を護るは王族の務め。自分の仕事をしたまでよ」

「私も、仲間を護るために戦っただけ」

「そうですか……。皆様方のお陰で、都市内への侵入は防がれました。黒雷姫殿のお仲間も無事でしょう」

「そう。よかった」

攻め手は、メアが殲滅した二〇〇体ほどだけであったらしい。

「それでは、敵はいかような者たちであったのか、お聞かせ願えますかな？」

「うむ。まずはこれを――」

イビル・ゴブリンの魔石などを見せつつ、メアとクイナが自分たちの知る情報を説明する。

とは言え、それほど詳しいことが分かっているわけでもない。

相手にはイビル・ゴブリンが混じっていて、ゾンビなども一緒にいる。ゴブリン以外の邪人もおり、ただのゴブリンの群れではなさそうだということくらいだ。

一番の問題は、今回の襲撃に統率個体がいたかどうかわからない事だろう。

「それと、もう一つ疑問もある。今回の邪人共の襲撃は、偶然だと思うか？」

「……あの邪人たちも、バシャールの手先であると？」

「うむ。タイミングが良すぎる気がするのだ」

「そ、それは確かにそうですな」

今回の襲撃に邪人たちのボスがおり、これで襲撃が終わるのなら構わない。

しかし、そうではなかった場合。再び攻めてくる可能性があった。それも、さらに準備を重ねた状態で。

「半数を倒した後も、ゴブリンたちは我らに向かってきた。普通のゴブリンであれば、逃げ散るはずだ」

「つまり、奴らを支配する者がまだ残っており、ゴブリンたちはその命令に従い続けていたと？」

「そうでなければ、最後まで戦い続けるのはおかしくはないか？」

「確かにそうですな。やはりグリンゴートの周辺を探索いたしましょう。ギルドから冒険者たちに依頼を出します。場合によっては兵役経験者に声をかけてもいい」

「我らも独自に探してみよう。そこで知りたいのが、奴らのやってきた方角だ」

「見張りの話では、北からやってきたということです」

「北……」

ギルマスの言葉を聞いた直後、フランが微かに考え込む。

（師匠……。シュワルツカッツェ大丈夫かな？）

『人は残っていないし、破壊されるようなことはないだろうが……』

問題は、敵が残っている可能性がある限り、黒猫族が村に戻れないということだろう。

最悪、黒猫族が襲われるかもしれないのだ。

「どうしたフラン？　妙に力んでいるが？」

「私も探索がんばる」

「そうか。では、どちらが敵の親玉を発見できるか、競争だな！」

「ん！」

そんな風に頷き合った二人だったが、それで即出撃というわけにもいかない。

メアたちは領主であるマルマーノと話し合いをせねばならないし、フランだってここまで来たら仲間に会わないという選択肢はないのだ。

出撃前に黒猫族たちの下へと行くと、最初にサリューシャが気付いて出迎えてくれる。

「姫様！　王都に向かわれたのではなかったのですか？」

相変わらずの歓迎ムードだ。

「もしかして、外にいた邪人を撃退してくれたのって、姫様なんでしょうか？」

「ほとんどはメアがやった。私は少し」

「メア殿というのは、お仲間ですか？」

「友達」

「そうですか！　強いお友達がおられるのですね」

「ん。メアは強い」

「いいですねぇ。私もいつか、姫様と一緒に戦えるくらいに強くなりたいです」

サリューシャがそう言って、腰の剣を軽く触った。

以前は槍を使っていたはずだが、剣に変えたらしい。何か、心境の変化があったのか？

「私みたいな素人、本当は槍がいいのは分かってるんです。でも、やっぱり剣で強くなりたくて。姫様や、キアラ様みたいに……」

心境の変化というよりは、明確な目標を見付けたらしい。決意の表情でフランを見つめている。

「そう」

軽く頷くフランだったが、かなり嬉しそうだ。

自分に憧れてくれていることも、キアラの遺志を継ごうとする者が自分以外にいてくれることも、どっちも嬉しいに違いない。

「無謀だと思いますか？」

「思わない。サリューシャならきっと剣で強くなれる。がんばって」

「はい！　火魔術もまだ使えないですけど、いつか剣も魔術も習得して、強くなってみせます！」

「ん」

強くなるのは、自分たちのためでもあるのだろう。だが、フランやキアラのためという気持ちも間違いなくあるようだ。他の黒猫族たちも、一緒に頷いてくれている。

出会った時は戦いに怯えるばかりだった黒猫族が、短い期間で変わったものだ。とくに武器を与えられた者たちは、一端《いっぱし》の戦士の顔をしている。

その後は、黒猫族たちと雑談を交わし、和気藹々《あいあい》と交流していたのだが、ずっとこうしているわけにもいかない。

「そろそろいく」

「そうですか……。姫様！　頑張ってくだされ！」

「でも、無理はしないでください！」

「ひめしゃまー、がんば～」

「ありがたやー、ありがたやー」

最後はサリューシャや村長、戦士候補たちだけではなく、黒猫族全員で見送ってくれた。本当に気のいい奴らである。

「絶対に、村は護る」

『だな！』

「オン！」

黒猫族からの声援を受け、フランとウルシは決意を漲《みなぎ》らせていた。

何が何でも敵を発見してやると意気込んで、グリンゴートを出発したんだが――。

それだけで上手くいくほど、都合よくはなかった。

グリンゴートを出発して約一時間。

黒猫族の村に到着した俺たちは、全力で邪人を探し続けていた。俺の探知系スキルと、ウルシの鼻を頼りに、僅かな痕跡も見逃さないように集中力全開で索敵を行っていく。

しかし、これと言った成果は上げられなかった。

『シュワルツカッツェの周辺にはいないか……？』

「オフ……」

上空からウルシに乗って索敵を続けるが、やはり邪人の姿は発見できない。

それどころか、魔獣の姿もまばらであった。

ミューレリアの配下たちの進軍の余波だろう。強力な魔獣が徒党を組んで南下してきた際に、その気配に怯えて逃げ出したのだと思われた。

「小っちゃいのばっか」

残っているのは、小型の雑魚魔獣ばかりである。索敵目標であるゴブリンやオークなどの、邪人の気配は一切感じられなかった。

『どうする？　もう少し探すか？』

「もちろん」

『了解。じゃあ、ウルシの鼻を活用するために、今度は下りて探してみよう』

「わかった」

それからも索敵を続けたのだが、結局成果は上がらない。こうなると、この辺にはいないのだろうと結論付けるしかなかった。

『フラン、一度グリンゴートに戻ろう。もしかしたら、他の冒険者たちが情報を持ち帰っているかもしれん』

「わかった」

情報がなかった場合、明日に再度探索かな？　より広範囲を索敵して、それでも見つからなければ諦めるしかないだろう。クランゼル王国への帰還が遅れてもいいというのであれば、ここに残ってもいいけどね。

ウルシの背で串焼きを食べるフランと、今後の予定を話し合う。

しかし、気を抜いていられたのはグリンゴートに近づくまでであった。

「師匠！」

『ああ！　火の手が上がってる！』

グリンゴートの中から、炎の放つ赤い光と、不吉な黒い煙が上がっているのが見える。

『急ぐぞ！　ウルシ！』

「ガル！」

何か、不測の事態が起きたらしかった。

Side　サリューシャ

姫様を見送ってから何時間経ったろうか。

「……はぁぁ」

ダメか。

私は、焚火にかざしていた手を降ろし、溜息を吐いた。

これだけ集中しても、魔術が使えるようになる気配は微塵もない。

姫様はイメージと集中が大事だって言ってたけど……。

私、才能がないのだろうか？　そりゃあ、あのお齢《とし》で英雄となった姫様に及ばないのは、確かだろう。

でも、今覚えようとしているのは基礎の基礎だ。

雷鳴魔術を覚える為の前提となる、火魔術。

私は、その第一歩で躓《つまず》いてしまっている。

正直、悔しい。こんなことで、本当に強くなれるのか？　そんな弱気な想いも浮かんでくる。

でも、諦めたくはない。

だって、憧れてしまったのだ。

私よりも小さいのに、とても強くて、いつも堂々としている姫様に。

そして、私たちの窮地を救ってくれた、黒猫族の英雄であるキアラ様に。

いつか、ああなりたい。

自分のその気持ちに、嘘は吐きたくなかった。

ずっと、自分たちなんて、進化のできない最弱の種族なんだ。だから、弱くて当たり前。強くなるなんて無理なことだ。

そう思って生きてきた。でも、そうじゃなかったのだ。私たち黒猫族だってやれるのだ。

それを知ってしまったからには、怠けてなんかいられない。

「……よし、もう一度――」

「サリューシャ。少し休憩したらどうかのう？」

「村長。どうしたんですか？」

「どうしたではないわ。お主、自分の手の状態が分かっておるのか？」

「手、ですか？　手が――うえぇ？　なんで？」

村長に言われた通り、自分の手を見てみる。すると、真っ赤に腫れ、膨れ上がった自分の掌《てのひら》が目に入った。

ずっと焚火に当てていたせいで、気付かない内に火傷してしまっていたらしい。途中からあまり熱を感じなくなった気がしていたのだが、火傷が悪化して感覚が鈍くなっていたのだろう。

「あ、自覚したら急に痛みが……いたたたた！」

「仕方ない奴じゃ。ほれ、薬草のしぼり汁だ。少しはマシになる」

「す、すいません」

「気持ちは分かるが、あまり無理をするでない」

「でも、私は――」

ゴォォーン！

村長に向かって、自らのもどかしい想いを口に出そうとしたその時である。

遠くから、何かが爆発したような音が聞こえた。

「村長、聞こえましたか？」

「うむ。何かあったのかもしれん。皆を集めよう！」

「はい！」

周囲の他の種族の人たちは、戸惑ったように肩を寄せ合っている。避難の準備を始めたのは、私たち黒猫族だけだ。まあ、無駄になるかもしれないんだし、仕方ないけど。でも、それでもいいのだ。単に、グリンゴートの外で味方の誰かが魔術を使っただけだったら？　その場合は、みんなで「何もなくてよかったね」と言って笑い合うだけである。それで、構わない。

ゴゴオオォォォォオォン！

「やっぱり、なんか起きてる……！」

今の音は、確実に都市の中から聞こえた。尋常な事態ではない。

私たちはすぐに寄り集まり、戦える者は武器を持つ。

「グオオオォォォォーン！」

「！　今の……」

今度は爆発の音ではない。

明らかに、何か生物の咆哮だった。しかも、かなり巨大な。

グリンゴートの中で、魔獣の声？　もしかして、どこかの門が破壊されて、中に入り込まれたのだろうか？　でも、敵が攻めてきたことを示す警鐘は、鳴らされていなかったけど……。

「皆！　宿の許可を取った！　戦えぬものは中へ入れ！」

元々は、子供たちのために部屋を提供してくれていた宿屋。そこに非戦闘員を避難させてもらうように、村長が許可を取ってくれたらしい。まあ、私たちだってただ武器を持っているだけで、戦闘員とは呼べないかもしれないけど。

老人や子供たちが宿の中へと入っていく。肩が触れ合うほどに詰め込まれる形になるが、テントの中よりはマシなはずだ。

最後の非戦闘員が宿の中に入ろうとしている、正にその時だった。

「うわぁぁ！」

通りの向こうで悲鳴が上がる。そして、通りを監視していた仲間が、驚きの報告をしてきた。

「ゴ、ゴブリンだ！　黒い肌のゴブリンが町の中に……！」

「ゾンビもいるぞ！」

やっぱり邪人に入り込まれたのだ！　しかも、ゾンビまで！

「おばあちゃん！　宿の中に早く！」

「あ、ああ。わかったよ！」

「中から鍵をかけて、絶対に出てこないでね」

「サリューシャちゃんたちも、無茶しちゃダメだよ？　せっかく、姫様やキアラ様に救っていただいた命なんだからねっ！」

「うん。分かってるよ！」

扉が閉まり、ガチャリと鍵のかかる音が鳴る。

それとほぼ同時だった。

「ギャオガァ！」

「え？」

すぐ近くで、ゴブリンの叫び声が聞こえた。敵意むき出しの、恐ろしい声だ。

慌てて振り向くと、通りを挟んだ向かい側に黒い肌のゴブリンがいた。

さっきまでは通りの向こうにいたはずなのに！

「こ、こいつら！　普通のゴブリンじゃないぞ！」

そのゴブリンと切り結び、鍔迫り合いをしている赤犬族の男性が叫ぶ。この人は、他の村から避難してきた元兵士さんである。避難場所が隣なので、仲良くなったのだ。

元とはいえ兵士。ゴブリンくらいなら敵ではないはずなのに、いい勝負をしている。

この黒いゴブリンたちは、普通よりも強いらしかった。

「ギャァァオ！」

「くそ！」

まずい、このままだとあの男の人がやられる！　いい勝負どころか、ゴブリンが押し始めた！　やっぱり普通のゴブリンじゃないんだ！

無我夢中だった。私は咄嗟に横から駆け寄ると、まだ何も斬ったことがない鉄の剣で、黒いゴブリンの腕を攻撃した。

斬れた！　そう喜ぶ間もなく、すぐに剣が止まってしまう。

私の攻撃は、ゴブリンの黒い肌を薄く切り裂いただけだった。肉はほとんど切れていない。

前に姫様とゴブリン狩りをした時には、もっと弱くても刃が通ったのに！

でも、黒ゴブリンの注意を引くことはできたらしい。

「よくやった嬢ちゃん！　おらぁ！」

「ギィィィ――――！」

ゴブリンからの圧力が緩み、片手を動かす余裕ができたのだろう。赤犬族の男性が人差し指を立てると、ゴブリンの目に思い切り突き入れた。

眼を押さえて悲鳴を上げ、剣を取り落とすゴブリン。

その姿を見て、私の体が自然と動いていた。剣を構えて、その首に向かって振り下ろす。

姫様に指導してもらった、袈裟《けさ》斬りだ。一番練習した型である。

今度は、刃が深々とゴブリンを切り裂く感触があった。

ゴブリンの首から大量の血が溢れ出し、その体が崩れ落ちる。ビクンビクンと痙攣《けいれん》して、すぐにその動きが完全に止まった。

倒したらしい。

勝ったという想いよりも、自分の体が勝手に動いてくれたことに対する驚きの方が大きかった。

「嬢ちゃん。助かったよ！」

「え、えぇ……」

「どうした？」

「は、初めてまともに戦いました……」

キアラ様に助けていただいたあの時、私たちは戦えてはいなかった。戦場で武器を構えていただけだったのだ。

ある意味、今回こそが私の初めての戦いである。

「マジか？　初陣でそれだけやれたら十分だぜ」

男性は褒めてくれたが、それ以上話している暇はなかった。

通りの向こうから、さらにたくさんの黒ゴブリンが向かってくるのが見えたのだ。

「くそ！　嬢ちゃんは仲間と連携しろ！　あれは強いぞ！」

「は、はい！」

その間にもゴブリンは迫り、あっと言う間に乱戦となってしまう。

周辺では、激しい戦いが繰り広げられるのが見えた。赤犬族の人たちはさすがに強い。ゴブリンともゾンビとも、しっかりと戦えていた。

私たちも、黒猫族同士で連携しながら、なんとか黒ゴブリンと相対する。

「ギャシュオォ！」

「く、くそぅ！」

「慌てないで！　盾があれば、死なないわ！」

「わ、わかった……」

「みんな！　今よ！　槍で突いて！」

「やあああ！」

「どりゃ！」

ここでも、姫様の教えが生きていた。皆が怯えつつも、しっかりと武器を使えている。

それと、邪人に追われている時に、闇雲であっても邪人に対して戦ってやろうと決意したことも、戦えている要因だろう。

一度死を覚悟した私たちは、自分でも知らない内に恐怖に対する耐性が付いているようだった。普通ならあそこで死んでいたのだろうが、キアラ様に救っていただいたおかげで、覚悟を得たまま生き延びることができたのだ。

確かに黒ゴブリンは強いけど、皆で戦えばなんとかなった。

しかし、次第に黒ゴブリンの数が増えていく。対して、周囲の獣人たちは少しずつ数を減らしていった。赤犬族の皆さんや、駆けつけてくれた巡回の兵士さんに、被害が出てしまっている。

私たち黒猫族にはまだ被害は出ていないが、このままでは……。

「サリューシャ！　またくるぞっ！」

「きりがないわねっ！」

ギリギリの戦いの中、ついに破滅が訪れる。

「ギョオオオォ！」

「うわぁ！　た、たす――ぎゃぁ！」

「ショーン！」

黒ゴブリンによってショーンの盾が弾き飛ばされ、もう一匹の槍に突き倒された。槍は胸を貫通しており、致命傷だと思われた。

「く、くそぉ！」

「よくもショーンを！」

「ダメよ！　落ち着いて！」

今さら私たちの中に、逃げ出す者はいない。でも、頭に血が上ったせいで冷静さを失ってしまったのだろう。皆が個々に武器を構えて、ゴブリンに襲い掛かっていった。

一見、多勢に無勢だが、その実は一対一をバラバラに仕掛けているようなものだ。

「ギュギャッ！」

「な、強い……！　うが！」

「ギョオオォ！」

「ぎゃぁ！」

仲間たちが次々に倒れていく。しかも、こちらの数が減ったのに対し、敵は数を増やしていた。

黒ゴブリンが周囲から集まってきたのだ。その数一〇匹。今まで戦っていたものと併せて、一二匹の黒ゴブリンが私たちを包囲していた。数の上ではまだ私たちの方が多い。

でも、勝てる気がしなかった。周囲に倒れる仲間たちの呻き声と、目に入る鮮烈な血の赤色。その衝撃が、私たちの戦意を挫《くじ》いていたのだ。

武器こそ手放してはいないものの、もう抗う気力が萎《な》えてしまっている。

「ゲッゲッゲ！」

戦う力を持たない私たちを嘲笑うように、喉を鳴らしている黒ゴブリン。その姿を見た瞬間、生理的嫌悪感が背筋を撫で、私の全身に鳥肌が立っていた。

死を前にして、恐怖よりも嫌悪が先に立つ自分が滑稽《こっけい》だ。恐怖のあまり、精神が参ってしまったのだろうか？　それとも、鍛えられたお陰で、恐怖を克服できている？　そうだったら嬉しいな。

「ゲギャァ」

「グゲゲ」

黒ゴブリンたちの包囲が少しずつ狭《せば》まってくる。

これで、終わりなの？　せっかく、姫様とキアラ様に救ってもらったのに……。こんなにあっさりと、終わってしまうの……？

そう思った瞬間、体に力が戻るのが分かった。

「ダメよ！」

いきなり大きな声を上げた私に、黒ゴブリンたちが軽く驚きの表情を浮かべる。

「私たちは、こんなところで終われない！　姫様と一緒に……姫様のお力になるって、決めたじゃない！　こんなところで、死んでられないっ！」

自分と皆を鼓舞するため、想いを口に出す。

それを聞いた仲間たちの顔にも、力が戻るのが分かった。

負けるかもしれない。死ぬかもしれない。

でも、それが抗うのをやめる理由にはならない。

「キアラ様に救ってもらった命……。最後まで、使い切らなくてっ！　どうするっていうの！」

ここで倒れるとしても、黒猫族の恥になるような終わり方だけはするもんか！

「ただではやられない！」

何故だろうか。

決意を固めた瞬間、何かが降りてきた気がした。

頭の中に、言葉が浮かぶ。

火の力を顕現させるための、力ある言葉。

「火よ、熱き――」

これは、火の魔術を操るための呪文だ。

脳裏に流れるその言葉が口から紡がれ、体の中で不思議な力が高まっていく。

精神の昂ぶりとともに音量は増し、そして呪文が完成する。

「我が敵を討つ矢となれ！　ファイア・アロー！」

「ゲギャァ！」

小さな炎の棒が、私の眼前にいた黒ゴブリンの顔を直撃した。ボゥンという音とともに、火が弾ける。

詠唱に夢中で気付かなかったけど、黒ゴブリンが迫ってきていたのだ。

まだ倒せていない。でも、黒ゴブリンの目を焼くくらいはできたようだ。

顔を押さえて膝を突いたまま、声にならない悲鳴を上げている。他のゴブリンたちも驚いたように動きを止めていた。

チャンス。そう思ったら、体が動いてくれた。しかも私だけではない。

周囲にいた仲間たちも、同時に武器を突き出していたのだ。

槍や剣が顔を押さえる黒ゴブリンに突き刺さり、その命を奪う。

まだ危機的状況であることに変わりはないのに、何故か自分の顔に笑みが浮かぶのが分かった。

単純に嬉しかったのだ。

姫様やキアラ様の教えが身に付いているのが、自分だけではなかったことが。

「ギギギ……！」

黒ゴブリンたちの雰囲気が変わった。

さっきまでは、弱者を嬲《なぶ》るような、こちらを見下すような目をしていた。

でも、今は殺意と復讐心を漲らせた憎々しげな眼で、私たちを睨みつけている。弱い獲物ではなく、敵として認識されてしまったのだろう。

「ギギギ……ギガァァ！」

私に向かって飛び掛かってくる黒ゴブリン。

「やあああああ！」

黒ゴブリンの剣の方が速い。どう考えても、私の方が先に切り捨てられるだろう。

でも、ただじゃやられない！　せめて、こいつだけは道づれに――。

「ギャゴォッ……？」

「え？」

覚悟した痛みはこなかった。それどころか、目の前にいる黒ゴブリンから大量の血が吹き上がる。

死んでいるだろう。何せ、首がない。

「サリューシャ。よく頑張った」

そこに居たのは、私たちの英雄だった。

「ひ、姫様……」

相変わらずの無表情で。でも、優しい瞳で、私たちを見ている。

背の高さも、表情も全然違うのに、もう一人の英雄と被って見えた。私たちを邪人から救い出してくれた時のキアラ様に、そっくりだったのだ。

「ん。もうだいじょぶ」

＊

俺たちがグリンゴートに到着した時、すでに町は危機的状況に陥っていた。上空から見ると、その混乱ぶりがよく分かる。

内部に入り込んだ邪人や死霊たちが、暴れ回っていたのだ。

獣人たちが勇敢に戦っているが、かなり被害が出ているように見えた。冒険者以外の戦える住人も、多くが探索に出てしまったからだろう。

本来であれば、ギルドの指示で冒険者たちなどが駆けつける場面のはずなんだが、その冒険者ギルドが機能しているかが不明だ。

「冒険者ギルドが燃えてる」

『あの黒い巨人は……』

遠目からでも分かる。黒煙を上げながら燃えているのは、冒険者ギルドだった。

しかも、その炎の中に、巨大な人影がある。

どう見ても、内部から建物を突き破って出現したとしか思えない状態だ。

転移などでギルド内部に急に出現し、そのまま十数メートルの巨体によって建造物を破壊したのだろう。炎は、ランプなどの火が燃え広がったのだと思われた。

これでは、内部にいた冒険者たちにもかなりの被害が出ているだろう。

マスターや幹部は無事なのか？　もし指示を出す者がいなければ、冒険者たちが混乱したまま組織立って動けていない可能性もある。

「みんなのとこいく！」

『ああ、急ごう』

「オン！」

自衛能力を持たない黒猫族たちが心配だった。

もしかして――。最悪の想像を頭の中から追い出しながら、黒猫族の下へと急ぐ。

そして、通りに並ぶ黒猫族たちのテントが見えてきた時、目の前で最悪の事態が起きようとしていた。

イビル・ゴブリンたちが、サリューシャたち黒猫族の戦士に飛び掛かろうとしていたのだ。

すでにゴブリンたちは動き出している。黒猫族も応戦しようとしているが、あの数のイビル・ゴブリンには敵わないだろう。

「師匠！」

『ああ！』

フランの悲鳴のような声に引きずられるように、咄嗟に転移を発動した。ウルシの背から、黒猫族たちの下へ。

だが、ここへきて俺は、最悪の失敗を犯していた。

『くっ！　微妙にずれた！』

増加した魔力によって転移魔術の出力が増しており、制御に失敗してしまったのだ。長距離転移の場合は、僅かなズレでも非常に大きくなってしまう。

俺たちが転移した先は、狙いよりも一五メートルほど上空であった。

眼下では、先頭にいたイビル・ゴブリンがサリューシャに迫る。恐怖で体が動かないのか？　なぜかサリューシャは動かない。

俺が咄嗟に魔術を放ってゴブリンを攻撃しようとした、その時だった。

ゴブリンの顔で赤い光りが弾ける。俺ではない。俺以外の誰か――いや、サリューシャが使った火魔術だった。

『サリューシャ、火魔術を使えるようになったのか！』

仲間が顔を焼かれたことに驚いて、他のイビル・ゴブリンたちの動きが止まる。その隙に、黒猫族たちがイビル・ゴブリンを仕留めていた。

やるじゃないか！　しかも、雑魚だと思っていた相手に仲間が倒され、ゴブリンの動きが一瞬止まったぞ！

その時間が、フランを間に合わせていた。

空中跳躍で地面に降り立ったフランが、再び動き出していたイビル・ゴブリンの首を刎ね飛ばす。

「ギャゴォッ……」

「え？」

殺されたゴブリンも、救われたサリューシャも、何が起きたのかよく分かっていないのだろう。同じ様に呆けた表情で、フランを見ていた。

フランは止まらない。

そのまま剣を振るい、イビル・ゴブリンたちを全滅させる。あっと言う間のできごとだった。

俺を軽く振って刃に付いた血を飛ばしながら、フランがサリューシャを振り返る。

「サリューシャ。よく頑張った」

「ひ、姫様……」

ようやく、自分が救われたんだと気付いたらしい。サリューシャは安堵した様子で、肩の力を抜く。

「ん。もうだいじょぶ」

フランはサリューシャを落ち着かせるように微笑みながら、その場で範囲治癒を使った。周囲を照らし出す光が、傷ついた黒猫族たちを癒していく。

「ショーンも……！　みんな……よかった」

ゴブリンに斬られた黒猫族たちも、一命を取り止めたようだった。死んだと思っていた仲間が助かり、他の男たちも気が抜けた顔でへたり込んでしまう。

「た、助かった……」

「うっうっ……もうだめかと」

死を覚悟した状態から、一瞬で救われたのである。張りつめていた精神の糸が切れたのだろう。泣いている者もいた。

追いついてきたウルシに周囲の警戒を任せて、俺たちは黒猫族の状況を確認した。

なんとか全員避難できているらしい。背後の宿屋に人がたくさん入っているのは分かったが、全員黒猫族だとは思わなかった。

窓から顔を出した村長たちを見て、無事を確認できたフランはホッとしている。

「私は行く。ウルシはここで皆を護って」

「オン！」

本当は黒猫族と一緒にいたいはずだ。だが、騒ぎを鎮静化させなければ、また彼らが襲われるかもしれない。ここは、大本を潰す必要があった。

「頑張ってください！」

「ありがとうございましたっ！」

「姫様！　お気をつけて！」

最後の言葉はサリューシャだ。振り返ることはしなかったが、フランの顔には嬉しそうな笑みが浮かんでいた。少女でありながら必死に頑張るサリューシャを、フランも気にかけているんだろう。

『さっさとこの騒ぎを解決しよう』

「ん！」

黒猫族たちの声援に力を貰ったフランは、やる気に満ちた表情で冒険者ギルドを目指して駆け出す。

道中も、かなりの数のイビル・ゴブリンたちがいた。

俺たちは宙を駆け抜けながら、魔術や剣技を放ってゴブリンたちを駆逐していく。それでも次から次へと湧いて出てくるのだ。

『どこからやってくるんだ？』

「冒険者ギルドに近づくと、増えてる」

『言われてみれば……。やっぱ、冒険者ギルドのあのデカブツが鍵を握ってるか……』

一切速度を緩めずにグリンゴートを走り抜けたフランは、五分もかからずにギルドへと辿りついていた。

すでに建物は全壊し、巨人の姿はそこにはない。どうやら黒い巨人は、領主の館を目指しているようだ。街並みを破壊しながら、一直線に移動していた。

そんな時だ。

ゴゴゴゴゴゴォォォ！

突如、黒い巨人の肉体の表面で、無数の赤い花が弾けていた。誰かの放った火炎魔術だろう。しかし、その攻撃が効いた様子はない。巨人を包む黒い障壁が、魔術の炎を完全に防いでしまったのである。

先程の攻撃は、一発一発がワイバーンを屠るほどの威力があったはずだ。

それを考えると、黒い巨人の障壁は凄まじい防御力を持っているようだった。

「師匠！　メアがいる！」

『クイナもだ。戻ってきたのか！』

魔術を放った者の正体は、リンドの背から黒い巨人を見下ろすメアたちだ。

俺たちとほぼ同時に、グリンゴートに戻ってきていたらしい。

黒い巨人を中心に、リンドがゆっくりと旋回し始める。

同時に、巨人に向かってさらに火炎が叩き込まれていた。メアたちは攻撃を仕掛けながら、その隙を探ろうとしているのだろう。

黒い障壁の防御力を見て、ただ闇雲に攻撃しても無駄になると考えたらしい。能力もステータスも謎の敵相手に、弱点を見つけようというのだ。

「あいつ、見たことある」

『フランも気付いたか？』

「ん」

ただ、俺たちはあの巨大な人影に見覚えがあった。

バルボラで戦った、リンフォードの成れの果てだ。バルボラを滅ぼしかけた漆黒の巨人に、そっくりであった。

だが、なぜこんな場所にアレがいる？

「メアに加勢する」

『そうだ――いや、まて！　ギルドの瓦礫から、微かに生命の気配がある！』

「！　ほんとだ！」

『まずはそっちを助けに行こう！』

「ん！」

俺たちは巨人を追う前に、ギルドの残骸へと駆け寄った。近づくと、よりハッキリと分かる。

『そこの大きな瓦礫の下だな。俺が念動で瓦礫をどかすから、フランは救出を頼む』

「わかった」

俺が念動を使って慎重に瓦礫をどかしていくと、複数の人間が倒れているのが見えた。皆で一ヶ所に固まって、魔術か何かで身を護ったのだろう。無事とはいかずとも、即死することは避けることができたらしい。

俺たちが瓦礫の下から助け出した相手の一人は、なんとギルドマスターだ。他の方々は職員さんだろう。

ギルマスの状態が一番酷いのは、皆を庇《かば》ったからだと思われた。全身を火傷し、骨折箇所は数えることが困難なほどだ。しかし、俺とフランの回復魔術によって、すぐに危険な状態からは脱する。

本当ならこのまま寝かせてやりたいんだが……。今はそんな余裕はなかった。

「ギルマス、起きて」

「む……？　ここは……」

フランはギルマスを揺り起こすと、前置きもせずに何が起きたのか質問をぶつける。黒猫族の安全が懸かっているからね。俺もフランも必死なのだ。

そして、ギルドマスターの口から驚きの事実が伝えられた。

「敵に、してやられました……」

「どういうこと？」

「最初に襲ってきたイビル・ゴブリンたち……。あの魔石に、細工が仕掛けてあったのです」

敵は、最初からイビル・ゴブリンたちをこちらに倒させ、その魔石を戦利品としてグリンゴート内へと持ち帰らせることを計画していたらしい。

俺たちはまんまとその思惑に引っかかってしまったのだ。

「魔石の細工って？」

「外部からの長距離転移を補助するような役割があったようなのです……」

ギルマスの言葉を聞き、ミューレリアやゼロスリードが転移を使っていたのを思い出す。

邪術には転移系の術があるのだろう。普通は、都市の結界などを突破するのは難しいはずだが、特別な補助があれば都市内へと転移することも不可能ではないのかもしれない。

「奴らは、我らの行動も読んでいました……」

ギルドの上層部が邪人たちに黒幕がいると推測し、冒険者たちを周辺の探索へと送り出そうとすることも、敵に読まれていたようだ。

実際、フランたち以外の冒険者はまだグリンゴートに帰還していないはずである。

敵の作戦通りに事態は動いているようだった。

「手薄になったところを狙われました……」

冒険者が出発して数時間後。突如としてイビル・ゴブリンたちの魔石が砕け散り、巨大な魔法陣が描き出される。そして、それが転移の魔法陣だと気付く間もなく、出現した巨人によってギルドは半壊したのであった。

ギルマスたちも崩落と火災に巻き込まれ、意識を失ってしまったらしい。

ゴゴゴゴオオオオオォォォォォン！

話の途中。凄まじい轟音が響いてきた。

何が起きた？　黒い巨人が何かしたのか？　ともかく、悠長にはしてられんな。

「黒雷姫殿、あの黒き巨人を倒して下され」

「他の敵はいいの？」

「イビル・ゴブリンもゾンビも、黒き巨人が生み出しておるもの。まずは、それを止めねば……。残った敵だけなら、きっと何とかなります。市民の中にも、元戦士が大勢いますからな」

黒猫族を基準に考えてしまうから忘れがちだが、一般市民が普通に戦える国だった。今は混乱しているが、落ち着いてくればすぐに優勢になるだろう。

やはり、問題はあの巨人だった。

俺たちは黒い巨人を追うために、ギルマスと別れて通りへと出る。

巨人の居場所は探すまでもない。

奴が通った後は尽《ことごと》くが破壊され、家屋の残骸によって道ができているのだ。周辺の住民は既に避難したらしく、住民の人的被害が抑えられているのがせめてもの救いか。

巨人越しに見る夕日は、燃えるように赤かった。

落ちる太陽に照らされて伸びる巨人の影は、奴が歩みを進める度にユラユラと揺れ、自らの存在を誇示している。

『マルマーノの館には、結界の起点があるはずだ。巨人の狙いはそれかもしれない』

「だったら、メアと協力して、館に着く前に倒せばいい」

『そういうことだ。だが、町中で広範囲攻撃は使えないぞ？　魔術もな』

「だったら、斬る」

『それしかないか……。ただ、あいつがリンフォードと同じ邪神人だった場合、再生力はハンパないはずだ。そこは覚悟しておけよ？』

「ん。了解」

巨人の背を睨みつけていたフランは、俺を抜き放つと空中跳躍を使って駆け出す。

目指すのはメアたちとの合流だ。

ある程度近づくと、メアたちもこちらに気付いてくれたらしい。リンドをこちらに寄せてきた。

「フラン！　いいところにきたな！　力を貸してくれ！」

「もちろん」

「とりあえず乗れ！」

「ん！」

第六章　成長の証

　フランがリンドに飛び乗る間も、黒い巨人は見向きもしない。こちらを脅威とみなしていないのだろう。

　その間に、俺たちは作戦会議である。

　まずは互いに知っている情報を交換していった。

「あのデカブツと、リンフォード・ローレンシアが邪神の力を得た姿が、そっくりだというのだな？」

「黒い障壁も似てる」

「強さは？」

「超強かった」

「そ、そうか」

　俺が所々をフォローしながら、リンフォードの能力などを教えていく。全てが同じではないだろうが、事前情報はある程度ある方がいいだろう。

　対するメアたちからは、ここまで攻撃を仕掛けたことで得られた情報を教えてもらった。

　なんと、一度だけあの障壁をぶち破り、黒い巨人にダメージを与えたというのだ。

　すぐに再生してしまったらしいが、やはり奴も無敵ではないのだ。

「その時に、コアのような物を確認している。覚えているか？　ワルキューレの持っていた、邪神石という奴だ」

「覚えてる」

『忘れる訳がない。あれはヤバかったからな』

ワルキューレを化け物に変貌させた、邪気の塊のような石である。

「あれにそっくりだった。邪神石にそっくりな禍々しい気配の石が、あの巨人の中に埋め込まれているのだ」

確かに、その邪神石が力の源である可能性は高いだろう。

『そもそも、邪神石って相当硬かったよな？　巨大な邪神石を破壊するだけでも、相当な威力の攻撃が必要そうだぞ』

「しかも、邪神石にも障壁が施されていた。奴自身の障壁と、強靭な肉体。さらに邪神石の障壁という、三重の壁を突破せねばならん」

『そいつは中々厳しそうだな……。メアは、障壁を突破した攻撃をもう一度放つことができるか？』

「似たものを一撃であれば放てるだろう。だが、さらにもう一発となると、怪しい」

「お嬢様の固有スキルである白火《びゃっか》は、消耗が激しいですからね」

『ああ、あの白い炎か』

ミューレリアにもダメージを与えていたはずだ。あれだけの技を使うのであれば、そりゃあ消耗も凄まじい物があるのだろう。

「とりあえず、我が障壁を破ったとしよう。先程見て気付いたが、障壁の張り直しには十数秒ほどかかるようだった。その間に攻撃を仕掛けることは可能なはずだ。そこにフランが攻撃を仕掛けて、邪神石を確実に破壊できる自信はあるか？」

「む……」

『確実にと言われるとなぁ……』

メアに障壁を任せたとしても、巨人の肉体を破壊し、さらに邪神石の纏う障壁を突破したうえで、並の攻撃では傷一つ付かない巨大邪神石を破壊せねばならない。かなり難しそうだった。

『いや、俺のカンナカムイで肉を砕いて、剣神化で攻撃すれば……』

ただ、剣神化は数秒しか使えない。

規格外のあのスキルであれば、その数秒で何とかしてしまう可能性もあるが、失敗した時が怖かった。俺の耐久値が大幅に削れてしまい、それ以上は戦闘不能になってしまうのだ。

「だったら、剣神化を使わなければいい」

「我も賛成だ。不確定なスキルを、作戦に組み込むのは不安だしな」

『だが、それで邪神石をどうにかできるか？』

「私に考えがある。まずはメアが――」

『なるほど――』

「では、我が――」

フランが提案した作戦は単純ではあったが、悪くはなかった。

全員が自身の役割をしっかりとこなす必要はあるけどね。

「では、それでいくとするか！」

「ん！」

打ち合わせを済ませた俺たちは、それぞれの持ち場に散っていく。俺とフランは上空で待機だ。

そして、数分後。

ついに作戦が開始される。

最初に仕掛けるのはクイナだった。

「デカブツさん。少々私と遊んでいただけませんか？」

「グゴォォ！」

「あらあら、せっかちな方ですね。でも、その程度の動きでは私を捕まえられませんよ？」

「グアアアァ！」

「そうです！　もっと攻撃しなさいな！」

クイナの役目は単なる囮《おとり》ではない。大技を使わせることで、メアやフランへの牽制攻撃を封じる役目があるのだ。

クイナが凄まじい体術と幻像魔術を使い、黒い巨人をとことんおちょくっている。

ああも目の前でウロチョロされては、無視もできないだろう。

遂に、周囲に魔力弾を大量にばらまき始めた。だが、それも長くは続かない。どれほどの化け物であっても、無限に攻撃をし続けられるような存在はそうそういないのだ。

その間、フランもメアも見守っているだけではない。それぞれの場所で、力を練り上げていた。

黒い巨人のはるか上空では、メアが白金の炎を右手に集中させながら、静かに時を待っている。

ミューレリア戦でも見せた、あの白金の炎だ。

全身が炎に包まれているメアを乗せていて、リンドは熱くないのであろうか？　動じた様子も一切見せず、黒い巨人の上空を飛び回っている。

「グアアアォォォ！」

ついに、黒い巨人が大技を放ち、その攻撃も躱されてしまった。

どうやっても攻撃を当てられないクイナを、怒りの籠った目で睨んでいるのだろう。その意識は、完全に足下のクイナに集中していた。

そこで、ついにメアが動き出す。

「よくぞやったクイナ！　この隙、無駄にはせんぞ！」

「クオォォォ！」

メアの合図とともに、リンドが全身から炎を噴き上げた。一瞬、爆発してしまったのかと思うほどの巨大な火の塊が、リンドだけではなくメアをも呑み込んだ。

何も知らなければ、悲鳴を上げていたかもしれない。

だが、俺もフランも、ただ黙ってメアたちを見守っていた。

数秒後、リンドの火炎がメアの火炎に混ざり、収束していくのが分かる。リンドの能力である、主人の火炎魔術強化能力であったのだ。

相棒の力を借り、メアの奥の手が発動する。

「はぁぁぁ！　金殲火《きんせんか》ぁぁぁ！」

全ての炎がメアの右手に集中し、一本の剣を生み出していた。

以前、ワルキューレを燃やし尽くした、灼熱の剣である。

「だあああぁぁ！」

「クォォォォ！」

リンドの背に乗ったまま、メアが吶喊した。

背後から巨人へと近づき、その背に向かって白金の剣を横薙ぎに振るう。まるで、右バッターがフルスイングをしているような動きだ。

リンドの速度とメアの力が合わさった、凄まじい威力の一撃であったのだろう。

眩い光を放つ炎の剣は、巨人の障壁を易々と切り裂いていた。

リンドは速度を落とさず、障壁を失った巨人へと再度向かっていく。そして、メアの金職火が黒い巨人の脇腹へと叩き込まれていた。

金職火が爆発するように燃え上がり、あっと言う間に巨人の全身を包み込む。

「アアアァァ……！」

白金の炎に包まれて、苦悶に喘《あえ》ぐ巨大な人型のナニか。偶然だろうが、天に向かって手を伸ばすその姿は、罪人が神に助けを乞うているようにも思えた。

『メアは凄いな』

「ん」

俺とフランはメアたちよりもさらに上空で待機しながら、力を練り上げている。

あの白金の炎が消えたら、俺たちの番である。

「……師匠。だいじょぶ？」

『……ああ、大丈夫だ。絶対にやり遂げて見せるさ』

「師匠ならきっとへいき」

やっぱりフランには敵わないな。俺のことを俺以上に分かってくれている。

俺の役割は、カンナカムイを使って攻撃し、邪神石を露出させることだ。

未だに進化した自分の魔力を扱いきれていない俺に、極大魔術を操ることが可能なのか？　ただ放てばいいというものではない。周囲には大きな被害を出さず、奴の肉体だけを破壊せねばならなかった。

それには、改修前でさえ試したことがない、カンナカムイの収束を行わねばならないのだ。

俺にそれがやれるのか？　もし失敗してしまったら？

どうしても不安が消えてくれなかった。表に出したつもりはなかったのだが、フランには分かってしまったのだろう。

『すまん。ちょっと弱気になってた』

「師匠ならやれる。それにちょっとくらい失敗しても問題ない。私があいつごと邪神石を斬るから」

『フラン……』

保護者面しておいて、フランにここまで言わせるなんて！

できるかな？　じゃないんだ！　やるんだ！　ここでやらなきゃ、師匠なんて呼ばれる資格ないだろ！

フランのお陰でようやく覚悟が決まった。

情けない保護者だが、フランの師匠として相応しくあるために、絶対に成功させる！

俺が、そう決意を固めた時であった。

「ギイイィィアアァァッァア！」

巨人の悲鳴が周囲を震わせ、その右腕が大きく振るわれる。

すると、そこから放たれた無数の魔力弾が、メアたちに襲い掛かった。それこそ、蟲《むし》の群れでも召喚したのかと思うほどの、小さく大量の魔力弾が周囲にばら撒かれる。

「ぐぁっ！」

「クォオォ！」

さすがのリンドも、避ける場所がないほどの高密度の攻撃は回避のしようがない。

全身を魔力弾に殴打され、リンドの実体化が解かれてしまう。

落下するメア。

「！」

『フラン！　大丈夫だ！　メアなら、あの程度でどうにかなるわけない！』

「……ん」

『俺たちにやれることは――』

「あいつを倒す」

『そうだ』

クイナが救助に向かうのが見えた。メアは彼女に任せておけばいい。俺たちが自分の仕事をやることが、結果的にメアたちへの追撃を阻止して、助けることに繋がるのだ。

フランの視線が巨人に戻る。すると、それを待っていたかのように炎がようやく鎮火した。

炎の柱が消え去った後、そこに残っているのは焼け爛《ただ》れた巨人の姿だ。皮膚の一部は未だに燃え上がり、毒々しい色合いの煙が全身から立ち上っている。

『メアを助けるためにも、やるぞ！』

「ん！」

邪神石を破壊するには、並の攻撃をいくら放っても意味がない。メアがやったような、必殺の一撃が必要だった。

バルボラでのリンフォードとの戦いに似ている。あの時も、上空から渾身の一発を食らわせてやったのだ。しかし、ある程度のダメージは与えられたものの、倒すまでには至らなかった。

アマンダたちの助力がなければ、負けていただろう。

苦い思い出だ。

しかし、リンフォードと戦った頃に比べて、俺たちは成長した。今なら、あの頃よりも遥かに強力な攻撃を放てるのだ。

背の俺をスルリと抜いて、ダラリとぶら下げたフランが、小さく呟く。

「覚醒——閃華迅雷」

あの時には——バルボラではまだ使うことができなかった、フランの奥の手。

フランが、死に物狂いで手にした力だ。

「師匠。いこう」

『おう』

まるで、散歩にでも誘っているかのような、何気ない言葉。

しかし、それでいいのだ。力めばいいというものではない。

フランの全身から力が抜けた。同時に、背を下に向けたまま大地へと向かって落ちていく。

星が引く力に任せたままの、自由落下だ。

フランは目を閉じ、深い呼吸を繰り返す。瞑想でもしているかのようなその姿からは、高所から落下しているなどとは想像もできないだろう。

だが、脱力の極みとも思えるその姿とは裏腹に、フランの内で蠢く力は膨大であった。無駄な力を省き、全てを一撃に込めるために集中させているのだ。

丹田《たんでん》から全身を巡り、俺にまで流れ込んでくる魔力。黒雷が俺にも伝導し、俺はフランの手足の延長と化す。悪い気分ではない。今まで以上に、互いの存在が近く感じられるのだ。

『うおぉぉぉ！　くらいやがれっ！　カンナカムイィィ！』

俺の叫びに呼応するように、天に魔法陣が描き出された。だが、ダメだ。これでは今までと変わらない。

『ぐうううぅぅぅぅ！』

凄まじい魔力の奔流に抗い、俺は魔術の制御に全力を傾けた。

雷を束ね、その力を一点に集中させるために。

イメージは、細くも猛々しい龍。白い雷で形作られた龍が、獲物に襲い掛かる様を想像する。

それだけではない、もう一つのイメージが、ミューレリアだ。あんな奴を見習いたくはないが、その力だけは本物であった。

ミューレリアが放って見せた、無駄のないカンナカムイ。あれが理想である。

『らあああああああ！』

俺ならやれる！　魔力を操って見せろ！　フランを失望させるんじゃない！

『あああぁぁ！』

魔法陣が完成し、極雷《きょくらい》が天から放たれた。

一見すると極大魔術とは思えない、細い雷。それが、黒い巨人に降り注ぎ――。

「ギャゴアァァァァァッ！」

成功だった。収束されたことによって貫通力を増したカンナカムイが、高い耐久力を誇るはずの黒い巨人の左肩口を抉り、左腕を吹き飛ばす。左上半身を完全に破壊された黒い巨人の傷口からは、漆黒の巨大な水晶が顔を覗かせていた。

『あとは、任せる』

「ん！」

フランの目が見開かれ、その体勢が変わった。頭を下にして、俺を肩越しに担ぐように構える。

さらに、フランの落下速度が上がった。いや、もう落下とは言えないだろう。フランは自らの意思で宙をかけ、眼下の黒い巨人目がけて駆けていた。

練り上げた力を維持したまま、宙を蹴って加速していく。

黒雷を棚引かせ、閃く一筋の雷と化すフラン。

あの時と一緒だ。リンフォードに一撃を入れた、天空抜刀術と全く同じ流れである。

俺たちは様々なスキルを発動し、その一撃の威力を高めていく。加重操作に属性剣。補助魔術に肉体強化。

いつの間にか俺たちを包み込む、青い光も一緒である。

しかし、全部が一緒ではない。スキルの数はあの時よりも増え、俺の性能も増した。さらに、邪人特攻である破邪顕正スキルもある。

青い光も以前とは少し違う。今回はあの時よりも、さらに濃かった。光の強さも増しているが、色がより深いのだ。これまでが水色に近い青だとすると、今は群青に近いだろうか？

ともかく、信頼感がハンパない。この青い光を見ているだけで、何でもやれそうな気がした。

このまま斬りつけたとしても、バルボラの時よりも数段威力が出るだろう。

だが、俺たちの本命は、この後だ。

バルボラでは、まだ使うことができなかった俺たちの最強の技。

「……剣王技――」

フランの口から静かに言葉が紡がれ――。

「ゴガァァ？」

黒い巨人がようやっとフランに気付いたらしい。その顔がこちらを向いた。

近くで見ると、ハッキリと理解できた。やはり、巨人を包み込む障壁は、リンフォードが使っていた障壁と同種のものだ。

俺たちでは、ついぞ力づくで破ることのできなかった鉄壁の防御。いや、狭い範囲だけに集中して展開している分、こちらの方が防御力は高いかもしれない。

しかし、フランにも俺にも、焦りはなかった。

圧縮された邪気と魔力によるその絶望的な壁を前に、一切の危機感を覚えなかったのだ。

何故なら――。

「――天断《てんだん》」

何故なら、成長した俺たちにとって、すでにこの程度は障害ではなくなっていたからだ。

「オオォォ――――！」

青光を纏いし刃が、その障壁ごと邪神石を真っ二つに断ち斬っていた。バルボラの悪夢を払拭する、会心の一撃である。

地面に衝突する直前、俺たちは転移して巨人から距離を取る。

やはり邪神石が急所であったのだろう。巨人の動きが次第に鈍り、素人の踊るロボットダンスのようなギクシャクとした動きになっていく。

だが、自らの死に抗うように、巨人は今までで一番大きな叫び声を上げた。

「イリィイイィィィ！」

今までの悲鳴とは、何かが違う。言葉を発しているというのも変だが、そこには何らかの意味が込められている気がした。とはいえ、威圧や咆哮などのスキルでもない。

では何だったのか？

俺の抱いた疑問の答えは、すぐに判明した。

『巨人の足下に魔法陣が……！』

カンナカムイに勝るとも劣らない規模の、大規模魔法陣。それが、黒い巨人の足下に出現した。

最初はユラユラと立ち上るだけだった漆黒の魔力が、もの凄い勢いで溢れ出し始める。数秒もすれば、間欠泉《かんけつせん》のように噴き上がる魔力が巨人の姿を覆い隠していた。

『いい加減！　死んどけ！』

「はぁぁ！」

俺たちは咄嗟に魔術を放つが、全て魔法陣から噴き出す魔力に弾かれ、黒い巨人に届くことはなかった。

「ルウウウォオォォォォォ！」

激しい魔力が収まり、黒い巨人が再び姿を現す。それを見た俺は、衝撃の余りうめき声を上げてしまった。

『おいおい！　傷が治って……！　邪神石は確かに砕いたのに！』

火傷も斬撃痕も、大部分が修復されてしまったのだ。完全回復ではないが、破損の八割くらいが消えてしまっている。さっきのは回復魔術だったのか？　邪神石は弱点じゃなかった……？

「くんくん……。ちょっと臭い」

フランが鼻をスンスンと動かして、顔をしかめる。

『臭い？　どういうことだ』

俺は、何か分からないかと、無意識に鑑定を行った。すると、先程とは全く違う鑑定結果が出る。

『数分前までは、邪神人っていう種族くらいしか視えなかったのに……』

名称：イビルジャイアント・レッサーゾンビ
種族：死霊
Lv：1／99
生命：4877　魔力：301　腕力：1878　敏捷：107
称号：邪神の力を与えられし者、黄泉《よみ》返り

種族が邪神人から死霊へと変わっていた。つまり、もう邪人ではなくなったってことか？

言われてみれば、全身を覆っていた邪気が半減している。そのかわり、死霊系の魔力が体内に満ちているのが分かった。

本当にアンデッド化したらしい。そのお陰で、鑑定が多少通るようになったのだろう。スキルは見えないが、能力値や称号は分かった。

能力的には、かなり偏っている。先程までがバルボラで戦ったリンフォード並みだったとすると、今は相当弱体化しているだろう。一番高い生命力でも、リンフォードには及ばない。

『多分、死ぬ直前に自分を死霊化する術を使ったんだ』

「自分の死体をゾンビにした？」

『そうだと思う』

だが、死の間際に使った術は、完璧には発動しなかったらしい。その結果レッサーゾンビとなってしまい、魔力やスキルが弱体化してしまったと思われた。

耐性スキルの充実っぷりから見るに、本来の力がどれほどのものだったのかがうかがい知れるな。完全体だったら、まずかったかもしれない。

それに、弱体化したと言っても、まだ強敵であることに変わりはなかった。

巨体はそのままだし、生命力や腕力も高い。脅威度B以上はあるだろう。

放置はできなかった。

しかし、閃華迅雷を使い続けるフランは、もう限界が近い。魔力や生命力は、俺が回復してやれる。だが、精神的な疲労や、大技を使ったことによる反動は消し去ることができないのだ。

ならば、次の一発で決めればいい。

『フラン、奴にもう一発カンナカムイをぶち込む。フランも黒雷を併せてくれ』

「ん！　わかった」

俺たちが狙うのは、武闘大会で元ランクA冒険者フェルムスを破った合体技である。

俺のカンナカムイに、フランの黒雷招来を重ね合わせる必殺技だ。問題は、黒雷招来を使用すると、フランの覚醒が解除され、閃華迅雷などもしばらくは使用不可能になってしまうことだろう。

必殺技と言ったが、これで勝利できなければピンチに追い込まれる。だからこそ、必ず殺さねばならないのだ。

威力に多くの魔力をつぎ込むためには、できるだけ射程が短い方がいい。

フランは俺を担いで、再び歩き出した死霊巨人へと走り出した。

すると、死霊巨人がこちらを振り返る。どうやら、高い察知能力を有しているようだ。生命感知などを使えるのかもしれない。

「ゴボォォオ！」

「む」

『フラン、毒だ！　ただ、毒性は低い！　このまま突っ込め！』

「わかった」

口から毒の霧を吐いてきたが、そんなもの俺たちには通用しない。状態異常耐性に加え、操毒スキルも持っているのだ。俺たちは毒の霧を無視して、一気に突っ切った。

「ゴォォ？」

むしろ、毒の霧が上手く相手の視界を遮ってくれたのだろう。驚いたように声を上げていた。慌てて腕を振り下ろしてくるが、そんな攻撃をフランが食らうはずがなかった。

ヒラリとジャンプして躱すと、その腕を足場にしてさらに跳躍する。

巨人の頭上を取ったフラン。絶好の位置である。

『よぉし！　いくぞ！』

「ん！　黒雷招来！」

『カンナカムイ――？』

圧倒的な存在感を放つ黒い雷が顕現し、空気を焼き焦がしながら死霊巨人へと向かって落ちていく。

それに合わせて、俺も同時に魔術を放っていた。

ただ、想像よりも遥かにスムーズに魔術の収束に成功してしまい、驚いてしまったのだ。

さっきの一撃で、制御のコツが掴めたのだろう。

極細の白い極雷が、黒い雷と絡み合って混ざり合いながら、死霊巨人へと突き刺さる。

「ルウィィアァァァァッ！」

落雷すら凌駕する轟音と、それに負けないほど大きい巨人の悲鳴。

雷が直撃した巨人の頭部は砕け散り、その全身が高熱と電撃で激しく発光する。破壊力で言えば、先程の天断にだって負けていないだろう。

しかし、それを睨みつける俺たちの脳裏に、勝利の二文字はなかった。

「まだ、動いてる！」

『あれでも、倒しきれなかったのかよ！』

かなりのダメージがあったことは確かだが、仕留めきれてはいなかった。魔術に対する耐性が高かったらしい。

巨人の内部では、邪気と魔力が未だに蠢いているのだ。

「ウァア……」

「頭が再生してく……」

これはマズい。

もう、俺にもフランにも魔力がほとんど残っていない。

今の攻撃で倒せないんじゃ……。

『メアは――意識がないか』

巨人の攻撃により、気絶してしまったらしい。生命力は感じられるので死んではいないが、かなりのダメージだったようだ。

そもそも、奥の手を放った彼女も、もう余力は残っていないだろう。

どうする？　もう、城の兵士や冒険者に任せるしかないのか？

だが、悠長にしていられない事情ができてしまった。

軽く距離を取って観察していると、最悪の光景が目に入ってきたのだ。

「ルウウウゥアアア！」

「師匠、あそこ！」

『アンデッドを造り出したのか！』

周辺の瓦礫の中から、住人の死体がアンデッドと化して這い出してくる。レッサーゾンビなので強くはないんだが、その数はかなり多かった。

この姿でも、死霊魔術は使えるらしい。元々、死ぬ間際に自分をアンデッド化するような高レベルの死霊魔術を使えたのだ。この状態でも、死霊を生み出せておかしくはなかった。

死霊化の効果範囲もかなり広い。奴を中心に、三〇〇メートル以上離れた場所でもゾンビが発生してしまっているのだ。

つまり、あの死霊巨人を放置すればするほど、町の中にゾンビが溢れ出す恐れがあった。悲しい事に、ゾンビの素材には事欠かない。しかも、現在進行形で増えていってしまっているだろう。

「あいつを倒さないと……」

『だが、どうやって――』

「師匠」

俺の言葉を遮る、フランの静かな声。

しかし、それで分かってしまった。フランが覚悟を決めたのだと。

本当は、数瞬前に、悩む言葉を口にしながら俺も気付いていたのだ。奴を倒すには、これしかないことに。

だが、気付かないフリをしていた。もう手段がないと、自分に言い聞かせていた。

危険だからだ。

フランにとって、最悪の結末をもたらす可能性が僅かでもあるのなら、使いたくはなかった。

「剣神化がある」

フランの口から、その名前が発せられる。

俺たちが今使えるスキルの中でも、最強クラスのスキル。ただし、危うさも最高クラスだ。

そもそも、その効果や反動を全て理解できていないのである。

この事態を打開するにはこれしかないと分かっていても、俺は素直に頷くことはできなかった。

『……危険だ。剣神化は、まだ使いこなせてないんだぞ？』

「あいつを倒さなきゃいけない」

『消耗が激しい今のフランじゃ、どうなるか……』

万全の状態であっても、疲労困憊で動けなくなったのだ。

「でも、もうこれしかない」

フランが真っすぐな瞳で俺を見つめる。

ああ、ダメだ。この顔をしたフランの決心は、覆《くつがえ》すことはできない。いつもそうなのだ。

「みんなをたすける。師匠……」

『……はぁ。発動はできるだけ短くするんだ。それこそ、一瞬だ』

「師匠！」

嬉しそうな顔で、フランが笑う。

そうだよな。自分だけ生き残ったって、フランは喜ばないよな。分かっていたんだよ。

フランは同族たちのためだったら、無茶をするって。

分かっているんだ。だけど、それでも俺はフランに……。

「師匠？」

『いや、大丈夫だ。あいつを倒そう』

「ん！」

剣神化は、俺とフランが一緒に制御する技だ。

ならば、俺が頑張ればフランの負担を減らせるはずだった。最悪、フランだけでも守る。

俺が密かにそう決めていると、フランが俺を腰だめに構えた。軽く腰を落とし、足を地面に向かってグッと踏み込む。引き絞られた弓を彷彿《ほうふつ》とさせる姿であった。

僅かな溜めと、一瞬の瞑目。

そして、フランが動き出す。

「倒す！」

そう呟いたフランは死霊巨人へと向かって踏み出し、全身のばねを使ってグングンと加速してゆく。

再びこちらに気付いた死霊巨人だったが、腕を振り上げた頃にはもう手遅れであった。

跳躍しながら、フランがスキルを発動したのだ。

「剣神化ぁぁ！　くぁぁぁぁ！」

『ぐうぅぅぁぁぁぁぁ！』

剣の神が降臨する。

フランの身に纏う気配がガラリと変化し、俺の中に凄まじい力が流れ込む。

巨人も俺たちの異様さに気付いたのだろう。

そんな訳ないのに、死霊であるこいつが、俺たちに恐怖しているように感じられた。

何をするつもりなのか？　叫ぼうとしているのか、また毒の霧を吐こうとしているのか。その巨大な口をガバリと開き――。

再び閉じることはなかった。

フランの繰り出した剣閃が、その首を断ち斬っていたのだ。

そこが急所というわけではないはずだ。頭部を破壊しても再生していた。

しかし、死霊巨人の巨体はゆっくりと倒れ、膝から崩れ落ちていく。邪気も魔力も綺麗に雲散霧消し、その身がただの巨大な死体でしかないと分かった。

神属性でただ斬ったとて、誰でもこうできる訳ではない。剣神化を使っていたからこそ分かる、斬撃の先であった。

神属性を切り口から相手の体内に浸透させることで、巨人を死霊として成り立たせていた術式や魔力を破壊したのだ。

相手の急所を正確に見抜く目と洞察力に、神属性を完璧に操る制御力。その双方が必要な、超高度な斬撃である。

ただ、今の俺にはそんな分析を続ける余裕はなかった。

『フラン！　剣神化を解けぇぇ！』

「……ぁっ」

フランの全身に細かい裂傷が刻まれ、血が噴き出すのが見えたのだ。筋肉の断裂どころか、余りの負荷に骨と肉が剥離し、さらに皮膚が裂けてしまったらしい。

俺が叫び終わる前に、フランは剣神化を解いていた。しかし、その状態は深刻だ。

治癒魔術が驚くほど役に立たないのだ。神属性の影響だろう。

そもそも、俺の魔力が枯渇寸前だった。何とか念動を使ってフランを地面に下ろしたが、それでもう限界間近だった。

「……し、しょ」

『喋るな！　今、治してやるからな！』

息も絶え絶えなのに、フランは俺を握りしめたまま嬉しそうに笑っている。

巨人を倒せたからというのもあるだろう。しかし、それだけではないことを俺は知っていた。

『フラン……、俺なんかのために……！』

(師匠が、無事でよかった)

『それでお前がこんなになってたら、意味がないだろ！』

(……ごめんなさい)

『いや、俺が悪かった』

フランが俺のために無茶をしてしまうことは分かっていたのに……。

フランは、俺が負荷を多く引き受けようとしていることに気付いていたのだ。そして、万が一俺が壊れてしまったりしないように、自分が負荷を多く背負い込んでしまった。剣神化の所持者であるフランの方が、俺よりもより主導権を強く握れるのだろう。

俺の意思に反して、その反動は恐ろしく少なかった。

刀身に入るヒビ程度で済んでいる。その代わりが、フランのこの姿である。

『くそ！　ヒールが全然効かない……！』

グレーターヒールを使っても、傷は二割も塞がらないのだ。

次元収納からポーションをありったけ取り出してフランに振りかけるが、やはり効果が薄い。フランを寝かせた地面が、ポーションと血で池のようになっていた。

もう魔力が底を突く。

ならばせめて効果を高めよう。

カンナカムイを制御した感覚を思い出し、俺は全身の力を魔術の制御に集中させた。

ただ回復魔術を使うのではなく、よりフランの内の深くへと作用するようにイメージする。肉体の内側というだけではなく、その存在の内側から癒すように。

もはや、イメージというよりは祈りに近いかもしれない。RPGで回復役を神官が務める理由が、少し分かった。

俺は、祈る。

フランを癒してください。救ってください。全ての力を使って、祈る。

『頼む！　グレーターヒール！』

明らかに今までとは感触が違っていた。術が発動する感覚も、フランに染み渡る魔力の流れも、全く違う。

いつもがポーションを上から流しかける感じに近いとすると、今回は濃縮したポーションを点滴で内部に送り込むような感じなのだ。

全ての傷が完全に治ってしまうような、劇的な効果はない。相変わらず傷は残っている。

ただ、それまでは一回で数パーセントしか傷が塞がらなかったのに対し、今回は一回で二割ほどの効果が上がっていた。

『でも、これじゃあまだ……。いや、そうか！』

もう魔力がないなら、補給すればいい。

俺は死霊巨人の死体へと飛び、そこに思い切り自らを突き立てた。そして、魔力強奪を発動する。

残りカスみたいなものだが、空気中から吸うよりは数段マシだ。多少の邪気も混ざっているが、今は気にしないでおこう。

『よし、これなら！』

それから一〇分後。フランと巨人の間を行ったりきたりしながらひたすら回復魔術を使った甲斐もあり、フランの傷はほぼ塞ぐことができていた。

見た目では、もう怪我をしているようには見えない。

体力的な消耗と失血のせいで意識は戻らないが、間違いなく峠は越えたはずだった。

『良かった……』

「すーすー」

俺がこんなに心配しているのに、眠るフランの顔はひたすらに穏やかだ。

『全く……』

「すーすー」

「師匠！　フランは大丈夫なのか！」

『メア、そっちも無事だったか』

「ということは、フランも？」

『命に別状はない。ただ、激戦の疲れで眠っているだけだ』

「そうか……！」

メアが安堵の表情で笑う。さっきのフランと同じような笑顔だ。自分の事よりも、他人の無事を喜べる人間だけが浮かべることのできる表情なのだろう。

「お嬢様。この場で話し込むのは危険です。どこかへ移動しませんか？」

「おお、そうだったな！　デカブツを倒したとはいえ、まだ邪人が残っているからな！」

「候補としては、マルマーノ様に助けを求めるか、黒猫族に保護を頼むかとなりますが」

『黒猫族のところで頼む。ウルシがいてくれる方が安心だからな。この後のゴブリン掃除に参加できるかどうかは微妙だし』

「わかりました。では、早速移動しましょう」

「うむ！　では、フランは我が背負うとしよう」

そうして、フランはメアに担がれて移動することになったが、全然目を覚ます気配がなかった。

メアも疲れているし、猛ダッシュをしている。正直、背中のフランを気遣う様子もなく、グラングラン揺れているんだがな。それでも気持ちよさそうに寝続けていた。

「ひ、姫様！　どうされたんですか！」

「クゥン！」

黒猫族の下に帰りつくと、サリューシャたちが顔色を変えて駆け寄ってくる。

ウルシも一緒だ。欠けた者はいないらしい。良かった。

「安心しろ。激戦で消耗しているだけだ。看病を頼めるだろうか？」

「勿論です！　えーっと……」

「うむ。我はメア。そちらはクイナだ。フランの、と、友達である」

王女と名乗らないのは正解だ。絶対に萎縮しちゃうからな。まあ、メア的には友達という部分が重要なのだろう。

「そうですか！　姫様を運んで下さり、ありがとうございます！」

「任せた。我らは他の場所の救援に向かう」

そんな感じで、メアはフランをサリューシャに預け、再び駆け出していった。

フランは宿の中に運ばれ、女性たちによってベッドに寝かされる。

『ウルシ、そんな心配そうな顔をするな』

（オン？）

『寝てるだけだ。すぐに目覚めるさ。それまでは護衛を頼む。俺も少し回復が必要なんだ』

（オンオン！）

数時間もすれば目覚めると本気で思っていたんだが……。結局、フランはその日の内に目を覚ますことはなかった。

フランが起きたのは、翌日の朝であったのだ。心配げな黒猫族たちが、死者が生き返ったくらいの喜び様でちょっと面白かった。

第一声が「おなかへった」であったのは、フランらしいと喜べばいいのかね？

朝から肉祭り開催で、一〇キロくらいは肉を食らっただろう。さすが鉄の胃袋を持つ獣人族だ。

ただ、消耗は完全に回復したとは言い難いらしい。

フランは大丈夫と言い張っていたが、全力時の二割くらいしか力を発揮できていないように思う。

それでも、次元収納や回復魔術を使い、グリンゴートの復興の手助けはできたけどね。

そして、その日の夕方。

フランたちはグリンゴートを出立しようとしていた。俺としてはもう数日くらいは逗留しても良かったんだが、そうもいかない事情がある。

「本当に行ってしまうのですね」

「ん。式典に出ないといけない。それに、クランゼルに戻るための船にも乗る」

「そうですか……」

黒猫族たち——特にサリューシャは引き留めてくれたが、王都に戻るというフランの決意は固かった。

国で用意してくれるという快速艇に乗れなかった場合、クランゼルへの帰還は大分遅れるだろう。フランとしてはそれを避けたかったようだ。ガルスとの約束に間に合わなくなるからだろう。

「また、絶対にくる」

「はい。お待ちしています！　それに……」

「それに？」

「いつか強くなって、私から会い行っちゃうかもしれませんよ？」

サリューシャの言葉を聞いたフランが、その手があったかという感じで目を見開いた。

「なるほど」

「ふふふ。待っていてくださいね？」

「ん。わかった」

珍しいくらいに大きく、フランが微笑む。無表情なフランからしたら、大笑いと言ってもいいくらいの、ニッコリ顔だった。

フランはずっと、自分がどうにかしないといけないと思っていたはずだ。頼りなくも優しい同族たちを、助けてやらなきゃならないと考えていた。

しかし、サリューシャの言葉を聞き、彼らがもう守られるだけの存在ではないと気付いたのだ。それが本当に嬉しかったのだろう。

王都へと帰るリンドの鞍上でも、ずっと機嫌が良さそうだった。メアはクスリと笑っているだけだが、メチャクチャレアなんだぞ？　フランの鼻歌なんて、俺だって数えるくらいしか聞いたことがないのだ。

そうして、半日がかりの空の旅を終え、王都へ帰り着いたのは深夜のことであった。本来は門が閉まっている時間だが、そこはネメア王女様だ。専用の扉から王城へと戻ることができるらしい。

とりあえず、食堂で軽食とは名ばかりの夕食をたいらげた後、浴場で汚れを落とし、用意してもらった客室へと戻る。

『明日は式典で勲章を授与してもらい、それからグレイシールに向けて出発だ。少しでも寝ておかないとキツイぞ』

「ん」

いざとなったら、俺が念動で運ぶけどさ。

なんて考えていたら、案の定ゆっくり眠ることはできそうになかった。

「フラン！　待っていたぞ！」

「メア、どうしたの？」

フランに与えられた部屋には、寝間着姿のメアが待っていたのだ。因《ちな》みにメアが着ているのは白いダボダボのシルクパジャマに、ナイトキャップである。似合いすぎているな。

「どうしたの？　ではないわ！　その、あれだ！」

「ん？」

「だから、そのだな……」

口ごもるメア。いや、今回は何を言いたいのか俺でも分かるぞ。

「お嬢様、最後の夜だから一緒に寝ましょうと、きっちり告げなくては」

「わ、わかっておるわ！」

ということでした。このコンビも相変わらずだな。

「ということで、一緒に寝るぞ！」

「ん。わかった。でも、ウルシも一緒でいい？」

「ウルシか？」

「オン？」

名前を呼ばれたウルシが、フランの影から顔を出して「何か御用で？」って顔をしている。ちょっとだけいじけた顔をしているのは、食堂で御馳走を食べそこなったからだろう。さすがに王宮の食堂で、ウルシは出せんよ。激戦で埃《ほこり》っぽかったしさ。

「今回は頑張ってくれたから、今日は一緒に寝る。いい？」

「なるほどな。構わんぞ。ウルシも戦友のようなものだしな！」

「オン！」

ウルシが嬉し気に吠える。あっさりと機嫌が直ったようで何よりである。

そしてフランの獣人国最後の夜は、メアとのガールズトークに花を咲かせるのであった。まあ、今まで戦った魔獣の話とか、死ぬかと思ったピンチ自慢だったけどね。

楽しそうだからいいのだ。


獣人国での最後の日の早朝。勲章授与の式典が執り行われていた。

いや、式典というほど派手ではなく、王城の一室を使い、偉い人数人の前でフランの功績が読み上げられ、王族から勲章が手渡されるだけだ。時間にすると三〇分くらい？

国民への告知は、戦勝式典とパレードの中で、改めて行うということだ。

勲章などは予め準備されていたようで、関係者さえ呼び集められれば式典の開催はあっと言う間であった。

元々、獣人国では堅苦しい式典や挨拶は敬遠されがちであるらしい。なので、こういった超簡素で短時間の式典もよくあることなのだろう。黄金獣牙勲章という最高位の勲章の授与式典がこんなにこぢんまりとしていることに対しても、参加者は誰も驚いていなかった。

因みに参加者は紫風象のバラベラムを筆頭に、リグダルファやリュシアスといった慰労会に出席していた諸将が呼ばれている。ここ数日は痛飲というレベルではないくらい酒をガンガン飲みまくっていたはずなんだが、足取りが怪しい者も、頭を押さえて顔をしかめている者もいない。さすが歴戦の戦士たちだ。

文官側からは、宰相レイモンドと、財務大臣のグイーサ。あとはその部下たちである。いや、リュシアスは宮廷魔術師という話だから、もしかしたら文官扱いかもしれない。

人数は少ないものの、将軍と宰相がともに出席しているわけだし、意外と偉い人間が揃っている。

さらに、勲章を授与してくれるのは王族のメアであった。

「黒猫族のフランよ。よくやった」

「ん」

「北からの侵攻への対処だけではなく、危機に陥ったグリンゴートの救援も素晴らしい働きであった」

「ん」

「その功績を称えて、黄金獣牙勲章を贈る。受け取るがいい」

そんな感じで、式典は厳《おごそ》かかつ速やかに進行し、あっと言う間にお開きとなったのだった。ただ、二点だけサプライズがあった。

一つは、ウルシにも勲章が与えられたことだ。特別功労従魔勲章という、テイマーの従魔などに与えられる勲章があるらしい。メアが急遽用意してくれたらしい。

「ウルシよ、よく頑張ったな」

「オン！」

「ん。似合う」

「オフ！」

首輪に勲章を付けてもらって、ご満悦だ。確かにウルシも良くやった。改めて後で労ってやろう。特別に激辛カレーでも作ってやるか。いつもはフランと一緒に食べるから辛さ控えめだが、今回くらいはフランでも食えないくらいの超絶激辛味にしてやろうかね。

もう一つのサプライズが、勲章に付随する副賞に関してだった。なんと、黒猫族に対する支援の確約が含まれていたのだ。

短い間に検討をしてくれたらしい。

グリンゴートに侵入した黒い巨人を倒した功績も加味して、かなりの優遇措置が取られていた。今後は国家の名のもとに黒猫族の人権と生活を保障するということと、戦士を目指す者に対する武具の下賜、さらには戦闘指南役の派遣が盛り込まれていたのだ。しかも、フランに対する報奨金一〇〇〇万ゴルドはそのままに。なかなか奮発してくれたようだ。

式典が終了すれば、出発の時間である。

昨日までに細々とした買い物は済ませているし、すでに報酬の類は全て受け取った。出発の準備は万端である。この後はすぐに王都を旅立つ予定だ。

そして、夜には港町であるグレイシールに到着し、獣王が乗ってきた快速艇に乗船することになっている。

通常のルートでは一〇日近くかかる道のりだが、俺たちには一直線に踏破する方法があった。来るときは角車を使ったり、わざわざ魔境を通り抜けたが、今なら半日で移動できるのだ。

『キアラへのお別れも済んだし、いくか』

「ん」

最後に、フランはキアラの遺体が安置された部屋を訪れ、彼女の事を数分間見つめていた。何かを口に出すわけでもなく、涙を見せるわけでもなく、ただただ静かにキアラの前で立ち尽くす。

だが、背を向けて歩き出したフランの顔はやる気に漲っていた。俺ではわからない何かを、キアラから受け取ったんだろう。

『もういいのか？』

「ん。もう、だいじょぶ」

『そっか』

「いこう、師匠」

『おう！』

部屋を出ると、待っていたのはメアだ。

「……行くか！」

「ん」

キアラに別れの挨拶をしていたフランを見ていたんだろう。だが、何も言わない。ただ、軽く微笑んで、フランを先導して歩き始めた。

王都の外にある平原から、出発することになっているのだ。

「準備は良いかフランよ」

「ん」

「よし、行くぞリンド！」

「クオオオォォォ！」

今回もウルシではなく、リンドに乗せてもらって移動することになっていた。クイナは王城で留守番をしているので、リンドに乗るのはメアとフランだけである。メアと二人だけというのは、初めてかな？

やはり二人がちょうどいいらしく、リンドもご機嫌だ。加重が減ったことで、グリンゴートに向かった時以上の速度が期待できた。

「クオオォォォン！」

『うおお！　速いな！』

「ん！　凄い」

飛び立ったリンドが翼を羽ばたかせると、一気に加速して最高速に入る。

ウルシに乗って空を移動することに慣れたフランでさえ、目を丸くして驚いていた。俺も普段はもっと速く飛ぶことはあるんだが、フランに背負われた状態だとまた違った感覚だ。

「ふははは！　リンドの力はこの程度ではないぞ！　リンドよ！　本気を見せてやれ！」

「クオクオォォ！」

まだ速くなるのか！　すると、リンドの全身が赤く輝き、その後確かに飛行速度が上昇した。後方に目をやると、炎を後方に噴出して加速を得ているのが見えた。戦闘時にも使っていた、火炎魔術のバーニアの真似だろう。

今は一瞬の加速ではなく、継続的に高速を維持するような使い方をしているようなので、むしろバーニアよりも汎用性は高そうだった。

ユニークスキル、操炎の理の力なのだろう。操炎スキルの勉強になるな。下位互換とは言え、同系統のスキルであることは確かなのだ。

しかも気流操作スキルで風圧もあまり感じない。全くないわけじゃないけど、扇風機の弱くらい？

まあ、この速度で空を飛んでいることを考えたら、無視してもいいだろう。

これがリンドの真の力か！　グリンゴートに向かった時とは全然違うな！

「あそこを見ろ。王亀《おうき》の群れだ」

「おおー」

メアが指差す方を見ると、小山ほどもある亀が群れを成して湖で水浴びをしている。背中に木の生えた亀なんて、初めて見た！　なかなか迫力のある光景だ。

「下を見ろ。我が国でも名高い翡翠湖《ひすいこ》だ」

『綺麗だな～』

今度は湖面が翡翠色に輝く湖が現れた。湖底に翡翠色の石が敷き詰められており、上から見ると光の反射で輝いて見えるらしい。

その後も、次々とメアが珍しい物を発見しては、教えてくれる。ツアーコンダクターさんに説明を受けているようだった。俺もフランも楽しんでいる。

「見よ！　霞《かすみ》が晴れて、境界山脈が見えるぞ！」

「おおー。すごい」

『高いなー』

メアの視線の先には、巨大な灰色の山脈の姿が見えていた。遥か遠方にあるはずなのに、その威容は神々しくさえある。まるで天空を覆う分厚い雲と、大地の間を遮る長く巨大なベールのようだった。

エベレストよりも遥かに高い山脈だ。地球ではまずお目にかかれない光景である。

『あそこの麓にいたんだよな……』

「ん」

フランが遠い目で山脈を見つめる。色々な思い出が脳裏をよぎっているのだろう。良いことも、悪いことも、たくさんあったからな。

「なあ、フランよ」

「ん？」

「また、我が国に来るよな？」

ああ、そういうことなのか。

きっと、フランが色々と辛い思いをしたこの国に、あまり良い思い出がないと考えたのだろう。だから、最後に少しでも良い思い出を作ろうとしてくれたのだ。

「もちろん」

「ほ、本当か？」

「ん。メアがいるから」

だが、フランはどこまでも前向きなのだ。辛く嫌な記憶があろうとも、わずかに良い記憶があればそちらを大事にできる娘である。

キアラを失い、自身が殺されかけた国ではあるが、親友であるメアに会うためであればそんなものはフランにとって何の障害にもならないのだ。

「また、絶対にくる」

「ああ、待ってる」

メアの背中が震えていたように思えたのは、俺だけだろうか？

エピローグ

港町グレイシールに到着すると、桟橋には大きな船が停泊し、中々の賑わいを見せている。

『獣王はすでに到着しているみたいだな』

「ん」

この圧倒的な存在感。顔を合わせていなくとも分かる。

気配に導かれるようにグレイシールの中を進むと、港で部下たちと会話をしている獣王の姿が見えた。

向こうもこっちに気付いたようで、一人でこちらに近づいてくる。

「よお！　フラン嬢ちゃんに、バカ娘！」

「お久しぶりです、馬鹿親父殿」

「がははは！　メア、少し見ない間に強くなったじゃねーか！」

「ふふん。我とて、日夜成長しているのですよ」

獣王とメアの間に父娘という雰囲気はあまりないが、仲は良さそうだった。獣王はメアの成長を素直に喜んでいるし、メアの表情には言葉ほどの棘はない。

「ふむ……」

メアと軽く話をした後、ふと獣王がフランに視線を向けた。

値踏みするように、頭の上からつま先まで、じっくりと見つめる。

そして、いきなり動いた。

背負っていた槍を引き抜くと、電光石火の速さで振り下ろしたのだ。

そのまま獣王の槍がフランの頭をかち割るかと思われた瞬間、フランはその攻撃をギリギリ躱していた。

本当に間一髪だ。前髪が数本舞い上がり、風圧で衣服がはためいている。

しかし、フランはそこで終わらない。体を半身にして槍を避けた直後には、抜き放った俺を獣王に向かって突きだしていた。獣王はとっさに引き戻した槍の柄で命からがらその斬撃を受ける。

ギィイィン！

俺の刃は獣王の首まであと数ミリのところで、槍によって止められていた。

互いに殺気さえ感じさせる、鋭い攻撃である。

フランは剣王術を、獣王は槍王術しかスキルを使っていないとはいえ、目線や体の動き、殺気などを使ったフェイントを織り混ぜていた。たぶん、やられたのがメアだったら攻撃をくらうか、大きく体勢を崩していただろう。その程度には殺る気が込められていた。

力を込めた互いの武器が擦り合わされ、ギリギリと音を立てる。

だが、すぐに両者は軽く距離を取ると、互いに申し合わせた訳でもないのに同時に武器を収めていた。

「今のを躱すか」

「そっちも」

フランにも獣王にも俺にも、怒りや戸惑いの表情はない。今のやりとりが確認のための小手調べだと理解しているからだ。

それは、余人であればただでは済まない、高度な一撃の応酬。王術を持ったもの同士でなくては防ぐことのできない攻撃のやり合い。

つまり、お互いが同じ高みに在るということの確認だった。

「な、何をやっているのだ！」

それが分からないメアだけが、驚愕の表情で二人を見ていた。そう、メアには意味が分からなかっただろう。

剣聖術を持ち、勘も良く、強力なスキルを有した彼女でさえも、獣王とフランのやり取りは殺し合いに見えたはずだった。それはつまり、メアはまだその域にはないという証である。

「だははは！　なに、単なる挨拶だよ！　なあ？」

「ん」

「あ、挨拶？　今のが……？　だ、だが。万が一があったらどうするのだ！」

「大丈夫だって！　いざとなりゃ、スンドメするさ」

「ん？」

「おいおい……まさか嬢ちゃん」

「槍王術を持っているなら、絶対に平気なはず」

「そりゃ、そうなんだが……」

獣王はフランが躱しきれなかったら寸止めするつもりだったらしい。まあ、寸止めといっても、殺さない程度の怪我にとどめるという意味だろうが。

そもそも、フランが本調子じゃないと見抜いて、かなり手加減してくれていたのが分かるのだ。

「にしても、やっぱ剣王術を手に入れたな？　しかも……剣王だ」

「何で分かる？」

「ふふん。嬢ちゃんは気配を消すのは上手いが、実力を隠すのは下手だな」

「実力を隠す？」

「おう。嬢ちゃんは気配を読む力もあるし、相手の力量を読む目も正確だ。それ故、ギリギリを見極めちまう」

「ん」

「例えば俺と相対した時、最初はあまりにも無防備に見えた。嬢ちゃんほどの戦士が、信用はしててても信頼はしていない俺に対して、無防備な姿を晒すか？　否だ。だとしたら答えは簡単。その状態でも、安全マージンを残していると考えるべきだ。嬢ちゃんとは以前に軽くやり合ったことがある。俺の実力は知っているはずだ。なのに、この距離感を保てるってことは、答えは一つ。この状態で俺の槍を捌《さば》くだけの実力を得たということ。つまり、剣王術を持っているとしか思えない。しかも今の挨拶で確信した。剣王術以上の何かがある。剣王の職に就いたな？」

　うーむ、凄まじい洞察力だ。さすが獣王。

「まあ、剣王かどうかまでは同レベルの人間じゃなきゃ気付かんだろうが……。その辺の情報は、ギリギリの戦いじゃ重要だぞ？」

「ん。わかった」

「こ、これが王級職同士の会話か……」

メアは分かり合っている獣王とフランを見て、戦慄《せんりつ》の表情を浮かべている。彼女には、話を聞いても理解が及ばないのだろう。

「弱く見せるって、どうする？」

「簡単だ。もっと周囲への警戒心を持て。それでも実力をある程度隠せる」

なるほど、強いから余裕がある。強くなければ余裕がなくて、警戒心が強い。そういうことか。

「それで侮る馬鹿なら楽勝だし、まだ警戒してくる奴は強い。そういうことだな」

「ん」

「まあ、他にも色々あるがな。手っ取り早いのはナヨナヨすることだ。雑魚ならそれで騙せる。俺には無理だがな！　嬢ちゃんなら可愛くやれんだろ？」

すいません。それは無理です。でもまあ、実力を隠すというのが重要で、方法も色々あるというのは理解した。

あとは、獣王が貴重なアドバイスをしてくれたということも分かる。

「ありがとう」

「なあに、この程度じゃお前さんへの借りは返しきれねぇよ」

「借り？」

「本気で分かってねえな？　あのな、俺はお前に救ってもらった国の王だぞ？　本来なら土下座でもせにゃならん」

「馬鹿親父、それはさすがに……」

「分かってる」

いくら気さくで平民とも親しく話す王であろうとも、さすがに土下座はできんだろう。俺でもさすがに分かる。

「だが、この程度は許されるだろう」

「?」

そう言うと、獣王はフランの手を握り、深々と腰を折った。その巨躯を折り曲げ、最大限の感謝の意を示している。王がその頭部を相手の前に無防備に晒しているのだ、ある意味最高の敬意の示し方だろう。

「この度は、ご助力感謝する。助かった」

獣王は真摯な声色で、感謝の言葉を口にするのだった。

それから、一分以上は頭を下げていただろう。

まるで、厳かな儀式の最中のような雰囲気があるからなのか、誰も止めることはなかった。

メアや他の部下たちも、神妙な顔で見守っているだけだ。

「長々とすまんな」

「へいき」

顔を上げると、もういつもの獣王である。

ヤンチャそうな笑みを浮かべて、フランの肩をバンと叩く。

「あと、こいつを持っていけ」

「?」

獣王に手渡されたのは、小さな袋である。一見すると小汚い袋だが、魔力が感じられた。

「アイテム袋？」

「おう。うちの国からはたった一〇〇〇万ぽっちしか渡してねーんだろ？」

た、たった一〇〇〇万？　凄いスケールだぜ。

「英雄相手にケチくせー話だろ？　一億くらい渡せばいいのによ。だが、王とは言え国庫の金を俺の好きにはできん。それをやっちまったら、ただの独裁者に成り下がるからな」

意外とまともなことを言うな。もっと暴君的な王なのかと思っていたが、そうではないらしい。

「そもそもうちの国じゃ文官が少なくてな。奴らの機嫌を損ねる訳にはいかねーんだ」

獣王が苦笑しながら言う。

獣人国では、武官はなり手がいくらでもいるらしい。大人し目に見える草食獣系の獣人でも、脳筋が多いようだ。

だがその逆で、文官のなり手は非常に少ないんだとか。ましてや大臣級の職を任せられる優秀な文官となると、数えるほどしかいない。それ故に、獣人国では文官が尊重されている。武官が戦闘が苦手な文官を見下すような国もあるが、獣人国ではそれはあり得ないそうだ。

「獣人は大食らいばかりだからな、兵站が超重要視されてるんだよ。で、それを手配する文官の重要性も認知されてるって訳だ」

「なるほど」

つまり、胃袋を握っているってことなんだろう。食べるのが大好きだからこそ、それを用意してくれている文官たちには頭が上がらないというわけだ。

「おっと、話が逸れたな。で、国からこれ以上の謝礼を渡すことはできねーが、俺個人からなら構わんからな。せめてもの気持ちだ」

「何が入ってる？」

「俺のポケットマネーなもんで、そこまで多くはないんだが、五〇〇万ゴルド入ってる。ちょいと散財しちまった後でな。しけてて済まねーが」

「ん」

うん。もう驚かん。五〇〇万ね……ははははは。いや、まじで？　五〇〇万？　勲章の副賞とか、魔獣を売り払ったお金と併せたら、所持金が二〇〇〇万ゴルドを超えそうなんだが……。

フランは相変わらず動じないね！　大金を手に入れる度に慌てる俺が馬鹿みたいじゃないか！

そんなことをやっている内に、出航の時間が近づいてきたらしい。船長らしき人物が、ロイスやゴドダルファとともにこちらへやってくるのが見えた。彼らと会うのも久しぶりだ。

「フランさん、乗船の準備をお願いします。五分後に、出航しますので」

「わかった」

「荷物があれば運び込むが？」

「だいじょぶ。もう仕舞ってある」

「そういえば、時空魔術の使い手でしたね」

そして、船長たちに挨拶をしている内にあっと言う間に出航時刻だった。

これで、本当に最後だ。船に乗ってしまえば、クローム大陸を離れ、ジルバード大陸へと向かうこととなる。

「フラン嬢ちゃん、次はのんびりするつもりで来てくれ！」

「ん」

「ありがとうございました」

「助かった」

獣王の言葉の後に、転移術師のロイスと、ゴドダルファが揃って頭を下げる。獣王は片手を軽く上げて、再び感謝の言葉を口にした。

「キアラ師匠のことも、礼を言うぜ」

「礼？」

「おう。進化して、強敵と満足いくまでやり合って、戦場で死ぬ。キアラ師匠の夢を全部かなえてくれたじゃねーか。しかも、最期は孫みたいに想ってたはずのフラン嬢ちゃんに看取られて……。羨ましい最期だ」

獣王の言葉に、ロイスとゴドダルファも頷いている。

「私もそう思います。あの師匠が病床にあると聞いて、らしくない死に様だと思っていたのですよ」

「それを、フランが立ち上がらせた。お前が居なければ、キアラ師匠は進化を目指すことも、再び戦おうと思うこともなかったはずだからな」

そして、獣王がフランの背中を軽くたたいた。

「胸を張れ！　お前は師匠を死なせたんじゃない！　最高の死に場所をくれてやったんだ！　キアラ師匠もきっと感謝してるはずだ！　弟子の俺が言うんだから間違いない！」

ちょいと乱暴な理屈である気もするが、彼がフランを励まそうとしてくれているのは伝わった。キアラの最期に居合わせたフランが、ショックを受けていると考えたらしい。

フランもそれが理解できたのだろう。真剣な顔で、獣王に頷き返していた。

「……ん」

「あと、剣神化について忠告だ。あの力に溺れるな」

「わかってる」

「ならいい。あれは道標《みちしるべ》だ。俺はそう思っている」

獣王も、槍神化は単に強化スキルというだけではないと感じているらしい。王術を得たものに、さらなる先を示すための道標。俺たちと似たことを感じたのだろう。

「ん。いずれ、あの時の自分に追いつく」

「ふははは！　その意気だ！　次に会った時には模擬戦でもしようや」

楽しげに笑いながらその場をどいた獣王に代わり、フランの前に立つのはメアだ。

「フラン……」

「メア……」

どちらからともなく、胸の前で手を絡め合わせると、悲しげな表情で見つめ合う。

「……お別れだ」

「……ん」

メアだけではなく、フランの目も潤んでいる。いや、すでに目の端に涙が溜まっていた。流れ出すのも時間の問題だろう。

「……何か困ったことがあれば、呼べ。我が何をしていようとも……、お前がどこにいようとも、絶対に駆けつける」

「……わたしも、同じ」

「うむ」

「ん」

同時に頷き合うフランとメア。その動きは完全に同じだった。

通じ合っているということだろう。

「……これが最後ではない。だから泣くな」

「……うぅ」

「ふふ、しかたのない、やつだなっ……」

「……ふぐ」

頬を濡らすフランの涙を、潤んだ目のメアが優しい顔でそっと拭った。

そのせいで互いの手が離れ、距離ができる。

それが、別れの合図であった。

「ほら、フラン。船が、でるぞ」

「ん……！」

船の出航合図の鐘が鳴り響き、フランが快速艇のタラップを駆け上がった。全く躊躇《ちゅうちょ》しないのは、未練を断ち切るためだ。フラン自身、ここでグズグズしていたら、自身の決心が揺らぐと分かっているのだろう。

船の甲板と下から、見つめ合う二人。

数秒ほどの無言の後、再び同時に口を開く。

「……さらばだ！」

「……あり、がとっ！」

最後の表情が泣き顔ではいけないと思ったのだろう。フランは顔を上げると、無理やり笑顔を作る。酷い笑顔だ。だが、それはメアも同じなので、お互いさまかな。

とても笑顔には思えない、でも最高の笑顔を向け合う二人の少女。

『世話になった』

（こちらこそ、世話になった。また会おう。次はリンドの真の力を見せてやる）

『楽しみにしてるよ』

「では、フランたちよ。また会おう！」

「ん！　また、ね」

「オン！」

さすが快速艇と呼ばれるだけはある。栈橋を離れる船は、恐ろしく速かった。グングンと離れる陸地。

それでも、フランは手を振り続ける。互いの姿が見えなくなり、グレイシールが豆粒のように遠くになっても、ずっと手を振り続けていた。

「みんな、ばいばい」

特別寄稿

フランとバレーボール

原案／棚架ユウ
漫画／丸山朝ヲ

ビシッ
なんていうか見てるだけで
息が止まりそうになる
バシッ
…何でかって言うと
このボールというのが
こちらの一般的に
大きな魔獣の睾丸に
皮を貼りつけて作っ…
ドカッ
《雷鳴魔術》…
バリッ
バリッ
はぁぁぁ
ライトニング・ブラスト!!
ボール破裂!!
パァーン!!
ッあああああああああ
ヒュンッ
魔術と…特に
ボール破壊は
禁止!
剣のオレには
無いけどさぁ…!
END

異世界ファンタジー
剣でした 8
(「転生したら剣でした」(マイクロマガジン社刊)より)
巻末には棚架ユウ先生書き下ろし小説
「フランとキャッチボール」を収録!!
マンガ『転生したら剣でした』は
WEBマンガサイト
COMIC ブースト
powered by デンシバーズ
にて大好評連載中!!!!!

今イチバン面白い!!!
マンガ
転生したら
シリーズ累計
（紙＋電子）
130万部
突破!!!!
作画 丸山朝ヲ
原作 棚架ユウ
キャラクター原案 るろお
1～7も超人気発売中!!!
発行：幻冬舎コミックス 発売：幻冬舎

「願いの鈴」が割れたとき、
フランと師匠の新たな冒険がはじまる!!
転生したら剣でした
Another Wish
いのうえひなこ
原作／棚架ユウ
キャラクター原案／るろお
コミックス第1巻 好評発売中!!
『転生したら剣でした Another Wish』は
コミックライドで大好評連載中!!

転生したら剣でした　10巻
発売おめでとうございます!!
コミックライドさんで公式スピンオフ漫画
「転生したら剣でした～AnotherWish～」
始まっております！
こちらもよろしくお願いいたします！
いのうえひなこ
HELP
Hinako

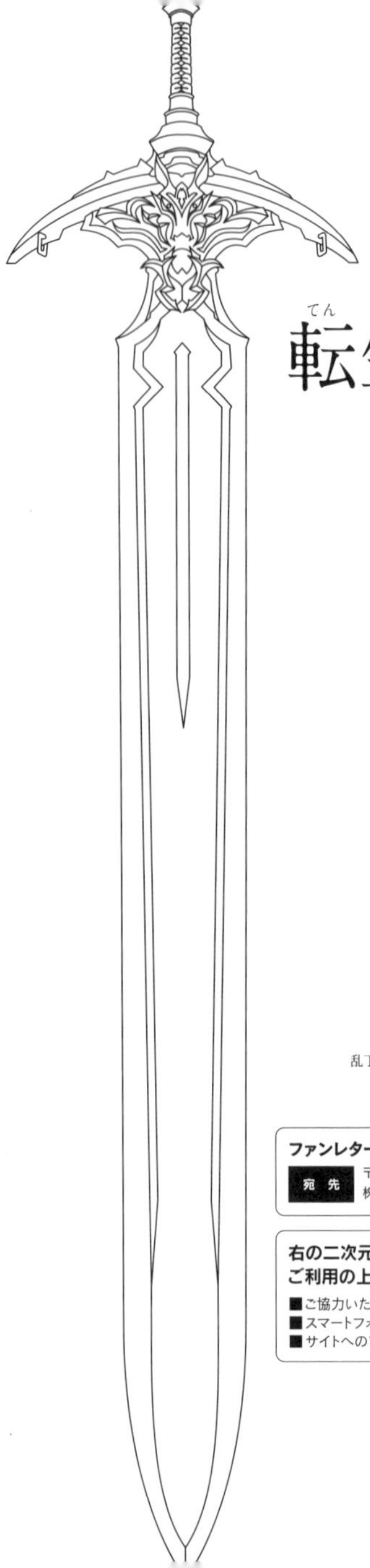

GC NOVELS

転《てん》生《せい》したら剣《けん》でした *10*

2020年10月8日　初版発行

著者　棚《たな》架《か》ユウ

イラスト　るろお

発行人　武内静夫

編集　岩永翔太

装丁　横尾清隆

印刷所　株式会社平河工業社

発行　株式会社マイクロマガジン社
〒104-0041　東京都中央区新富1-3-7　ヨドコウビル
［販売部］TEL 03-3206-1641／FAX 03-3551-1208
［編集部］TEL 03-3551-9563／FAX 03-3297-0180
http://micromagazine.net/

ISBN978-4-86716-057-2　C0093

本書は小説投稿サイト「小説家になろう」(https://syosetu.com/)に掲載されていたものを、
加筆の上書籍化したものです。